JN437244

게르트루트

게르트루트

헤르만 헤세 | 송영택 옮김

문예출판사

Gertrud

Hermann Hesse

차례

- 본문의 주석은 모두 옮긴이 주다.

1

나의 생애를 객관적으로 회고해보면 특별히 행복했던 것 같지는 않다. 그러나 여러 가지로 잘못이 많았지만 불행했다고 말할 수도 없다. 지나치게 행불행을 따지는 것은 아주 어리석은 일이다. 내 생애에서 가장 불행한 시절이라 해도 그것을 내버리기란 갖가지 즐거웠던 시절을 내버리기보다 더 괴로운 일이기 때문이다. 피할 수 없는 운명을 감수하고 좋은 일도 궂은일도 충분히 맛보고 나서, 외적인 운명과 함께 우연이 아닌 내적인 본래의 운명을 획득하는 것이 인간 생활의 중요한 일이라고 한다면, 내 생애는 가난하지도 나쁘지도 않았다. 외적인 운명은 다른 사람과 마찬가지로 피할 수 없이 신(神)의 뜻대로 내려져 지나버렸다 하더라도, 내적인 운명은 나 자신이 만들었으므로 달든 쓰든 당연히 내 것이며 거기에 대해서는 나 혼자서 책임을 지려고 한다.

어린 시절 나는 시인이 되기를 바라곤 했다. 시인이라면 어린 시절의 부드러운 음영(陰影)이라든가 오래된 추억으로 간직했던 그리운 샘에까지 내 생활을 이끌어가는 유혹을 거역할 수가 없을 것이다. 그러나 이 보물은 내게 매우 그립고 신성해서 내가 그것을 망가뜨린다든가 할 수는 없다. 내 어린 시절에 대해서는 아름다웠다거나 즐거웠다고밖에 말할 수 없다. 나에게는 취미와 재능을 스스로 발견하며, 장래에 대한 문제도 남의 압력에 따라 주어지는 것이 아니라 하나의 희망으로, 나 자신의 획득물로 여긴다는 자유가 있었다. 그래서 나는 탐탁지 않고 그리 재능도 없는 학생으로서 아무런 간섭도 받지 않고 몇 군데 학교에 다녔다. 그러나 다른 사람의 강한 감화를 견뎌낼 것 같지 않았기에 결국은 마음대로 하게 내버려둔 속 편한 학생이었다.

내 나이 예닐곱 살 무렵부터였다. 나는 눈에 보이지 않는 힘 가운데 내 마음을 가장 강하게 끌며 나를 사로잡는 것이 음악임을 깨달았다. 그때부터 나는 내 독특한 세계와 피난처와 천국을 갖게 되었다. 누구도 이 세계를 나에게서 빼앗는다든가 축소할 수 없었다. 또한 나는 이 천국을 누구와 나눠 갖고 싶지도 않았다. 나는 음악가였다. 열두 살이 되기 전에는 악기 다루는 법을 배워본 일이 없고, 또 장차 음악으로 생계를 이어가겠다는 생각은 해본 적도 없었지만 말이다.

그 뒤로 본질적인 변화 없이 그 상태가 계속되었다. 그러므로 돌이켜볼 때 내 인생은 다채롭지도 다양하지도 않았고, 처음부터 기본음 하나에 맞춰져 있었으며, 단 하나의 별을 향해 있었다. 다른 점에서는 좋은 일도 궂은 일도 있었지만, 내 깊은 내적 생활은 변하는 일이 없었다. 나는 오랫동안 부질없이 지내며 악보와 악기를 건드리려고도 하지 않았으나, 언제 어느 때라도 내 핏속과 입술 위에는 하나의 선율이 있었고 박자와 리듬이 숨결 속에 있었다. 나는 여러 가지 다른 방법으로 구원과 망각과 해방을 찾아 헤매었고, 또 신과 인식과 평화에도 목말라 있었는데 이들 모두를 언제나 음악에서만 구할 수 있었다. 그것이 베토벤이나 바흐일 필요는 없었다. 아무튼 이 세상에 음악이 있다는 것, 인간은 때때로 마음속까지 박자에 따라 움직이며 하모니로 가득 채워질 수 있다는 것 자체가 내게는 언제나 깊은 위안을 주었으며 모든 생활의 의미를 긍정해주었다. 아, 음악! 한 선율이 네 마음에 떠오른다. 너는 소리도 없이 마음속으로만 그 선율을 노래한다. 네 몸과 마음은 그 선율에 젖어 들어 온 힘과 움직임을 빼앗긴다. 그 선율이 네 마음속에 살아 있는 동안에는 네 마음속의 모든 우연한 것, 나쁜 것, 거친 것, 슬픈 것을 씻어버리고, 세계를 공명(共鳴)시키며, 무거운 것을 가볍게 하고, 마비된 것을 날아가게 한다. 한 민요의 선율이 이 모든 것을 할 수 있는데, 하물며 그 하모니로서야! 이를테면 종소리처럼 순수하게 조화된 소리의 상쾌한 화음만으로도 마음을 우아함과 쾌감으로 가득 채우며, 소리가 더 울릴 때마다 고조되어 가슴에 불을 지펴서 다른 쾌락으로는 비교도 안 될 만큼 환희에 떨게 할 때가 있다.

여러 나라의 국민이나 시인이 꿈꾼 순수한 행복의 관념 가운데 가장 높고도 깊은 것은 천체의 운행에 따르는 하모니를 엿듣는 것이라고 나는 늘 생각했다. 내 가장 깊고도 찬란한 꿈은 그 하모니를 엿들은 적이 있다. 심장이 한 번 고동하는 사이에 우주의 구조와 모든 삶의 총체가 그 내밀한 본래의 하모니 속에서 울리는 것을 들었다. 아, 어찌하여 인생이란 이렇게도 혼란하고, 부조화하며, 허위적일 수 있을까. 어찌하여 인간 사이에는 거짓과 악과 결투와 미움만이 있을 수 있을까. 아무리 작은 노래일지라도, 아무리 검소한 음악일지라도 맑게 조화된 소리의 순수함과 하모니와 다정한 유희가 천국의 문을 연다는 것을 똑똑히 설유(說諭)하고 있는데! 그러나 나 자신 역시 이 모든 선의지(善意志)를 갖고도 내 삶에서 아무런 노래도, 아무런 순수한 음악도 만들어낼 수 없었으니 어찌 탓하고 노할 수 있겠는가! 내 마음속에는 거역할 수 없는 욕망, 곧 순수하고 쾌적하고 내적인 행복을 주는 음(音)과 여운에 대한 갈망이 꿈틀거리지만 내 생활은 우연과 부조화로 가득 차 있다. 어느 쪽으로 몸을 돌려도, 어느 곳을 두드려도 순수하고 맑은 소리는 울려오지 않는다.

거기에 대해서는 이제 그만두고 이야기나 하자. 누구를 위해 이 글을 쓰는지, 도대체 누가 내게 고백을 요구하며 고독을 타개할 만한 힘을 주고 있는지 생각해보면 그리운 한 여인의 이름을 들지 않을 수 없다. 그 이름은 내 체험과 운명의 커다란 부분을 에워싸고 있을 뿐만 아니라 별처럼, 높은 상징처럼 모든 것 위에 서 있다고 할 수 있다.

2

학창 시절이 끝날 무렵, 같은 반 친구들이 모두 장래 직업에 관해서 이야기하기 시작했을 때야 비로소 나도 직업에 관해 생각하기 시작했다. 음악을 직업 또는 생업으로 한다는 것은 사실 내 생각과 거리가 멀었다. 그러나 나를 즐겁게 해줄 만한 다른 직업을 생각해낼 수도 없었다. 상업에 대해서도, 아버지가 권하는 다른 실업에 대해서도 별다른 반감은 없었다. 다만 무관심했을 뿐이다. 그러나 같은 반 친구들은 자기가 선택한 직업을 자랑스레 여겼고, 또 내 마음속에도 내 직업을 옹호하고픈 소리가 있었으므로, 그러잖아도 내 머릿속을 가득 채우고 있을뿐더러 유일하게 내게 참다운 기쁨을 주었던 음악을 직업으로 하는 것이 역시 좋고 올바른 일이라 생각되었다. 내가 열두 살 때부터 바이올린 연습을 시작해 훌륭한 선생 밑에서 정식으로 배우고 있다는 것이 좋은 기회가 되었다. 아버지는 외아들이 예술가라는 불안정한 길로 나아가려는 데 불안을 느끼고 반대했으나, 반대하면 할수록 내 의지는 더욱더 굳어졌다. 나를 사랑하던 선생도 내 소망을 있는 힘껏 옹호해주었다. 결국 아버지가 양보했다. 그러나 내 끈기를 시험하고자, 또 내 마음이 변할지도 모른다는 기대로 학교를 1년 더 다니라고 선고했다. 나는 그 시간을 이럭저럭 견뎌냈으며, 그동안 내 소망은 점점 더 굳어질 뿐이었다.

학창 시절의 그 마지막 1년 동안 나는 처음으로 친분 있는 어느 아름다운 소녀를 사랑하게 되었다. 자주 만나지는 않았으며 또 만나고 싶어서 가슴 태운 일도 없었으나, 내 첫사랑의 달콤한 설렘을 꿈속에서처럼 괴로워했다. 온종일 내 사랑과 음악을 생각하고, 밤에는 화려한 흥분으로 잠을 이룰 수가 없었다. 그 무렵 나는 머리에 떠오른 두 가지 짧은 노래의 선율을 처음 의식적으로 포착하고, 그 선율을 종이에다 기록해보고자 했다. 내성적이긴 했으나, 그 선율은 스며드는 듯한 쾌감으로 내 마음을 가득 채웠다. 그리하여 장난 같은 사랑의 괴로움을 거의 잊어버렸다. 그사이에 나는 사랑하는 소녀가 노래 교습을 받고 있다는 얘기를 듣고, 그녀가 노래하는 것을 한 번이라도 들어보기를 간절히 바랐다. 몇 달이 지나 우리 집에서 저녁 모임이 있던 날 내 소원이 이루어졌다. 그 아름다운 소녀가 노래를 부르도록 지명되었다. 그녀는 완강히 거절했으나 결국은 노래를 부르지 않을 수 없었다. 나는 야릇한 긴장을 느끼면서 기다렸다. 한 신사가 작고 폭이 좁은 우리 집 피아노로 반주를 맡았다. 그가 두서너 소절 연주하자 그녀는 노래를 시작했다. 아, 하지만 그녀의 노래는 서툴렀다. 애처로울 만큼 서툴렀다. 그녀가 노래를 부르는 동안 나의 당황과 괴로움은 동정으로 변하고, 다시 유머로 변했다. 그 뒤로 나는 그 사랑에서 완전히 깨어나고 말았다.

나는 끈기가 있고 게으르지 않은 학생이었으나, 착한 학생은 아니었다. 더구나 마지막 1년 동안은 노력도 거의 하지 않았다. 태만이나 사랑 때문이 아니라, 소년다운 몽상과 무관심 상태 때문이었다. 또 감각과 두뇌가 몽롱해지기 때문이기도 했다. 그 상태는 아주 드물게, 너무 이르게 창작욕이 일어나는 영묘한 시간이 정기처럼 나를 휩쌀 때 갑자기 격렬하게 중단되었다. 그럴 때면 내가 티 없이 맑은 수정과도 같은 공기에 둘러싸임을 느꼈다. 그러면 꿈을 꿀 수도, 멍하니 있을 수도 없이 모든 감각이 날카로워져서 조심스럽게 숨어 기다렸다. 그럴 때 만들어진 것은 매우 적었다. 아마도 여남은 가락의 선율과 화성적 구성의 실마리 두서넛 정도였을 것이다. 그러나 그때의 공기를 나는 결코 잊지 않았다. 그 티 없이 맑고 차갑기까지 한 공기와, 선율 하나에 이제는 우연이 아닌 올바르고 유일한 운동을 부여하기 위한 긴장된 사상의 집중을 나는 결코 잊지 않았다. 그처럼 적은 성과에 나는 만족하지 않았으며, 그것을 무슨 가치가 있다거나 훌륭하다고는 생각지 않았다. 그러나 그러한 청명과 창조의 시간이 다시 돌아오는 것이 내 일생에 다시없을 바람직하고도 중요한 일이라는 것은 확실했다.

동시에 나는 바이올린으로 즉흥곡을 켜고, 덧없는 착상이나 다채로운 기분에 도취해 즐기며 열중하는 날도 있었다. 그러나 얼마 안 가서 나는 그것이 창작이 아니라 경계해야 할 유희나 탐닉이라는 것을 알았다. 꿈을 따르며 도취한 시간을 맛보는 것과, 적과 싸우듯 예술 형식의 비밀과 가차 없이 명백하게 싸우는 것이 다르다는 것을 알았다. 그리하여 그 당시에 나는 이미 참다운 창작이란 사람을 고독하게 만들며, 우리가 인생의 쾌락에서 떼어내지 않으면 안 될 그 무엇을 요구한다는 것을 조금이나마 깨달았다.

드디어 나는 자유로워졌다. 학교를 마치고 부모에게 작별 인사를 한 뒤 수도에 있는 음악학교 학생으로 새로운 생활을 시작했다. 나는 커다란 기대를 하면서 시작했으며, 음악학교에서는 좋은 학생이 되리라 믿어 의심치 않았다. 그러나 뜻밖에도 기가 막히게 다른 결과가 나타났다. 어떤 수업이든 따라가려고 애썼으나 필수 과목인 피아노 수업에서는 괴로움만 크게 느낄 뿐이었다. 그리고 얼마 지나지 않아 내 공부 전체가 오르기 힘든 산처럼 눈앞에 가로놓여 있음을 보았다. 단념할 생각은 없었지만, 그래도 환멸을 느끼며 당황했다. 나는 짐짓 겸손한 척했지만 스스로를 일종의 천재로 여기고 예술에 이르는 길의 노고와 고난을 아주 경시하고 있었다는 것을 그제야 깨달았다. 게다가 작곡마저 완전히 싫어졌다. 아주 사소한 과제라도 산더미 같은 장애와 규칙만 보일 뿐, 내 감정에 대한 신뢰를 완전히 잃었다. 도대체 창조력의 불씨가 아직도 내 마음속에 남아 있는지조차 알 수 없었기 때문이다. 그래서 내 분수를 깨달은 나는 기를 죽이고 처량하게 사무실이나 다른 학교에서 하던 것과 별반 다르지 않게 부지런히, 그러나 별 흥취도 없이 학업을 이어 나갔다. 불평할 수도 없었고, 특히 집에 보내는 편지에는 더욱 그랬다. 나는 내가 시작한 길을 묵묵히 환멸을 안고 걸어 나가면서 적어도 제대로 된 바이올리니스트라도 되어야겠다고 결심했다. 나는 연습에 연습을 거듭하며 선생의 무례와 조소를 참아냈다. 그다지 능력 있다고는 생각되지 않는 많은 친구가 쉽게 앞으로 나아가며 칭찬을 받았다. 나는 내 목표를 점점 낮추었다. 왜냐하면 내 바이올린 실력도 자랑할 정도는 아니었으며, 더구나 대가가 되리라고는 생각지도 못할 형편이었기 때문이다. 부지런히 한다면 어떻게 겨우 쓸 만한 바이올리니스트가 되어, 어딘가 조그마한 오케스트라에서 명예도 수치도 되지 않을 정도로 두드러지지 않게 바이올린을 연주해 밥벌이할 수 있을 정도였다.

그리하여 내가 그토록 동경하며 모든 기대를 걸었던 그 시절은 내 인생에서 음악 정신에 버림받고, 기쁨이 없는 길을 걸으며, 울림도 박자도 없는 나날을 보낸 유일한 시기가 되었다. 내가 아무리 기쁨과 교양과 빛과 아름다움을 구해도, 요구와 규칙과 의무와 장애와 위험만 발견할 뿐이었다. 무엇인가 음악적인 것이 떠오르더라도 평범하고 흔한 것이거나, 예술 법칙에 명백히 어긋나는 전혀 가치 없는 것이었다. 그래서 나는 위대한 생각이나 희망을 모두 거둬들였다. 나는 젊은 대담성으로 예술을 지향하지만 중요한 단계에 이르러 힘이 미치지 못하는 많은 사람 가운데 하나였다.

그 상태가 3년쯤 계속되었고, 어느덧 나는 스무 살이 넘어 있었다. 확실히 직업을 잘못 선택했으며, 다만 부끄러움과 의무감으로 시작한 길을 계속 걷는 데 지나지 않았다. 이제 음악은 잊어버리고 다만 손가락 연습, 어려운 과제, 화성학의 금지 규제, 그리고 내 모든 노력을 시간 낭비라고 여기고 조소하는 듯한 선생의 괴로운 피아노 수업 등을 알고 있을 뿐이었다.

옛날의 이상이 은밀히 내 마음속에 줄곧 도사리고 있지 않았더라면, 나는 그즈음 즐겁게 지낼 수가 있었을 것이다. 내게는 자유와 친구들이 있었다. 또 나는 유복한 부모의 아들이며, 은근하고 발랄한 청년이었다. 때로 나는 그 모든 것을 즐겼고, 하루하루 유쾌하게 보내며 사랑의 유희, 음주, 휴가, 여행 등도 맛보았다. 그러나 그렇게 자신을 위로하고 제 의무를 간단히 처리한다는 것, 특히 젊은 날을 즐긴다는 것은 불가능했다. 스스로 의식하지는 못했지만, 멍하고 있을 때 언제나 내 향수는 예술가가 된다는, 현실에선 가라앉아버린 희망의 별을 기웃거렸다. 환멸을 잊거나 잠재울 수는 없었는데, 단 한 번 철저히 그럴 수 있었던 적이 있었다.

내 어리석은 청년 시절에서도 가장 어리석은 날이었다. 그즈음 나는 유명한 H 성악 선생의 한 여제자를 좇아다니고 있었다. 그녀는 나와 같은 상태에 놓여 있는 것 같았다. 그녀는 큰 희망을 품고 왔으나, 엄격한 선생을 만나 공부는 따라가기 힘겹고 결국에는 목소리마저 못 쓰게 될지 모른다고 생각하고 있었다. 그래서 마음이 들뜬 그녀는 우리 동아리와 함께 시시덕거렸다. 그녀는 우리를 미치게 하는 법을 알고 있었는데, 물론 쉬운 일이었다. 그녀는 타오르는 듯 싱싱하고 화려한, 그러나 시들기 쉬운 아름다움을 지니고 있었다.

그 아름다운 리디는 만날 때마다 순진한 웃음으로 내 마음을 사로잡았다. 내가 그녀에게 빠져 있는 시간은 길지 않았으며 종종 완전히 잊어버리기도 했으나, 그녀 옆에 있으면 언제나 연모의 정이 나를 덮쳐왔다. 그녀는 나를 다른 사람들과 마찬가지로 대했다. 그녀는 우리를 부추겨 자신의 힘을 즐기면서, 자신은 오직 자기 젊음의 기호적 관능으로서 상대가 되고 있을 뿐이었다. 그녀는 매우 아름다웠다. 그러나 그 아름다움은 그녀가 이야기를 하거나 움직이고 있을 때, 따스하고 깊은 목소리로 웃을 때, 춤을 추거나 연모자의 질투를 흥겨워하고 있을 때뿐이었다. 모임에서 그녀를 만나고 돌아올 때마다 나는 나 자신을 비웃고, 나 같은 기질은 그처럼 처세에 능한 말괄량이 여인을 진지하게 사랑할 수 없다고 스스로를 타일렀다. 그러나 때때로 나는 그녀의 몸짓이나 따스한 속삭임에 완전히 흥분되어 밤늦게까지 미칠 듯 떨리는 마음으로 그녀의 집 근처를 배회하기도 했다.

그즈음 나는 짧은 기간이었지만 난폭해져서 반쯤 억지로 개구쟁이 짓을 한 시기가 있었다. 며칠이나 의기소침하여 음울하고 조용하게 있노라면 내 젊음이 격동과 도취를 요구했다. 그럴 때 나는 동년배 친구들과 도에 지나친 향락에 빠졌다. 우리는 쾌활하고 방자한, 아니 위험하고 소란스러운 동아리로 통했으나 내게는 해당하지 않았다. 우리는 리디와 그녀의 작은 모임에서 확실치 않은, 그러나 달콤한 영웅적 명성을 얻고 있었다. 그러한 행동의 얼마만큼이 참다운 청춘의 기쁨이며 얼마만큼이 고의적인 마비였는지, 그것을 지금 구별할 수는 없다. 내가 그러한 상태나 모든 외면적 객기에서 이미 완전히 벗어나 있기 때문이다. 거기에 도가 넘친 것이 있었다면 지금 나는 그 벌을 받고 있다.

어느 겨울날, 수업이 없던 우리는 함께 교외로 나갔다. 여덟에서 열 명쯤 되는 젊은이들로, 그중에는 리디를 비롯해 여자 친구 셋도 끼어 있었다. 우리는 그 당시만 해도 아이들의 오락 정도로나 여겨지던 썰매를 가지고 있었다. 우리는 산이 많은 교외에서 썰매타기에 적합한 길이나 초원의 비탈을 찾았다. 나는 그날을 똑똑히 기억하고 있다. 적당한 추위에 이따금 태양이 얼굴을 내밀었으며, 짜릿한 공기는 눈기운을 강하게 풍기고 있었다. 색색의 옷을 입고 스카프를 두른 여자들이 하얀 눈 위에 화려하게 서 있었다. 몸으로

스머드는 공기에 마음이 취했고, 그처럼 상쾌한 곳에서 격렬하게 움직이는 것은 그야말로 하나의 기쁨이었다. 우리 적은 일행은 매우 즐거워졌다. 별명이며 놀리는 말들을 주고받고 눈덩이로 대답하며 조그마한 눈싸움이 되기도 했다. 나중에는 모두가 몸이 달아오르고 눈투성이가 되어, 잠시 숨을 돌리지 않으면 새로 시작할 수가 없었다. 눈으로 커다란 성을 쌓고는 서로를 포위하고 공격했다. 그러는 틈틈이 여기저기에서 썰매를 타고 좁다란 초원 비탈을 미끄러져 내려갔다.

낮에 신나게 뛰놀아서 몹시 배가 고팠던 우리는 마을로 가서 좋은 요릿집에 찾아들었다. 거기에서 차를 끓이고 고기를 굽게 하고, 피아노를 점령해 노래 부르고 소리를 지르며, 포도주와 그로그*를 주문했다. 식사가 나와 즐겁게들 먹었고, 좋은 포도주를 풍성히 마셨다. 그 뒤에 여자 친구들은 커피를 청하고, 우리는 리큐어를 마셔보았다. 작은 방 안은 온통 고함 소리와 축제 같은 소란으로 가득 차고, 모두 정신없이 들떠 있었다. 나는 처음부터 끝까지 리디 곁에 있었다. 그날은 그녀의 기분이 썩 좋아서 나한테 특별히 살갑게 대해주었다. 환락과 도취에 찬 그 분위기 속에서 그녀는 화사하게 아름다웠고, 그 사랑스러운 눈을 반짝거리면서 여러 사람들이 반은 대담하게 반은 불안스레 표시하는 애정을 받아들였다. 벌칙 놀이가 시작되었다. 벌칙은 우리 학교 선생 가운데 한 사람을 피아노로 흉내 내는 것이다. 개중에는 키스로 벌칙을 하는 아이도 있었는데, 그 키스의 횟수와 기교는 엄밀히 주목되었다.

---

* 럼과 물을 섞은 술

우리가 소란을 피우며 요릿집을 나와 집으로 향한 것은 아직 이른 오후였지만, 벌써 약간 어두워지기 시작하고 있었다. 조용히 다가오는 저녁녘, 서둘지 않고 시내로 돌아오면서 우리는 다시 들뜬 아이들처럼 눈 속에서 날뛰었다. 나는 리디 곁에 있을 수 있었다. 다른 친구들의 눈총을 받으면서도 나는 스스로 리디의 기사가 되었다. 그리고 곳곳에서 그녀를 내 썰매에 태워 끌면서, 끊임없이 되풀이되는 눈덩이의 공격에서 있는 힘껏 그녀를 지켰다. 마침내 모두가 우리를 그대로 내버려두었다. 여자들은 제각기 짝을 구했고, 짝을 찾지 못한 청년 둘만이 지분거리며 도전적으로 매달려왔다. 나는 그때만큼 흥분하고 미칠 듯 반해버린 적이 없었다. 리디는 내 팔을 잡았는데, 내가 걸어가면서 그녀를 살며시 안는 것을 거부하지 않았다. 그러고는 어둠을 향해 재잘거리든가, 또는 행복하게, 내가 보기에 희망을 걸어도 되겠다 싶게 내게 몸을 기대고 가만히 있었다. 나는 가슴이 타올라 그 기회를 한껏 이용하기로 작정했다. 적어도 아늑하고 애정 어린 그 상태를 되는 데까지 오래 지속시키기로 결심했다. 시내에 조금 못 미쳐서 내가 길을 돌아서 가자고 말하며 아름다운 언덕 위의 길로 접어들었을 때도 반대하는 사람은 하나도 없었다. 그 길은 골짜기 위로 반원형 급경사를 이루면서 뻗어 있었고, 골짜기와 시내가 내려다보이게 전망이 확 틔어 있었다. 시내는 벌써 반짝이는 가로등의 행렬과 무수한 빨간 불빛으로 골짜기 아래서 빛나고 있었다.

리디는 여전히 내 팔에 매달려 이야기를 걸고, 타오르는 내 정열을 웃으며 받아들였다. 그녀 자신도 무척 흥분해 있는 듯 보였다. 그러나 내가 살며시 힘을 주어 그녀를 끌어당겨 키스하려고 하자 몸을 풀고 옆으로 빠져나갔다.

"저기를 보세요."

그녀는 숨을 깊게 내쉬면서 말했다.

"우리 저 초원을 썰매를 타고 내려가요! 혹시 무서워요, 영웅님?"

나는 아래를 내려다보고 놀랐다. 너무 비탈져서 나는 사실 잠깐 그 대담한 썰매 타기에 겁을 집어먹었다.

"안 되겠어."

나는 잘라 말했다.

"이미 너무 어두워졌어."

그녀는 이내 냉소와 노여움을 품고서 나에게 대들었다. 나를 겁쟁이라고 하면서, 내가 비겁하게도 함께 썰매를 타고 내려가지 않는다면 혼자서라도 가겠다고 다짐했다.

"물론 뒤집어지겠지요."

그녀는 웃으면서 말했다.

"그렇지만 그거야말로 가장 재미있지 않겠어요?"

그녀가 너무 추기는 통에 나는 한 가지 생각을 떠올렸다.

"리디."

나는 나직이 말했다.

"해보자고. 만약 뒤집어지면 나한테 눈을 문질러도 좋아. 그러나 무사히 내려가면 보답을 받겠어."

그녀는 그저 웃으면서 썰매에 탔다. 나는 그녀의 눈을 보았다. 그 눈은 즐거운 듯 뜨겁게 빛나고 있었다. 나는 썰매 앞에 바싹 다가앉고는 그녀에게 나를 꽉 붙들라고 말한 다음 미끄러져 나아갔다. 그녀는 두 손을 내 가슴 위에서 깍지 끼었다. 나는 그녀가 나를 안았다는 걸 느꼈다. 나는 다시 큰 소리로 무슨 말을 하려 했으나, 더는 말할 수가 없었다. 너무 비탈져 있어서 허공 속으로 떨어져 내려가는 것 같았다. 급히 두 발바닥으로 지면을 더듬으며 멈추든가 뒤집어지든가 하려고 했다. 갑자기 리디가 몹시 걱정되었기 때문이다. 그러나 이미 때는 늦었다. 썰매를 멈출 수가 없었다. 곧장 밑으로 내려갔다. 넘실대는 눈의 차갑고 찌르는 듯한 가루 물결이 얼굴에 느껴졌을 뿐이다. 그리고 리디의 비명 소리가 들렸다. 그뿐이었다. 대장간 망치로 머리를 얻어맞은 것 같은 강한 타격을 받았다. 어딘가 몸을 에는 듯한 아픔이 있었다. 내가 느낀 마지막 감각은 춥다는 느낌이었다.

그 짧고 경솔한 썰매 타기로 나는 내 청춘의 쾌락과 어리석음에 대한 보상을 치렀다. 그 후 여러 가지 다른 일과 함께 리디에 대한 내 사랑도 완전히 사라지고 말았다.

사고에 이어서 일어난 소란이나 불안한 분주함을 나는 알 리 없었으나, 다른 사람들에게는 고통스러운 한때였다. 그들은 리디가 소리 지르는 것을 듣고 웃으면서 위쪽에서 어둠을 향해 야유를 던졌고, 나중에야 무슨 안 좋은 일이 일어났음을 알고 겨우 내려왔다. 그들이 도취와 들뜬 기분에서 벗어나 분별을 되찾기까지는 한동안 시간이 걸렸다. 리디는 파랗게 질려 반쯤 정신을 잃었으나 다친 데는 전혀 없었다. 다만 장갑이 찢기고, 가느다란 흰 손의 살갗이 심하게 벗겨져서 피가 흐르고 있을 뿐이었다. 그러나 나는 죽은 사람처럼 운반되었다. 썰매와 내 뼈를 박살 낸 사과나무인지 배나무인지는 나중에 찾아보았으나 보이지 않았다.

모두 내가 뇌진탕으로 죽었다고 생각했으나, 그렇게 심하지는 않았다. 물론 머리에도 타격을 받아, 병원에서 정신을 차리기까지는 상당히 오랜 시간이 걸렸다. 그러나 상처는 나았다. 머리도 좋아졌다. 대신에 몇 군데나 부러진 왼쪽 다리는 원상태로 회복되지 않았다. 그 후로 나는 불구가 되어 절름거릴 수 있을 뿐 보통으로 걸을 수도, 뛸 수도, 춤출 수도 없게 되었다. 그래서 내 청춘에 뜻하지 않게 조용한 나대로의 길이 나타났다. 나는 수줍어하면서 내키지 않는 그 길을 걸었다. 결국 그럴 수밖에 없었다. 그리고 때로는 그 저녁 무렵의 썰매 타기와 그 결과를 내 일생에서 잊고 싶지 않다고 생각하기도 했다.

물론 그럴 때 나는 부서진 다리보다는 그 재난의 다른 여러 가지 결과를 생각했다. 훨씬 친근하고 기쁜 일이었다. 공포와 암흑에의 응시를 수반하는 불행 그 자체 때문이었는지, 아니면 오랫동안 누워서 지낸 몇 달 동안 조용히 생각했기 때문이었는지는 모르겠다. 어쨌든 치료는 내게 좋은 결과를 미쳤다.

그 긴 병상 생활의 처음 일주일쯤은 내 기억에서 완전히 사라져버리고 없다. 의식이 없을 때가 많았으며, 의식을 완전히 되찾고 나서도 쇠약하여 무관심 상태였다. 어머니가 와서 매일 충실하게 병원의 내 침대 옆에 앉아 있었다. 내가 어머니를 쳐다보고 두어 마디 말을 건네면 어머니는 다정하고 거의 쾌활해 보이기까지 했다. 나중에 들은 얘기지만, 사실 어머니는 나에 대해서 생명을 걱정하기보다 오히려 정신 상태를 염려했다. 때때로 우리는 조용하고 밝은 작은 병실에서 오랫동안 잡담을 했으나, 우리 관계가 별로 깊어지지는 않았다. 나는 언제나 아버지 쪽에 더 애착을 가지고 있었다. 그때 어머니는 동정 때문에, 나는 감사한 생각 때문에 서로 마음이 누그러져 있어서 화해의 기분이 되어 있었지만, 우리 두 사람은 너무 오랫동안 서로가 상대를 관망하고 되는대로 상대를 봐오는 데 젖어 있었기에 눈을 뜬 애정을 말로 하기에 이르지는 못했다. 우리는 서로 만족하여 얼굴을 마주 대할 뿐 그것을 말로 표현하지는 않았다. 어머니는 나를 병상에서 간호할 수가 있어 다시 내 어머니가 되었고, 나도 다시 소년의 감정으로 어머니를 보고 그 밖의 일들은 모두 잠시 잊어버리고 있었다. 물론 나중에는 옛날의 상태로 다시 돌아갔다. 우리는 어쩐지 서먹서먹한 생각만 들어서, 그 병상 생활에 대해서는 별로 이야기하지 않게 되었다.

나는 차츰 내 처지를 내다보기 시작했다. 열이 나는 시기는 지났고 차분한 태도를 보였으므로, 의사는 내게 그 전복의 흔적이 아마도 영구히 남으리라는 것을 더는 비밀로 하지 않았다. 나는 의식적으로는 얼마 맛보지 못한 내 청춘이 무참히도 절단되어 하잘것없이 되어 있는 것을 보았다. 그러나 병상 생활이 석 달이나 더 계속되었으므로 단념할 시간은 충분했다. 그리고 또 나는 열심히 머릿속에서 내 처지를 파악하여 장래의 모습을 그려내려고 애썼으나 그리 잘되지는 않았다. 나는 언제나 이내 지쳐 어렴풋이 몽상에 잠겼다. 그렇게 해서 자연스레 불안과 절망을 느끼지 않게 되었고, 휴식을 취하며 몸을 회복할 수 있었다. 그래도 이렇다 할 위안을 생각해낼 수 없이 몇 시간이고, 때로는 밤의 절반을 불행에 괴로워하곤 했다.

그즈음의 어느 날 밤, 두어 시간 가볍게 졸고 나서 눈을 떴을 때의 일이다. 나는 무슨 좋은 꿈을 꾼 듯해 그것을 생각해내려고 애썼으나 소용이 없었다. 궂은일은 모두 극복하고 온 것 같은, 이상하게 상쾌하고 좋은 기분이었다. 누운 채로 생각에 잠겨 완쾌와 구원의 그윽한 흐름에 몸을 맡기고 있노라니, 선율 하나가 거의 소리도 없이 입속에 떠올랐다. 나는 그것을 언제까지나 흥얼거렸다. 그러자 뜻하지 않게도 오랫동안 멀어져 있던 음악이 구름을 헤치고 나온 별처럼 다시 나를 쳐다보았다. 내 가슴은 음악의 리듬으로 울렁거렸고, 온몸은 생기를 되찾아 맑고 새로운 공기를 호흡했다. 내가 미처 의식하지 못하는 사이에 그러한 일이 일어났을 뿐이다. 마치 은은한 합창이 멀리서 울려오는 것같이 소리 없이 내 몸과 마음에 스며들었다.

그렇게 마음속 깊이 상쾌함을 느끼며 나는 다시 잠이 들었다. 다음 날 아침은 오랫동안 맛보지 못한 즐겁고 가벼운 기분이었는데, 어머니가 알아차리고 무엇이 기쁜지 내게 물었다. 나는 잠시 생각한 뒤에 오래 잊고 있던 바이올린 생각이 나서 즐겁다고 대답했다.

"하지만 아직은 오랫동안 켤 수 없겠지."

어머니는 약간 근심스럽게 말했다.

"그런 건 상관없어요. 설령 이제 다시 켤 수 없다 해도."

어머니는 내 마음을 이해하지 못했고 나도 설명할 수가 없었다. 그러나 어머니는 내 건강이 나아졌으며, 근거 없는 그 즐거움 뒤에 적의가 숨어 있지 않다는 것을 느꼈다. 며칠이 지난 뒤에 어머니는 신중하게 다시 이야기를 꺼냈다.

"얘, 도대체 네 음악은 어떻게 됐니? 우린 네가 음악에 싫증이 났을 거라고 생각했단다. 아버지가 네 선생님들하고 이야기한 거야. 너한테 무슨 간섭을 하자는 건 아니란다. 특히 지금에 와서는 말이다. 하지만 네가 실망해서 단념하고 싶다고 생각한다면, 그렇게 해도 좋아. 고집이나 체면 때문에 억지로 할 필요는 없어. 네 생각은 어떠니?"

음악에서 멀어지고 환멸을 느끼던 시절이 머리에 떠올랐다. 나는 그때의 내 심경을 어머니에게 설명하려 애썼고, 어머니도 납득하는 것 같았다. 그렇지만 나는 내가 하고 있는 것에 대해 확신을 되찾았다. 어쨌든 그렇게 달아나고 싶지는 않았다. 나는 끝까지 공부해보겠다고 말했다. 일단 그렇게 하기로 했다. 어머니로서는 엿볼 수 없는 내 마음속 밑바닥에는 음악이 있을 뿐이었다. 바이올린으로 성공할지 어떨지는 몰랐으나, 나는 다시 세계가 훌륭한 예술품처럼 울려 퍼지는 것을 들었으며 음악 말고는 내 구원이 없다는 것을 알았다. 몸 형편이 바이올린을 허용하지 않는다면 포기할 수밖에 없고, 어쩌면 다른 직업을 구해 상인이라도 되지 않으면 안 되었다. 그러나 그런 것은 별로 중요하지 않았다. 상인이나 다른 무엇이 되더라도 나는 마찬가지로 음악을 느끼고, 음악 속에 살며 호흡할 것이다. 나는 다시 작곡을 할 것이다! 내가 즐거움으로 할 것은 어머니에게 말했듯 바이올린이 아니었다. 내가 손을 떨며 구하고 있는 것은 음악을 하는 것, 곧 창작이었다. 어느덧 나는 옛날의 가장 좋았던 시절처럼 때때로 맑은 공기의 높은 진동과 사상의 긴장된 냉기를 다시 느끼고 있었다. 그리고 또 그것에 비하면 불구가 된 다리나 그 밖의 다른 재난은 대수롭지 않게 여겨졌다.

그때 이후로 나는 승리자였다. 그 후 때로 건강과 청춘의 쾌락을 동경하는 일은 있어도, 또 괴로움과 화나는 부끄러움으로 불구가 된 몸을 증오하고 저주하는 일은 있어도 그 괴로움에 그렇게 어이없어지지는 않았다. 위로하고 광명을 주는 무언가가 있었기 때문이다.

때때로 아버지가 어머니와 나를 보러 여행해 왔고, 어느 날 내가 벌써 오래전에 견딜 만한 상태가 되어 있었기에 아버지는 어머니를 데리고 가버렸다. 처음 며칠은 조금 쓸쓸했다. 그리고 어머니와 거의 마음 터놓고 이야기하지 못했으며 어머니의 걱정에 무관심했던 것을 부끄럽게 여겼다. 그러나 내 마음은 저 다른 기분으로 가득 차 있었기에 그런 생각도 호의적인 변덕과 감상 이상으로는 자라나지 못했다.

어머니가 있는 동안에는 방문을 삼갔던 사람이 뜻하지 않게 찾아왔다. 리디였다. 나는 그녀를 보고 놀랐다. 첫 순간에는 내가 최근에 그녀와 참으로 가까웠던 일, 무척이나 그녀를 사랑했던 일 등이 전혀 머리에 떠오르지 않았다. 그녀는 몹시도 당황하는 빛을 띠며 찾아왔다. 그녀는 내 불행에 대해서 책임을 느끼고 있었으므로 내 어머니에 대해서, 그뿐만 아니라 법원에 대해서도 두려움을 품고 있었다. 그러나 사태가 그렇게 나쁘지 않으며, 또 그녀 자신은 상관이 없다는 것을 서서히 이해했다. 그래서 그녀는 안도의 숨을 내쉬었지만 은근히 실망하는 눈치도 감출 수 없었다. 그녀는 여러 가지 양심의 가책을 느끼고 있었지만, 선량한 여심(女心)의 밑바닥에서는 그 사건 전체로 상처받은 불행이 깊이 영향을 미친 터였다. 그녀는 '비극적'이라는 말까지 여러 번 사용해서 나는 웃음을 참을 수가 없었다. 대체로 그녀는 내가 그렇게 건강하고 나 자신의 불행을 별로 개의치 않고 있으리라고는 예기치 못했었다. 그녀는 내게 용서를 구했다. 용서한다는 것은 애인인 내게는 커다란 만족이 틀림이 없었다. 그녀는 그 감동적인 장면을 기회로 내 마음을 새로이 자랑스럽게 획득하고자 생각했다.

내가 그렇게도 쾌활하고, 따라서 그녀가 모든 죄나 고발에서 벗어나 있다는 것이 어리석은 여자라면 적잖이 마음 놓이는 일이긴 했으나 그녀는 기뻐하지 않았다. 양심이 가라앉고 품었던 걱정이 사라질수록 그녀가 생기를 잃고 냉정해지는 것을 나는 느꼈다. 내 불행과 그녀와의 관계를 내가 너무 가볍게 여긴다는 것, 아니 아예 잊어버린 듯 보였다는 것, 그녀의 감동과 사죄를 미연에 가로막아 아름다운 장면을 소용없게 해버린 것은 늦게나마 그녀의 마음을 적잖이 상하게 했다. 내가 매우 정중하게 대했는데도 그녀는 내가 이제 자신을 전혀 사랑하지 않는다는 것을 잘 알 수 있었는데, 그것이 그녀에게는 가장 나쁜 일이었다. 설령 팔다리를 다 잃었을지라도 여전히 나는 그녀를 열렬히 사모하는 사람이어야 했다. 그녀 자신은 열애자(熱愛者)를 사랑하지도 않고 행복하게 하지도 않으면서 상대가 비참해지면 비참해질수록 그 초췌함에 한층 더 만족했으리라. 그러나 그 기대가 빗나간 것을 그녀는 아주 똑똑히 깨달았다. 그녀의 예쁜 얼굴에서 동정에 찬 문병객의 온정과 연민의 정이 차츰 식어가는 것을 나는 보았다. 마침내 그녀는 공허한 작별인사를 하고 가버렸다. 그리고 또 오겠다고 맹세해놓고도 다시는 오지 않았다.

나의 옛사랑이 매우 경시되고 웃음거리가 된 광경을 본다는 것은 내게도 커다란 고통이며 내 자부심에 거슬리는 일이기는 했지만, 그래도 그녀의 문병은 나에게 도움이 되었다. 열망하던 아름다운 아가씨를 처음으로 연정과 의심 없이 보고 나서 나는 내가 그녀를 전혀 모르고 있었음을 깨닫고 매우 놀랐다. 세 살 때 안고 귀여워하던 인형을 누군가 내게 보여주더라도 그때만큼 내 감정이 서먹해지고 뒤바뀐 데 놀라지는 않았을 것이다. 몇 주일 전까지 열렬히 사랑하던 아가씨를 바로 눈앞에서 아주 타인으로 보았기 때문에.

그 겨울 일요일의 소풍을 함께 갔던 친구들 가운데 두 명이 나를 두어 번 찾아주었으나, 이야기는 별로 나누지 않았다. 회복되고 있으니까 나 때문에 마음 쓰지 말라고 당부하자, 그들이 안도하는 것을 느낄 수 있었다. 그 뒤로는 서로 다시 만나지 않았다. 청년 시절 내 인생을 차지했던 모든 일이 내게서 멀어지고 서먹해지며 사라져가는 것은 기억할 만한 일로, 슬프고도 기묘한 인상을 남겼다. 나는 문득 그 당시 내가 얼마나 그릇된 슬픈 생활을 했는지 깨달았다. 그즈음의 사랑이나 친구들이나 습관이나 기쁨이 허술한 옷처럼 고통도 없이 내 몸에서 떨어져 나갔으므로 나는 어떻게 그때까지 그러한 것을 견뎌낼 수가 있었는지, 아니면 그러한 것이 나를 어떻게 견딜 수가 있었는지 그 점이 신기할 뿐이었다.

대신 전혀 생각지도 않았던 누군가의 문병이 나를 놀라게 했다. 어느 날, 곧잘 빈정대던 엄한 피아노 선생이 와주었기 때문이다. 그는 한 손에 지팡이를 들고 양손에 낀 장갑을 벗지도 않은 채 여느 때의 퉁명스럽다 못해 거의 신랄한 어조로 말했다. 그는 저 어리석은 썰매 타기를 '여자를 위한 마부 일'이라고 말했고, 그 어투로 보아 내가 겪은 불행을 고소하게 여기는 것 같았다. 그렇지만 그가 찾아온 것은 특기할 만한 가치가 있었다. 그의 태도는 여전했지만 악의로 찾아온 것은 아니고, 내가 둔하기는 하나 좀 괜찮은 학생이다, 그의 동료인 바이올린 선생도 같은 의견이다, 빨리 회복해서 돌아와 기쁘게 해주면 좋겠다고 말하러 온 것이었다. 이전에 거칠게 다툰 데 대한 사죄인 양 보이는 그 말도 이전과 조금도 다름없는 엄하고 날카로운 어조였지만 내게는 마치 사랑 고백처럼 들렸다. 나는 그 정들지 않는 선생에게 감사의 손을 내밀었다. 그리고 그에게 신뢰를 보여주려고 지난 몇 년 동안 내 상태가 어떠했으며, 음악에 대한 내 어린 시절의 태도가 지금 어떻게 되살아나고 있는지 명확하게 나타내고자 애썼다.

교수는 머리를 가로저으며, "아니, 자네는 작곡가가 되려는 건가?"라고 물으면서 모멸하듯 혀를 찼다.

"될 수 있다면요."

나는 기가 꺾여 말했다.

"그래, 성공을 빌겠네. 아마도 자네가 새로운 정열로 연습을 시작하리라고 생각했었네. 그러나 작곡가로서는 물론 그럴 필요가 없지."

"아니에요, 그런 뜻이 아니었습니다."

"그럼 어쩔 작정이지? 음악학교 학생은 게으름뱅이지. 착실히 공부하기가 싫어지면 꼭 작곡으로 방향을 돌린단 말이야. 그건 누구나 다 할 수 있고, 누구나 다 천재니까 말이야."

"사실 그런 뜻이 아닙니다. 제가 피아니스트가 되어도 괜찮을까요?"

"아니, 그건 무리겠지. 하지만 바이올린은 제법 켤 수 있게 될 거야, 틀림없이."

"그럼 그렇게 하겠습니다."

"진정이기를 바라네. 오래 있지 않겠네. 빨리 회복하고. 잘 있게."

그렇게 말하고서 그는 놀라워하는 나를 남겨두고 가버렸다. 나는 공부로 돌아갈 생각을 아직은 전혀 안 하고 있었다. 또다시 애만 쓰다가 잘 안 되고 결국 전번처럼 되어버리지 않을까 근심이 되었다. 그러나 그런 생각은 오래 지속되지 않았다. 무뚝뚝한 교수의 방문은 전적으로 호의로서 참다운 친절의 표시였음을 알았다.

병이 나은 후에 나는 원기를 회복하고자 여행을 떠날 예정이었으나, 그것은 긴 방학 때로 미루고 차라리 지금 곧 열심히 공부하기로 했다. 그때 나는 처음으로 휴양 기간, 특히 어쩔 수 없이 취한 휴양 기간이 참으로 놀랄 만한 효험이 있다는 것을 알았다. 자신도 없이 수업과 연습을 시작했으나 모두가 전보다 잘되어갔다. 물론 내가 결코 명인이 되지 못하리라는 것은 이번에도 똑똑히 알았지만, 그렇게 깨달아도 당시 상태에서는 고통스럽지가 않았다. 어떻든 잘되어갔다. 특히 긴 휴식 동안 음악 이론, 화성학, 작곡학 등의 무시무시한 덤불이 아주 대하기 쉬운 상쾌한 꽃밭으로 변해 있었다. 내 기분이 좋을 때의 착상이나 시도가 더는 규칙이나 법칙에서 벗어나지 않았으며, 학생으로서 엄격히 복종하는 가운데서도 자유로 통하는 길이 좁긴 하지만 틀림없이 있다는 것을 느꼈다. 모든 것이 가시울타리처럼 눈앞에 가로놓이고 상처 난 머리를 감싸안은 채 모순이나 결함으로 괴로워하는 시간이 밤낮 없이 이어지기는 했으나, 절망은 두 번 다시 오지 않았다. 좁은 길이 뚜렷하게, 걷기 쉽게 내 눈앞에 펼쳐졌다.

학기 말의 일이었다. 이론 선생이 방학 전에 헤어지면서 뜻밖에도 내게 이렇게 말했다.

"자네는 올해 학생 가운데 어느 정도 음악을 옳게 이해하고 있다고 생각되는 유일한 학생이야. 뭔가 작곡을 하면 기꺼이 봐주겠네."

그 위로의 말을 귀에 담은 채 나는 여행을 떠났다. 오랫동안 집에 돌아가지 않았었기에, 기차를 타고 가는 동안 고향이 마음에 떠올라 내 사랑을 구하고, 유년 시절이나 소년 시절 초기의 반쯤 사라진 추억이 물결처럼 밀려들었다. 고향 정거장에는 아버지가 마중 나와 있었다. 우리는 마차를 타고 집으로 돌아왔다. 이튿날 아침이 되자마자 나는 옛 거리들을 한 바퀴 돌아보고 싶어졌다. 그때야 나는 비로소 의연한 내 청춘을 잃어버린 슬픔에 휩싸였다. 구부러져 굳어버린 다리를 지팡이에 의지한 채 절룩절룩 골목길을 걷고, 길모퉁이를 돌 때마다 소년의 유희나 사라진 기쁨이 되살아난다는 것은 고통이었다. 나는 우울한 기분으로 집에 돌아왔다. 누구를 만나도, 누구의 목소리를 들어도, 무슨 생각을 해도 옛날이 떠오르면서 내 불구가 쓰라리게 느껴졌다. 특히 어머니가 드러내놓고 말은 하지 않았지만 분명히 내 직업 선택을 이전보다 더 반대하고 있었기에 나는 더 괴로웠다. 음악가라도 대가로, 또는 활기찬 지휘자로 맵시 있는 모습을 나타낸다면 어머니도 혹시 인정할 수 있었을지 모른다. 그러나 발이나 몸이 성치 않은 사나이가 평범한 실력과 소심한 성질로 어떻게 바이올리니스트로서 살아가려는지 어머니는 이해할 수 없었다. 그런 생각에 대해서 어머니는 먼 친척뻘인 옛 친구의 지지를 얻었다. 아버지는 언젠가 그 여인에게 우리 집 출입을 금한 적이 있었고, 그녀는 강한 증오로 아버지에게 보복했다. 그녀는 아버지가 사무실에 있는 동안 곧잘 어머니를 찾아왔으나, 소년 시절에도 나하고는 거의 얘기를 주고받은 적이 없었다. 나를 싫어하는 것 같았다. 그래서 내 직업 선택을 타락의 징조로 여겼으며, 내 불행을 섭리에 따른 명백한 벌과 응징으로 보았다.

아버지는 나를 기쁘게 해주려고 내가 시립 음악협회 연주회에 독주자로 초청받도록 일을 마련했다. 그러나 나는 할 수 없었다. 나는 초청을 거절하고, 소년 시절에 쓰던 작은 방에 며칠이고 들어박혀 있었다. 특히 한없이 되풀이되는 질문을 받고 대답해야 하는 것이 고통스러워서 아예 문밖에도 나가지 않았다. 그러면서도 창문 너머로 바깥 생활이나 어린 학생들, 특히 젊은 여자들을 불행한 질투심으로 바라보고 있는 나 자신을 발견했다.

언젠가 다시 여인에게 사랑을 고백할 수 있기를 어떻게 바라랴! 나는 춤을 출 때처럼 언제나 옆에 떨어져 있을 것이다. 방관이나 하고 있어야 하고, 여자들에게 완전히 남자로는 인정받지 못할 것이다. 언젠가 나를 상냥하게 대하는 여자가 있다면 동정에서 그럴 것이다! 아, 동정을 받는다는 것은 이제 역겹도록 싫증이 났다.

그러한 상태로는 집에 있을 수가 없었다. 부모님도 내 조급한 우울증에 적잖이 괴로워했다. 그래서 오랫동안 계획해온 여행을 떠나겠다고 했을 때 아버지도 이미 약속한 일이고 해서 두 분 다 거의 반대하지 않았다. 그 뒤로도 신체적 결함이 나를 괴롭히고 절실한 소망을 파괴하곤 했지만, 그때만큼 내 약함과 불구를 격심한 고통으로 느낀 적은 없었다. 그즈음에는 건강한 청년이나 아름다운 여인을 볼 때마다 굴욕과 고통을 느꼈다. 지팡이와 절름거리는데 차츰 익숙해져서 겨우 거의 지장을 느끼지 않게 되었듯이, 세월과 함께 나 자신의 불구를 의식해도 예사로울 수 있고 체념이나 유머로 견뎌낼 수 있도록 길들지 않으면 안 되었다.

다행히 특별한 보호 없이도 혼자서 여행을 할 수 있었다. 누가 따라오더라도 나는 싫어했을 테고 내 마음을 치유하는 데 방해가 됐을 것이다. 기차에 앉자 신기한 듯한 동정의 눈으로 나를 바라보는 사람이 아무도 없어서 마음이 가벼워졌다. 나는 낮이고 밤이고 완전히 탈출하는 기분으로 계속 기차를 탔다. 그리하여 이틀째 날 저녁녘 흐린 창 너머로 솟은 높은 산을 보았을 때 깊은 안도의 숨을 내쉬었다. 날이 저물 무렵 종착역에 도착했고, 나는 지쳐 있었으나 즐겁게 그라우뷘덴* 한 소도시의 어스레한 골목을 걸어갔다. 그리고 첫 번째 만난 호텔에 들어 새빨간 포도주를 한 잔 마신 뒤 열 시간 동안 잠에 빠져 여행의 피로는 물론 짊어지고 온 고뇌도 웬만큼 풀었다.

아침에 나는 하얗게 거품이 이는 시냇물을 따라 좁은 골짜기를 누비며 산속으로 통하는 작은 산악 열차에 몸을 실었다. 그리고 한적한 역에서 마차로 갈아타 정오쯤 그 나라에서 제일 높은 곳에 있는 마을에 도착했다.

조용하고 가난한 마을의 단 하나뿐인 여관에 때로는 단 한 사람의 손님으로 나는 가을 중반까지 머물렀다. 거기에서 잠시 휴식하고 나서 스위스를 두루 여행하며 낯선 이 세상을 조금이나마 구경하고자 했다. 그러나 그 고지에 부는 바람이 맵기는 하지만 그 공기가 맑고 드높아서 나는 그곳을 떠나고 싶지가 않았다. 높은 골짜기 한쪽은 거의 꼭대기까지 전나무 숲에 덮여 있고, 다른 쪽 비탈은 바위투성이의 불모지였다. 나는 해가 내리쬐는 바위 사이나, 세차게 흘러내리는 시냇가에서 날을 보냈다. 밤이면 시냇물 소리

* 스위스의 주 이름

가 온 마을에 울렸다. 처음에는 차가운 물약을 마시듯 고독을 맛보았다. 누구 한 사람 나를 눈여겨보지 않았으며, 내게 호기심이나 동정심을 보내는 사람도 없었다. 나는 높은 곳에 있는 새처럼 자유롭고 혼자였으므로 이내 고통과 병적인 질투심을 잊었다. 때로 산속 깊숙이는 들어갈 수 없고, 미지의 골짜기나 알프스를 찾아가지도 못하며, 위험한 길을 오를 수도 없다는 사실이 나를 슬프게 했다. 그러나 내 마음 밑바닥은 매우 상쾌했다. 지난 몇 개월의 체험과 흥분 뒤에 찾아든 고독의 정적이 안전한 성처럼 나를 감싸주었다. 나는 흐트러졌던 마음의 안정을 되찾고 내 신체적 약점에 즐겁게까지는 아니지만 체념으로 순응하는 법을 배웠다.

그 고지에서 보낸 몇 주일은 내 일생에서 가장 아름다웠던 때라고 할 수 있다. 나는 깨끗하고 맑은 공기를 호흡하고, 얼음처럼 차가운 시냇물을 마시고, 험한 비탈에서 검은 머리카락의 꿈꾸는 듯이 조용한 목동이 지켜보는 염소 떼가 풀을 뜯는 것을 보았다. 때로는 폭풍우가 골짜기를 지나는 소리를 들었고, 놀랄 만큼 가까이에서 안개와 솜구름을 보았다. 바위 틈바귀에서는 작고 보드라운, 색채가 짙은 풀꽃 종류나 여러 신기한 이끼를 관찰했다. 맑게 갠 날에는 한 시간 동안이나 산에 올라가 건너편 꼭대기 너머 저 멀리 뚜렷이 떠오르는 봉우리가 푸른 그림자를 드리우고 은빛 설원이 행복스레 반짝이는 광경을 바라보았다. 자그마한 샘에서 흘러나오는 가느다란 물줄기로 젖어 있는 오솔길에서는, 맑게 갠 날이면 앙증맞고 푸른 나비 몇백 마리가 떼 지어 앉아 물을 마시고 있는 것을 보았다. 나비는 내가 걸어가도 피하지 않았고, 내가 놀라게 하면 은은한 비단처럼 엷은 날갯소리를 내며 내 주위를 팔랑 팔랑 날아다녔다. 그 나비들을 알게 된 뒤로 햇볕이 쬐는 날만은 그 길을 걸었는데, 그곳에는 언제나 푸른 나비 떼가 모여 있어서 마치 축제일 같았다.

하지만 잘 생각해보면, 그때는 내가 기억하는 만큼 마냥 푸른 하늘로 햇빛 찬란하지도, 축제일 같지도 않았다. 안개 낀 날이나 비가 오는 날이 있었을 뿐만 아니라 눈도 내리고 추위도 왔다. 내 마음속에도 폭풍우와 비바람이 몰아치는 날도 있었다.

나는 혼자 있는 데 익숙하지 않았다. 처음 얼마간의 휴식과 도취가 지나가자, 내가 빠져나왔다고 생각한 고뇌가 때때로 예고도 없이 무서우리만치 가까이에서 나를 노려보았다. 추운 밤이면 내 작은 방에 앉아서 여행용 담요로 무릎을 덮고, 지쳐서 속절없이 어리석은 생각에 잠겼다. 젊은 혈기가 욕망하는 모든 것, 이를테면 향연, 춤추는 즐거움, 여자의 사랑, 모험, 힘과 사랑의 승리 등은 내게서 영원히 떨어져나가 영영 닿을 수 없는 피안에 놓여 있었다. 반강제로 법석대며 놀다가 썰매가 뒤집혔던, 어처구니없이 절제를 잃었던 그 시절마저도 내 기억에는 잃어버린 기쁨의 나라로 아름다운 낙원 같은 색채를 띠고 나타났다. 그 기쁨의 여운은 이제 아득히 사라져가는 바쿠스의 도취처럼 저 멀리서 울려올 뿐이었다. 때때로 밤에 폭풍우가 몰려올 때면, 그리하여 전나무 숲이 뒤흔들리며 내지르는 격렬한 비명 소리가 차갑게 내리 떨어지는 물살의 끊임없는 소음을 덮어버릴 때면, 또는 삐걱거리는 집의 지붕 목재에서 정체를 알 수 없는 여름밤의 무수한 소음들이 잠 못 이루고 높아질 때면, 나는 삶과 사랑의 격정을 느껴보고 싶다는 절망적이고도 애절한 꿈에 쫓겨 신을 원망하며 몸을 뒤척였고, 세상 곳곳에서 수많은 사람들이 청춘을 구가하며 생명을 향해 두 손을 내밀어 환호하지만 나는 불쌍한 시인이요 몽상가에 지나지 않는다고 생각했다. 그 꿈은 가장 아름다운 때라도 덧없는 비눗방울처럼 아른거리다 터질 뿐이었다.

그러나 산들의 성스러운 아름다움과 내 감각을 매일같이 즐겁게 했던 모든 것이 베일을 통해서만 나를 바라보고 야릇한 먼 곳에서만 내게 말을 건넨다고 느꼈듯이, 종종 거칠게 터져 나오는 저 고뇌와 나 사이에도 어떤 베일과 뭔가 희미한 낯섦이 끼어들었다. 그래서 나는 곧 낮의 광채와 밤의 슬픔 모두를 예사로이 들려오는 외부로부터의 목소리로 들을 수 있게 되었다. 나는 나 자신을 구름이 오가는 하늘, 또 전투하는 병사들로 가득 찬 전장이라고 보고 느꼈다. 환희와 기쁨이든 고뇌와 우수든, 둘 다 한층 뚜렷하고 알기 쉽게 울리더니 내 영혼에서 흘러 나가서는 하모니와 선율을 이루어 내게 다가왔다. 그 하모니와 선율은 꿈결에 들려오는 듯했고 꼼짝 못 하게 나를 사로잡았다.

내가 그러한 모든 일을 처음으로 똑똑히 느낀 것은 어느 고즈넉한 저녁 무렵 바위 비탈에서 돌아오던 길이었다. 여러 일을 골똘히 생각하면서 나 자신이 하나의 수수께끼가 되었을 때, 그것이 무엇을 뜻하는지 갑자기 생각났다. 내가 오래전에 어렴풋이 맛본 적 있는 야릇한 망아적 시간이 다시 돌아왔다. 그 기억과 더불어 저 빛나는 청명함과 감정의 유리처럼 맑음과 투명함이 되살아났다. 그 감정은 어느 것이든 가식이 없었으며, 더는 고통이니 행복이니 불리지 않고 다만 힘과 울림과 흐름만을 의미했다. 그처럼 고양된 내 감각의 활동, 그 색채의 변화, 그 투쟁에서 음악이 탄생했다.

그리하여 나는 내 밝은 날에는 태양과 숲과 갈색 바위와 은빛의 먼 산들을 행복하고 아름답고 뭔가 수태(受胎)하는 듯한 감정으로 바라보았고, 어두운 날은 내 병든 마음이 고열에 시달리며 격동하는 것을 느꼈다. 나는 이제 쾌락과 고통을 구별하지 않았다. 이것이나 저것이나 똑같았으며, 둘 다 고통스럽기도 하고 감미롭기도 했다. 내 마음이 즐거워하거나 슬퍼하는 동안에도 내 창조력은 조용히 그 위에 서서 방관하며, 빛과 어둠은 형제이고 고뇌와 평화는 한 위대한 음악의 박자요 힘이요 부분임을 알았다.

그 선율을 기록할 수는 없었다. 나 자신에게도 아직 낯설고 그 끝을 알 수 없었기 때문이다. 그러나 들을 수는 있었으며, 내 마음속의 세계를 완전한 것으로 느낄 수가 있었다. 또한 나는 그 여운과 메아리를 줄이고 뒤바뀐 형태로나마 마음속에 단단히 붙잡을 수도 있었다. 나는 그 영감을 생각하면서 며칠 동안이나 빨아들였고, 이를 바이올린 이중주로 표현할 수 있음을 깨닫자, 둥우리를 떠나는 새처럼 순결한 기분으로 내 첫 소나타를 쓰기 시작했다.

어느 날 아침, 나는 내 방에서 1악장을 바이올린으로 켜보았다. 물론 연약함이나 위태로움이 느껴지기는 했지만, 그래도 한 음 한 음의 박자가 전율처럼 내 마음에 흘러넘쳤다. 그 음악이 훌륭한 것인지는 나도 몰랐다. 그러나 내 마음속에서 체험되어 생겨났고, 지금까지 어디에서도 들은 적 없는 나 자신의 음악이라는 것만은 알고 있었다.

아래층 객실에는 머리카락이 고드름처럼 하얀, 여관집 주인의 아버지가 연년세세 꼼짝도 하지 않고 앉아 있었다. 이미 여든이 넘은 그 노인은 말 한마디 없이 다만 주의 깊게 차분한 눈으로 주위를 둘러볼 뿐이었다. 엄숙하고 묵묵한 그 노인이 초인적 지혜와 조용한 영혼의 소유자인지, 아니면 정신력 상실자인지는 비밀이었다. 어느 날 아침에 나는 바이올린을 안고 그 노인이 있는 곳으로 내려갔다. 그 노인이 내 바이올린 연주뿐 아니라 모든 음악을 언제나 귀 기울여 듣는다는 것을 알았기 때문이다. 그 노인이 혼자 있는 것을 알고 나는 그의 앞에 서서 바이올린을 조율한 뒤에 내 1악장을 켰다. 그 나이 많은 사람은 흰자위가 누른빛을 띠고 눈꺼풀 언저리가 빨간 조용한 두 눈을 나에게 돌리고 가만히 귀 기울였다. 그 음악을 다시 생각할 때마다 그 노인과, 조용한 눈매로 나를 지켜보던 표정 없는 돌 같은 그의 얼굴이 떠오른다. 다 켜고 나서 내가 그에게 가볍게 머리를 숙이자, 그는 무엇이나 다 아는 듯한 그 누른 눈을 은근하게 깜박거리며 내 눈길에 대답했다. 그러고 나서 그는 눈을 돌리고 약간 머리를 숙인 다음 다시 딱딱한 본래의 모습으로 되돌아갔다.

그 고지에는 가을이 빨리 찾아왔다. 어느 날 아침 내가 그곳을 떠날 때는 안개가 짙게 끼고 차가운 비가 먼지처럼 보드라운 방울이 되어 내리고 있었다. 그러나 나는 행복한 날의 햇빛도 함께, 고마운 추억은 물론 내 앞길을 즐거이 맞이할 용기까지 안고서 출발했다.

3

음악학교 마지막 학기 동안 나는 시에서 상당히 영예로운 평판을 얻고 있던 가수 무오트와 알게 되었다. 그는 4년 전에 학업을 마치고는 곧 궁정 오페라 가수로 채용되었다. 그렇기는 하지만 무대에서 얼마간은 그저 그런 역할밖에 맡지 않았으므로 인기 있고 노련한 동료들에 밀려 빛을 발하지 못했으나, 많은 사람 사이에서는 오래지 않아 명성을 얻게 될 미래의 스타라고 인정받았다. 나는 그가 맡았던 두서너 역을 보았는데, 언제나 강렬한 인상을 받았다. 하기야 순수한 인상이라 말할 수는 없었지만.

우리가 서로 알게 된 경위는 이러했다. 나는 학교로 돌아간 뒤에 내게 친절한 관심을 보여준 선생에게 내 바이올린 소나타와 내가 작곡한 노래 두 곡을 가지고 갔다. 선생은 작품을 보고 나서 평해주겠다고 약속했다. 그러나 그 약속은 오랫동안 실현되지 않았고, 그동안 우리가 만날 때마다 그가 왠지 당황스러워하는 것을 엿볼 수 있었다. 결국 어느 날 아침에 그는 나를 불러서 악보를 돌려주었다.

"자, 자네 작품을 돌려주겠네."

그는 약간 멋쩍은 듯이 말했다.

"자네가 너무 큰 희망을 품지는 않았기를 바라네! 물론 작품은 어느 정도 되어 있네. 자네는 일가를 이룰 걸세. 그러나 솔직히 말하면, 나는 자네가 좀 더 성숙하고 안정되어 있다고 생각했다네. 도대체 자네 성질에 그러한 정열이 있다고는 생각하지 않았어. 기법상 더 확실하고, 그 기법을 평가할 수 있는 차분하고 은근한 것을 나는 기대했네. 그런데 자네 작품은 기법상 실패라네. 그러니 나로서는 뭐라 말할 수가 없군. 물론 내가 평가할 수 없는 대담한 시도이기는 하지만, 자네 선생으로서 그걸 칭찬할 수는 없지. 자네가 내 기대에 못 미치기도 하고 넘어서기도 해서 나는 당황했네. 나는 어디까지나 교사니까 양식상 결함을 묵과할 수가 없네. 그 결함이 독창성으로 메워져 있는지 판단하는 일은 사양하고 싶네. 자네의 다른 작품을 볼 수 있을 때까지 기다리기로 하지. 성공을 빌겠네. 계속 작곡을 하겠지? 그것만은 짐작할 수 있었네."

그렇게 나는 물러섰지만, 평이라고는 할 수 없는 그런 평을 접하고 나는 어찌할 바를 몰랐다. 나는 장난삼아 심심풀이로 만들어진 작품인지, 아니면 욕구로 이루어진 작품인지는 곧 구별될 수 있으리라 생각하고 있었다. 나는 악보를 치우고, 마지막 학기 동안 착실히 공부하기 위하여 이 모든 것을 잠시 잊기로 결심했다.

그즈음 나는 음악 활동을 많이 하는 어느 가정에 초대를 받았다. 부모님이 잘 알고 지내는 그 가정을 나는 1년에 한두 번 방문하곤 했다. 그날은 흔히 있는 사교의 밤이었는데, 오페라 스타가 몇 명 참석했다는 점만 달랐다. 나는 그들을 모두 본 적이 있어서 얼굴을 알고 있었다. 가수인 무오트도 왔는데, 누구보다도 그가 가장 내 흥미를 끌었다. 그렇게 가까이에서 그를 본 것은 처음이었다. 그는 키가 크고 잘생겼으며 위풍당당한, 강렬한 인상의 사나이였다. 거동은 활달했으나 벌써 약간 으스대는 몸가짐이었고, 여자들에게 인기가 좋다는 것을 알 수 있었다. 그러나 몸짓 말고는 거만하거나 만족하는 것처럼 보이지도 않았다. 눈짓과 표정에는 뭔가 모색하며 불만스러워하는 요소가 적잖이 드러났다. 그는 나를 소개받았을 때 말없이 짧게 고개만 끄덕였을 뿐이다. 그러나 한참 지나서 별안간 내게 다가와 말했다.

"쿤 씨가 아닙니까? 당신이라면 이미 조금은 알고 있습니다. 저 S 교수가 당신 작품을 보여주었습니다. 그 교수가 분별없는 사람은 아니니까 나쁘게 생각지는 마십시오. 내가 마침 그 자리에 있었습니다. 노래가 놓여 있기에 그의 허락을 받고 봤던 거죠."

나는 놀라고 당황했다.

"왜 그 이야기를 하십니까?"

나는 물었다.

"그 노래는 교수의 마음에 들지 않았을 텐데요."

"그래서 괴로웠나요? 그런데 나는 그 노래가 무척 마음에 들었습니다. 반주만 있다면 부를 수 있겠어요. 제발 부탁드립니다."

"마음에 드셨다고요? 그렇다면 정말로 불릴 수 있다는 겁니까?"

"분명코 부를 수 있습니다. 물론 어떤 연주회에서나 부를 수 있는 건 아니지만요. 실은 그 악보를 내 것으로 집에 두고 싶습니다."

"그렇다면 베껴드리지요. 하지만 어째서 그 곡을 갖고 싶어 하십니까?"

"흥미롭기 때문입니다. 당신도 아시겠지만, 그 노래야말로 참다운 음악이 아니겠습니까?"

그는 나를 쳐다보았다. 사람을 쳐다보는 그의 버릇은 나를 거북하게 했다. 그는 아주 무심하게, 연구라도 하는 듯이 내 얼굴을 똑바로 들여다보았다. 그의 눈은 호기심에 차 있었다.

"당신은 내가 생각했던 것보다 젊으신데, 틀림없이 여러 가지 고통을 겪었을 겁니다."

"그렇습니다."

나는 말했다.

"그러나 그 이야기는 하지 않겠습니다."

"그야 그렇겠지요. 나도 캐묻고 싶지는 않습니다."

그의 눈길은 나를 어리둥절하게 만들었다. 그는 이른바 명사이고 나는 아직 학생에 지나지 않았으므로, 그의 묻는 투가 마음에 들지 않았지만 다만 약하고 소심하게 저항할 뿐이었다. 그는 거만하지는 않았지만 왠지 내 수치심을 건드렸다. 반감은 일어날 리 없었으므로 조용히 방어할 수밖에 도리가 없었다. 나는 그가 불행해서 본의 아니게 폭력적인 성향을 지녔다고 느꼈다. 마치 사람을 부여잡고 자기를 위로할 만한 것을 앗으려는 듯했다. 그의 까맣고 뚫어져라 바라보는 두 눈은 슬프다 못해 뻔뻔스러웠고, 그의 얼굴은 나이보다 더 늙어 보였다.

그리고 얼마 후 내 머릿속이 그가 말을 걸어왔다는 사실로 가득 차 있을 때, 나는 그가 그 집 딸과 예의 바르고 유쾌하게 이야기하고 있는 것을 보았다. 그녀는 황홀하여 그의 말에 귀 기울이며 바다 괴물이라도 보듯 그를 바라보고 있었다.

나는 사고 이후로 고독하게 살았으므로, 그 만남은 며칠이나 더 여운을 남겨 내 마음을 어지럽혔다. 나한테 그 사나이를 두려워하지 않을 만한 자신이 있었던 것은 아니지만, 너무 고독하고 비참했기 때문에 그의 접근을 기쁘게 생각지 않을 수 없었다. 그러나 결국 나는 그가 나를 대했던 일이나 그날 밤의 일시적인 기분을 잊어버렸으리라고 생각했다. 그런데 그가 내 하숙에 나타나 나를 어리둥절하게 만들었다.

12월의 어느 저녁녘, 날은 이미 어두워져 있을 때였다. 그 가수는 문을 두드리고 자신의 방문이 조금도 특별한 일이 아니라는 듯 들어와서, 서론도 인사도 없이 다짜고짜 용건으로 들어갔다. 나는 그에게 내 노래를 주지 않을 수 없었고, 그는 내 방에 임대 피아노가 있는 것을 보자 곧 노래를 부르고 싶어 했다. 나는 앉아서 반주를 해야 했다. 그래서 나는 난생처음 내 노래가 정식으로 불리는 것을 들었다. 그 노래는 슬펐고, 나는 어느덧 감동했다. 왜냐하면 그가 가수처럼 부르지 않고 작은 목소리로 혼자 부르듯 흥얼거렸기 때문이다. 가사는 내가 한 해 전에 어떤 잡지에서 읽고 베껴둔 것으로 다음과 같았다.

산바람이 불 때마다
우렁우렁 비명 울리며
산에서 무너지는 눈사태는
신의 뜻일까?

내가 인사도 없이
인간의 나라를
서러이 헤매야 하는 것은
신의 뜻일까?

마음의 궁핍과 괴로움을 안고
떠도는 나를, 신은 보실까?
아, 신은 죽었다!
— 그래도 나는 살아야 하는가?

그가 노래하는 것을 듣고 있으려니, 그 노래가 그의 마음에 들었다는 것을 알 수 있었다.

우리는 잠시 말이 없었다. 이윽고 내가 결점을 말해주지 않겠느냐고, 고칠 곳이 있다면 지적해주지 않겠느냐고 그에게 물었다.

무오트는 검은 눈으로 나를 응시하며 머리를 가로저었다.

"고칠 곳은 하나도 없습니다."

그는 말했다.

"작곡이 좋은지 나쁜지는 모르겠습니다. 그쪽은 전혀 모릅니다. 그러나 이 노래에는 체험과 마음이 깃들어 있습니다. 나 자신은 작곡이나 작사를 할 줄 모르니까, 나 자신의 것처럼 생각되고 내가 불러보고 싶어지는 곡을 보면 기쁩니다."

"그러나 가사는 내가 쓴 게 아닙니다."

나는 이의를 제기했다.

"그래요? 그런 건 아무래도 좋습니다. 가사는 결국 지엽적인 것이니까요. 그러나 당신은 분명 그런 체험을 했겠지요. 그렇지 않다면 그런 시에 곡을 붙이지는 않았을 테니까요."

나는 며칠 전부터 이미 준비해두었던 사본을 건네주었다. 그는 종이를 받아 돌돌 말더니 외투 호주머니에 넣었다.

"마음 내키는 대로 우리 집에 한번 오십시오."

그는 그렇게 말하면서 내게 손을 내밀었다.

"당신의 고독한 생활을 방해하고 싶지는 않습니다만, 때로는 온당한 인간의 얼굴을 보는 것도 나쁘지 않습니다."

그가 가버린 뒤에도 그의 마지막 말과 웃음은 내 마음에 그대로 남아서, 그가 부른 노래와 그때까지 내가 그에 대해 알았던 모든 사실과 하나가 되어 울려 퍼졌다. 그 전부를 내 마음속에 간직하고 세세히 음미할수록 모든 것이 명확해졌고, 마침내 나는 그를 이해하게 되었다. 왜 그가 나를 찾아왔는지, 왜 내 노래가 그의 마음에 들었는지, 또 왜 그가 그렇게 넉살 좋게 달려들었는지, 왜 내 눈에 수줍게도 대담하게도 보였는지 그 이유를 나는 이해했다. 그는 괴로워하면서도 쓰라린 고통을 견뎌냈으며, 고독에 시달리는 이리 같았다. 이 고뇌의 사나이는 자부와 고립을 지키려 했으나 배겨내지 못했다. 그는 인간을, 다정한 눈길을, 이해의 숨결을 기다리며 숨어 있었고, 그것에 몸을 굽힐 각오를 하고 있었다. 당시에 나는 그렇게 생각했다.

하인리히 무오트에 대한 내 감정은 명확하지 않았다. 나는 그의 욕망과 고통은 느끼고 있었지만, 나를 다 써버리고 내버릴지도 모르는 뛰어나고 잔혹한 인간으로 그를 두려워하고 있었다. 나는 너무 젊고 인간을 거의 겪어보지 못했으므로 왜 그가 말하자면 알몸으로 뛰어들었으며, 왜 고통을 나타내는 수치심을 잃은 태도를 취했는지 이해하고 받아들일 수가 없었다. 그래도 나는 격렬하고 내적인 인간이 혼자 쓸쓸히 괴로워하고 있는 것을 알았다. 내가 무오트에 대해 들었던 소문이 불현듯 떠올랐다. 확실치 않고 믿을 수도 없는 학생들 사이의 이야기였지만, 그 색채와 음조는 내 기억에 남아 있었다. 그 이야기라는 것은 여자들과 벌인 연애 사건이었다. 그 내용이 하나하나 다 기억나지는 않았지만, 그가 살인이나 자살 사건에 관련돼 있기라도 한 듯한, 무슨 피비린내 나는 일을 들은 것 같았다.

얼마 후에 부끄러움을 무릅쓰고 한 친구에게 물어보니, 그 사건은 내가 생각하던 것보다 죄가 없는 일이었다. 무오트는 상류사회의 어느 젊은 부인과 연애를 했고 그 부인이 2년 전에 자살했는데, 가수 무오트가 그 사건과 관련 있다는 말은 조심스럽게 풍문으로나 알고 있을 뿐이었다. 아마도 나는 약간 기분 나쁜 독특한 사람과의 만남에 자극을 받아 엉뚱한 공상으로 그에게 공포의 분위기를 덧씌운 것 같았다. 그러나 어떻든 간에 그는 그 애인에 대해 가책되는 일을 경험한 게 틀림없었다.

나는 그에게 찾아갈 용기를 내지 못했다. 하인리히 무오트가 괴로워하는, 아마도 절망하고 있는 사나이며 내게 손을 내밀어 붙잡으려고 한다는 것을 아무래도 부인할 수가 없었다. 때로 나는 당연히 그의 부름에 응해 가야 한다, 가지 않는다면 나쁜 사람이라고 생각되기도 했다. 그런데도 나는 가지 않았다. 어떤 다른 감정이 나를 방해했기 때문이다. 나는 무오트가 나한테 구하는 것을 줄 수 없었다. 나는 그와 전혀 다른 사람이었다. 나는 여러모로 고독하고 사람들에게 잘 이해받지 못했지만, 그것을 과장하여 말할 생각은 없었다. 그 가수는 참으로 마성의 인간이었겠지만 나는 아니었고, 나는 내적인 요구로 눈에 띄거나 특이하게 구는 것에서 떨어져 있었다. 나는 무오트의 격렬한 몸짓을 꺼리고 싫어했다. 나에게는 그가 무대와 사건의 사나이로, 비극적이고 아마도 주목받는 일생을 보내야 할 운명을 타고난 듯이 여겨졌다. 반면에 나는 조용한 세계에 있기를 바랐다. 몸짓이나 대담한 말은 내게 어울리지 않았다. 나는 체념하며 살 운명이었다. 마음을 달래려고 나는 그렇게 이리저리 생각을 굴렸다. 유감스럽기는 하지만, 아마도 나보다는 당연히 우수하다고 하지 않을 수 없는 사람이 내 문을 두드린 것이다. 그러나 나는 고요를 지키고자 그 사람을 맞아들이려 하지 않았다. 나는 내 공부에 열심히 몰두했지만, 누군가가 내 뒤에서 내게 손을 내밀고 있다는 괴로운 생각에서 벗어날 수가 없었다.

내가 가지 않자, 무오트 쪽에서 다시 손을 내밀어왔다. 나는 그에게서 짤막한 편지를 받았다. 편지에는 선이 굵은 오만한 글씨로 다음과 같이 적혀 있었다.

1월 11일에는 여느 해처럼 몇몇 친구와 함께 내 생일을 축하하는 자리가 있습니다. 여기에 당신을 초대해도 좋을는지요? 이 기회에 당신의 바이올린 소나타를 들을 수 있다면 좋겠는데, 어떠신지요? 함께 연주할 친구분이 계신지요? 그렇잖으면 당신에게 사람을 보내드릴까요? 슈테판 크란츨을 보낼 수 있습니다. 승낙해주시면 감사하겠습니다.

하인리히 무오트

뜻밖의 일이었다. 아직 아무도 모르는 내 음악을 전문가 앞에서, 더구나 크란츨과 함께 연주하게 되다니! 부끄럽기도 하고 고맙기도 하여 나는 초대를 받아들였는데, 이틀 뒤에는 벌써 악보를 보내달라는 크란츨의 재촉을 받았다. 그리고 2, 3일 후에 그는 나를 집으로 불렀다. 그 인기 바이올리니스트는 아직 젊고, 몹시 야위고 날씬하며 얼굴이 창백한, 명인의 자태가 엿보이는 남자였다.

"당신이 무오트의 친구로군요. 그럼 바로 시작합시다. 주의해서 하면 두세 번으로 될 겁니다."

이렇게 말하며 그는 내게 의자를 내주고 제2 바이올린 악보를 내 앞에 놓았다. 그러고는 박자를 잡으며 경쾌하고 정교하게 연주하기 시작했다. 나는 그 옆에서 완전히 굳어버리고 말았다.

"너무 그렇게 긴장하지 마십시오!"

그는 연주를 멈추지 않으면서 내게 소리쳤다. 우리는 모든 악장을 마쳤다.

"보세요, 잘되지 않습니까!"

그가 말했다.

"당신 바이올린이 좀 더 좋은 것이 아니라 유감입니다. 그러나 상관없습니다. 그럼 이번에는 알레그로를 조금 더 빨리합시다, 장송행진곡처럼 들리지 않게. 시작!"

그래서 나는 실수 없이 마음 푹 놓고 내 악보를 연주해냈다. 내 하찮은 바이올린은 마치 당연하다는 듯 그의 값비싼 바이올린과 화음을 이루었다. 이색적인 이 명인이 그토록 소박한 것을 보고 나는 놀랐다. 몸에 열이 돌고 얼마간 용기가 났을 때, 나는 주저하면서 내 작품에 대한 그의 의견을 물었다.

"글쎄요, 그건 다른 사람에게 물어주십시오. 작곡에 대해서는 별로 아는 게 없습니다. 물론 약간 진기한 면이 있긴 합니다만, 보통 사람들한텐 물론 환영받을 겁니다. 성미가 까다로운 무오트의 마음에 들었다면 이미 상당하다고 생각해도 좋을 겁니다."

그는 연주 기법에 대해 나에게 충고하고 두서너 군데 고쳐야 할 부분을 지적했다. 그러고 나서 이튿날 또 연습을 계속하기로 약속하고 나는 집으로 돌아왔다.

그 바이올리니스트가 매우 성실하고 소박한 점이 내게는 위안이 되었다. 그가 무오트의 친구라면 나도 어떻게든 그들과 친구로 어울릴 수 있을 것 같았다. 물론 그는 기성 예술가이고 나는 별로 장래성 없는 초심자였지만 말이다. 다만 작품에 대해서는 아무도 기탄없는 의견을 말하려 하지 않아서 고통스러웠다. 그렇게 선량하게 아무 말도 없는 것보다는 가혹한 비평이 나로서는 더 나았다.

그즈음은 몹시 추워서 난로로도 따뜻해지지 않을 정도였다. 내 친구들은 스케이팅에 열중해 있었다. 리디와 그 소풍을 나간 지도 1년이 지났다. 나로서는 결코 행복한 시기가 아니었다. 별로 크게 기대하지는 않았지만, 벌써 오랫동안 친구들도 안 만나고 유쾌한 일도 없었으므로, 나는 무오트 집에서 열릴 저녁 모임을 즐거운 마음으로 기다렸다. 1월 11일 전날 밤 나는 낯선 소리와 거의 놀랄 만큼 따스해진 공기에 잠이 깨었다. 나는 일어나서 창가로 가보았으나 조금도 춥지 않아 의아했다. 갑자기 남풍이 불어왔다. 미지근하고 습한 바람이 세차게 불었다. 하늘 높이 폭풍이 묵직한 구름 떼를 몰고 있고, 그 좁은 틈새로 별이 이상하리만치 크게 반짝거렸다. 지붕 위에는 벌써 검은 얼룩이 생겨 있었으나, 아침에 내가 밖에 나가보니 눈은 이미 녹아버리고 없었다. 거리와 사람들의 얼굴이 묘하게 달라진 듯했고, 만물에 너무 이른 봄의 숨결이 감돌고 있었다.

나는 그날 남풍과 발효하는 듯한 공기 때문에, 그리고 또 저녁 모임에 대한 이상한 흥분과 기대 때문에 열이 나는 듯한 가벼운 어지러움을 느끼며 돌아다녔다. 나는 몇 번이나 내 소나타를 꺼내어 연주해보고는 다시 내던졌다. 그 소나타가 참으로 훌륭하다고 여겨져 자랑스러운 기쁨을 느끼는가 하면, 갑자기 하찮고 지리멸렬하며 모호하게 생각되기도 했다. 그 흥분과 불안을 나는 오래 견뎌낼 것 같지 않았다. 결국 나는 저녁이 다가오는 것을 즐거워하고 있는지 두려워하고 있는지 알 수 없게 되었다.

그래도 저녁은 찾아왔다. 나는 프록코트를 입고, 바이올린 케이스를 들고 무오트의 집으로 찾아갔다. 먼 변두리의 아직 들어본 적 없고 인적도 드문 거리의 어둠 속에서 나는 겨우 그 집을 찾아냈다. 황폐하고 손질도 안 되어 있는 듯한 커다란 정원 안에 덩그러니 집이 놓여 있었다. 닫혀 있지 않은 정원 문 안에서 커다란 개가 달려 나왔는데, 창문 쪽에서 휘파람 소리로 되부르자 불만스러운 듯 으르렁거리며 입구까지 나를 따라왔다. 거기에서 키 작은 노파가 걱정스러운 눈초리로 나를 맞이하더니, 내 코트를 받아 들고 환히 불이 켜진 복도를 지나 안으로 안내했다.

바이올리니스트 크란츨의 집이 매우 우아했으므로 부유하다는 무오트의 집도 상당히 훌륭하리라고 예상했는데, 물론 집에 잘 붙어 있지 않는 독신자에게는 너무 커 보이는 넓은 방이 있기는 했으나 그밖에는 모든 점에서 매우 검소했다. 사실은 검소하다기보다 무관심하고 무질서해 보였다. 가구 몇몇은 낡아서 줄곧 집에 달려 있던 붙박이 같았고, 그 사이사이에 아무렇게나 새로 사 온 가구들이 잡다하게 놓여 있었다. 조명만 휘황찬란했다. 가스등은 없고, 대신 단순하고 아름다운 주석 촛대에 많은 하얀색 양초가 타고 있었다. 응접실에는 일종의 샹들리에도 있었는데, 많은 촛불을 세운 간소한 놋쇠 고리였다. 그 불빛 아래 아주 훌륭한 그랜드피아노가 육중하게 놓여 있었다.

내가 안내된 방에서는 신사 서너 명이 서서 이야기하고 있었다. 케이스를 놓고 인사하자, 그들도 인사를 하고는 자기들끼리 다시 서로 마주 섰다. 나는 상대도 없이 혼자 서 있었다. 그곳에 있었으나 나를 곧 알아보지 못한 크란츨이 이윽고 내게로 다가와 악수를 청하고는 자기가 아는 사람들에게 나를 소개하며 말했다.

“이분은 새로 오신 바이올리니스트입니다. 바이올린도 가져오셨지요?”

그러고 나서 그는 옆방을 향해 소리쳤다.

“무오트, 소나타를 가지고 오셨어.”

그러자 하인리히 무오트가 들어와서 아주 사근사근하게 인사를 하더니 그랜드피아노가 있는 방으로 나를 데리고 갔다. 그 방은 화려하고 따스해 보였다. 하얀 옷을 입은 아름다운 여인이 술잔에 셰리를 따라주었다. 그녀는 궁정 극장의 여배우였는데 이는 매우 놀라운 일이었다. 그녀 말고는 주인의 극장 동료가 아무도 초대되지 않은 데다 여자라곤 그녀 혼자뿐이었기 때문이다.

내가 반쯤 당황하면서, 또 습한 밤길을 걸어온 뒤라 나도 모르게 따뜻한 것이 생각나서 술을 단숨에 꿀꺽 마셔버리자, 그녀는 내가 사양하는데도 아랑곳없이 셰리를 또 따라주었다.

"자, 드세요. 이 정도는 괜찮아요. 음식은 음악이 끝난 뒤에 들기로 되어 있으니까요. 바이올린과 소나타는 가지고 오셨겠지요?"

나는 당황하여 수줍게 대답했다. 그녀가 무오트와 어떤 관계인지는 알 수 없었다. 그녀는 아마도 안주인 역을 맡은 듯 보였는데, 어쨌든 눈을 즐겁게 하기에 충분했다. 나는 그 뒤에도 내 새 친구가 언제나 전형적인 미인하고만 교제하는 것을 보았다.

그러는 동안 모두가 음악실에 모였다. 무오트가 보면대를 세우자 모두 자리에 앉았다. 잠시 후 나와 크란츨은 음악의 한가운데에 들어가 있었다. 나는 정신없이 연주했으나 몹시 비참한 기분이 들었다. 지금 나는 크란츨과 함께 연주하고 있고, 지금이 바로 겁을 집어먹고 기다리던 위대한 저녁 모임이다, 그리고 저쪽에 앉아 있는 전문가와 세련된 음악가들에게 내 소나타를 연주하고 있다, 라는 의식이 번갯불처럼 번쩍이며 때때로 몇 초 동안 내 마음속을 스쳐 갔다. 론도*를 연주하는 사이에 겨우 크란츨의 훌륭한 연주가 내 귀에 들어오기 시작했으나, 나는 여전히 어찌할 바를 몰라 음악 속에 들어가지 못하고 계속 다른 생각을 하고 있었다. 무오트에게 생일 축하 인사를 아직 안 했다는 생각이 대뜸 머리에 떠올랐다.

소나타 연주가 끝나자 아름다운 그 여인은 일어서서 나와 크란츨에게 악수를 청했다. 그리고 조금 작은 방으로 통하는 문을 열었다. 거기에는 꽃과 포도주병으로 장식되고 식사 준비가 되어 있는 탁자가 우리를 기다리고 있었다.

---

* 주제가 되풀이되는 동안 다른 가락이 여러 가지로 삽입되는 형식의 기악곡

"드디어 먹는구나!"

신사 가운데 한 사람이 소리쳤다.

"배고파 죽을 지경이야."

여인이 말했다. "

어처구니없는 분이군요. 작곡한 분이 어떻게 생각하시겠어요?"

"작곡가가 와 있습니까?"

그녀는 나를 가리켰다.

"저기 계시잖아요."

그는 나를 보고 웃었다.

"진작 말을 해주었으면 좋았을걸. 아무튼 음악은 정말 훌륭했습니다. 다만 배가 고프면……."

우리는 식사를 시작했다. 수프가 끝나고 백포도주를 따르자, 크란츨이 주인의 생일을 축하하며 축배의 말을 했다. 잔을 맞부딪친 다음 곧 무오트가 일어섰다.

"크란츨 군, 지금 내가 자네의 축사에 답해 연설이라도 하리라고 생각한다면 그건 착각일세. 연설 따위는 이제 그만두기로 하지. 그러기를 바라네. 모쪼록 필요하다고 여겨지는 단 한 가지 일만을 거론하겠네. 나는 우리 젊은 친구의 소나타에 감사하네. 나는 이것을 훌륭한 작품이라 생각하네. 아마도 우리 크란츨 군은 훗날 우리 젊은 친구의 작품을 연주할 수 있게 되면 기뻐할 걸세. 그는 소나타를 진정으로 이해했으므로 그걸 다할 의무가 있어. 그럼 작곡자를 위해, 그리고 그와의 깊은 우정을 위해 건배합시다."

손님들은 술잔을 맞부딪치고 웃으면서 나를 조금 놀려댔다. 곧 질 좋은 포도주에 취해 연회의 분위기는 유쾌하게 고조되었다. 나도 마음이 풀려 젖어 들었다. 나는 벌써 오랫동안, 사실 만 1년 동안이나 이렇게 흥겹고 마음 누그러진 적이 없었다. 흥겨운 웃음과 포도주, 술잔 부딪치는 소리와 뒤섞인 목소리, 아름답고 쾌활한 여인의 모습 등이 기쁨에 대해 닫혔던 내 마음의 문을 열었다. 나는 마음이 누그러져 가볍고 쾌활한 대화와 웃는 얼굴의 해방된 명랑함 속으로 이끌려 들어갔다.

손님들은 식사를 마치자마자 바로 일어나서 음악실로 되돌아갔고, 거기에서 사람들은 포도주나 여송연을 든 채 구석구석으로 흩어졌다. 이름도 모르는 한 조용한 신사가 내게로 다가오더니 벌써 완전히 잊고 있던 내 소나타에 대해서 호의적인 말을 했다. 그리고 여배우가 내게 말을 걸어왔고, 무오트도 우리 옆에 앉았다. 우리는 깊은 우정을 위해 다시 건배하며 포도주를 마셨다. 갑자기 무오트가 어둡게 웃고 있는 눈을 반짝이면서 말했다.

"나는 당신 사건을 알고 있습니다."

그러고는 아름다운 여배우를 향해 말했다.

"이 사람은 썰매를 타다가 뼈가 부러졌지. 예쁜 아가씨 때문에."

그리고 다시 나에게 말했다.

"멋집니다. 사랑이 아름다운 극치에 이르고 아직 때 묻지 않은 순간에 거꾸로 산에서 떨어진다는 것은 확실히 다리 하나쯤 부러뜨릴 가치가 있습니다."

그는 웃으면서 잔을 비웠다. 그러나 "왜 작곡을 하게 되었지요?"라고 말했을 때 그는 다시 어둡고 골똘하게 생각에 잠긴 얼굴을 하고 있었다.

나는 어렸을 때부터 맺은 음악과의 관계, 지난여름의 일, 산으로의 도피, 소나타에 관한 것 등을 이야기했다.

"그렇군요."

그는 천천히 말했다.

"그렇지만 어째서 작곡하는 것이 기쁨을 줍니까? 괴로움을 종이에 옮겨놓는다 하더라도 그 괴로움에서 벗어날 수는 없을 겁니다."

"나도 그럴 생각은 없습니다."

나는 말했다.

"연약함이나 부자유라면 몰라도 괴로움에서 벗어나려고는 생각하지 않습니다. 오히려 괴로움과 기쁨은 같은 뿌리에서 나오고 같은 힘의 작용이며 같은 음악의 박자라는 것을 느끼고 싶습니다. 그리고 둘 다 아름답고 필요하다는 것도."

"훌륭합니다."

그는 격렬하게 소리쳤다.

"하지만 한쪽 다리를 잃었는데, 도대체 음악으로 그것을 잊을 수가 있습니까?"

"아뇨, 어떻게 잊겠어요? 그러나 별도리가 없지 않습니까?"

"그러고도 절망스럽지 않습니까?"

"아시다시피 유쾌하지는 않습니다. 그러나 절망하는 일은 없으리라 생각합니다."

"당신은 행복하다는 말이군요. 나 같으면 그러한 행복 때문에 다리를 희생시키지는 않을 겁니다. 그럼 당신은 음악도 그런 기분으로 하고 있습니까? 알겠어, 마리온, 책에 잘 쓰여 있는 예술의 마력이란 이런 거야."

나는 화가 나서 그에게 소리쳤다.

"그렇게 말하지 마십시오. 당신도 봉급만을 위해서 노래하는 것은 아닐 테고 그 일에서 기쁨과 위안을 느끼고 있겠지요! 왜 나를, 그리고 자기 자신을 비웃습니까? 그건 실례라고 생각합니다."

"조용히 하세요."

마리온이 말했다.

"이 사람이 화를 내겠어요."

무오트는 나를 쳐다보았다.

"나는 화내지 않아. 저 사람이 말하는 것은 사실이야. 하지만 다리에 대해서는 그렇게 불쾌하지 않겠지요. 그렇잖다면 작곡으로 그걸 위로할 수가 없겠지요. 당신은 어떠한 일이 일어나더라도 언제나 만족할 수 있는 사람입니다. 그러나 나는 그런 일을 믿을 수가 없습니다."

그러더니 그는 몹시 흥분해 벌떡 일어났다.

"그렇지 않습니까! 당신은 눈사태에 대한 노래를 작곡했는데, 그건 위안도 만족도 아닌 절망입니다. 자, 들어보십시오!"

그는 대뜸 그랜드피아노 앞에 앉았다. 방 안이 한층 더 조용해졌다. 그는 연주하기 시작했으나, 혼란스러워 전주를 건너뛰고 내 노래를 불렀다. 그는 이제 내 집에서 부르던 때와는 다르게 불렀다. 그 이후로 그가 몇 번이고 그 노래를 불렀다는 것을 알 수 있었다. 이번에는 무대에서 들은 적 있는 그 높은 바리톤의 풍만한 목소리로 노래 불렀다. 그 힘과 넘쳐나는 정열은 그의 노래에 담긴 불순한 딱딱함을 잊게 했다.

"작곡자는 이 노래를 순수하게 즐기기 위해 썼다고 하는군. 그는 조금도 절망을 모르며 자기 운명에 어디까지나 만족하고 있다는 거야!"

그는 이렇게 소리치며 나를 가리켰다. 나는 부끄러움과 분노의 눈물이 글썽거려 모든 것이 베일에 싸인 듯 흔들려 보였다. 나는 다 그만두고 돌아가려고 일어섰다.

그때 부드럽지만 힘센 손길이 나를 잡고 안락의자로 디밀었다. 그러고는 조용히 내 머리카락을 상냥하게 어루만져주었다. 나는 미묘한 뜨거운 물결에 씻기며 눈을 감고 눈물을 참았다. 그러고 나서 얼굴을 들어보니 하인리히 무오트가 내 앞에 서 있었다. 다른 사람들은 내 격동과 우리의 이 장면에 주의를 기울이지 않은 듯 포도주를 마시며 서로 뒤섞여 웃고 있었다.

"이런 노래를 쓴 사람은 그런 일에 초월해 있을 겁니다. 그러나 유감스러운 일입니다. 좋아하는 사람이 있어도 함께 어울리면 곧 싸움을 시작하니!"

무오트가 나직이 말했다.

"괜찮습니다."

나도 어찌할 바를 모르고 말했다.

"그러나 이제 돌아가겠습니다. 오늘 밤 가장 즐거운 일은 끝났으니까요."

"좋습니다, 무리하게 붙잡지는 않겠습니다. 다른 친구들은 이제부터 진탕 마실 것 같습니다. 그럼 마리온을 데려다 주시지 않겠습니까? 마리온은 시내 쪽으로 개천 건너에 사니까, 당신이 길을 돌아가지 않아도 될 겁니다."

아름다운 여인은 잠시 살피듯이 그를 쳐다보았다. 그러고 나서 나에게 "가시겠어요?"라고 말했다. 나는 일어섰다. 우리는 무오트에게만 작별 인사를 했다. 곁방에서 임시로 고용된 하인이 외투 입는 것을 거들었고, 키 작은 노파가 졸린 듯한 얼굴로 다시 나타나서 큰 등불을 들고 정원 문까지 안내했다. 바람이 여전히 부드럽고 미지근하게 불어, 기다란 먹구름을 멀리 쫓고 앙상한 나무 꼭대기를 흔들고 있었다.

나는 마리온에게 팔을 잡히지 않으려 했으나 그녀는 묻지도 않고 내게 매달렸다. 그러고는 머리를 뒤로 젖혀 밤공기를 들이마신 뒤에 묻고 싶은 게 있는 듯한 눈초리로 나를 내려다보았다. 여전히 그녀의 부드러운 손길이 내 머리를 쓰다듬는 것 같았다. 그녀는 나를 안내하는 듯 천천히 걸었다.

"저기 마차가 있군요."

나는 말했다. 내 절름거리는 걸음에 그녀가 보조를 맞추려는 것이 내게는 고통스러웠고, 또 몸이 따스하고 생기 있게 날씬한 여인과 나란히 절름거리며 걷는다는 것이 괴로웠기 때문이다.

"아니, 괜찮아요."

그녀는 말했다.

"저 앞길까지 걷기로 해요."

그녀는 애써 걸음을 늦추려 했다. 내 욕구대로 할 수 있는 일이라면, 나는 그녀를 좀 더 가까이 끌어당겼을 것이다. 그렇게 나는 괴로움과 노여움으로 가슴이 갈기갈기 찢겨 내 팔에서 그녀의 팔을 풀었다. 그녀가 놀라며 나를 쳐다보았을 때 내가 말했다.

"그러면 잘 걸을 수가 없습니다. 혼자 걸어야겠어요. 죄송합니다."

그녀는 조심스레 동정하며 나와 나란히 걸었다. 만약 내게 결여된 것이 똑바른 보행과 육체상의 안정뿐이었다면 나는 행동이나 말 모두 지금과 반대로 했을 것이다. 나는 말없이 무뚝뚝해졌다. 그럴 수밖에 없었다. 만약 그렇게 하지 않았더라면, 내 눈에는 다시 눈물이 고이고 내 머리에 그녀의 손이 놓이기를 열망했을 것이다. 무엇보다도 가까운 골목으로 달아나고 싶은 심정이었다. 그녀가 천천히 걷고, 나를 보살펴주고, 나를 동정하는 것이 나는 싫었다.

"그이에게 아직 화나 있나요?"

그녀는 드디어 말을 시작했다.

"아뇨, 내가 바보였습니다. 나는 아직 그 사람을 잘 모릅니다."

"그이가 그럴 때 저는 그이가 불쌍해요. 그이가 아주 무서운 날이 있어요."

"당신도?"

"제가 누구보다 무서워하지요. 하지만 그렇게 해서 결국 그이는 자기 자신을 가장 괴롭히고 있어요. 그리고 스스로를 미워하기도 하죠."

"아, 그렇게 함으로써 자기 자신을 즐기고 있군요!"

"무슨 말씀이죠?"

그녀는 놀라서 소리쳤다.

"그는 희극배우란 말입니다. 어째서 자기와 다른 사람을 비웃는 거죠? 왜 남의 체험이나 비밀을 파헤쳐서 웃음거리로 삼는 거죠? 독설가입니다!"

지껄이는 동안 지나갔던 분노가 되돌아왔다. 스스로를 괴롭힌 사나이, 더구나 유감스럽게도 내가 원망하고 있는 그 사나이를 나는 비방했다. 그리고 또 그를 변호하고 내 앞에서 공공연히 그의 편을 들었기 때문에 나는 여인에 대해서도 존경심을 잃었다. 오늘 밤처럼 포도주를 마시며 유쾌히 지내자는 독신자들의 저녁 모임에 유일한 여인으로서 참석하기를 기꺼이 승낙한 것이 이미 잘못된 일 아니었나. 나는 그러한 종류의 자유에 별로 익숙하지 않았다. 그런데도 내가 그 아름다운 여인을 동경하고 있다는 것이 부끄러웠으므로 더 그녀의 동정을 느끼기보다는 차라리 흥분하고 있는 대로 싸움을 하고 싶었다. 나로서는 그녀가 나를 거친 남자라고 생각해 그 자리에서 달아난다 하더라도, 그편이 내 옆에서 친절히 대해주는 것보다 더 고마웠을 것이다.

그러나 그녀는 내 팔을 잡았다.

"잠깐 기다려주세요."

그녀는 열띤 목소리로 외쳤다. 그 목소리는 어떻든 내 마음에 스며들었다.

"이제 더는 말씀하지 마세요. 도대체 무슨 짓을 하시는 거예요? 당신은 무오트 씨의 단 두 마디 말에 마음이 상하셨군요. 그것도 자신이 교묘히 받아넘긴다든가 대담하게 되받아줄 수 없었기 때문이 아닙니까. 그런데 돌아온 지금에야 제 앞에서 심한 말로 그이를 욕하다니요! 당신을 혼자 두고 가버리는 게 낫겠어요."

"맘대로 하시지요. 나는 단지 내 생각을 말했을 뿐입니다."

"거짓말하지 마세요! 그이의 초대를 받아들였고, 그이의 집에서 음악을 했고, 당신 음악을 그이가 얼마나 사랑하는지 보고 기뻐하며 힘을 얻었는데, 이제 새삼스레 화내며 그이의 말 한마디를 참을 수 없다고 욕을 하다니요! 그래서는 안 됩니다. 술 탓으로 돌리고 용서는 하겠습니다만."

그녀는 내 기분이 어떠한지, 그리고 술 탓이 아니라는 것을 문득 깨달은 듯했다. 내가 조금도 변명하려 하지 않는데도 그녀는 어조를 바꾸었다. 나는 맞설 생각이 없었다.

"당신은 무오트 씨를 아직 모릅니다."

그녀는 말을 이었다.

"그이가 노래하는 것을 들어보셨죠? 그이는 바로 그대로입니다. 난폭하고 잔인하고. 그렇지만 자기 자신을 대할 때 가장 심해요. 그이는 힘만 있고 목표가 없는, 가엾은 사람입니다. 그이는 순간순간 온 세계를 다 들이켜려고 해요. 더구나 자기가 가진 것, 하는 것은 언제나 겨우 한 방울에 지나지 않거든요. 술을 마셔도 취할 수 없고, 여자가 있어도 행복해지지 않고, 그렇게 훌륭하게 노래부르면서도 예술가라고는 생각하지 않아요. 사랑하는 이가 있어도 그 사람을 괴롭히기만 해요. 그리고 만족하고 있는 사람이면 누구나 할 것 없이 경멸하는 척해요. 그러나 그건 그 자신에 대한 증오랍니다. 자신이 만족할 수 없으니까요. 그이는 그런 사람이에요. 당신에게는 할 수 있는 친절을 다한 거예요."

나는 완고하게 침묵을 지켰다.

"당신에게는 아마도 그이가 필요 없겠지요."

그녀는 다시 말을 시작했다.

"당신에게는 다른 친구들이 있을 거예요. 그러나 누군가 괴로워하고 그 괴로움 때문에 난폭해진 것을 본다면, 그 사람을 보살펴주고 당연히 조금이라도 너그러이 봐줘야지요."

그렇지, 그렇게 해야지, 라고 나는 생각했다. 밤길이라 차츰 추워짐에 따라 내 상처가 입을 벌리고 구원을 청하며 소리 지르기는 했지만, 나는 마리온의 말과 오늘 밤의 내 어리석은 행동을 되새겨

내가 가련한 개처럼 굴었음을 깨닫고 속으로 용서를 구하지 않을 수 없었다. 술기운이 가시자 어떤 불쾌한 감정이 강하게 엄습해왔고, 그것을 막아내려고 나는 싸웠다. 그러나 스스로 흥분해서 불안정한 마음으로 나와 나란히 어두운 거리를 걷고 있는 아름다운 여인에게 말을 건네지는 않았다. 여기저기 고요하고 시커먼 노면에 가로등이 비치더니 젖은 바닥이 반짝였다. 나는 바이올린을 무오트 집에 놓고 온 것이 생각났다. 그리고 퍼뜩 정신이 들어 모든 것에 놀라움과 두려움을 느꼈다. 그러자 오늘 밤 일어난 여러 가지 일이 달라졌다. 저 하인리히 무오트와 바이올리니스트인 크란츨, 또 여왕 역을 맡았던 아름다운 마리온 등이 모두 그들의 자리에서 내려왔다. 그들은 올림포스산의 식탁에 앉아 있는 신이나 성인들이 아니라 불쌍한 인간들이었다. 한 사람은 키가 작으며 우스꽝스럽고, 다른 한 사람은 괴로워하면서도 자만심이 강했다. 무오트는 어리석게도 자신을 괴롭히며 비참하게 흥분해 있고, 키 큰 여인은 얌전하고 상냥하며 고뇌를 환히 알았지만 우울하고 격렬한 향락자의 연인으로는 작고 초라했다. 나까지 변한 것 같았다. 나는 이제 단순한 인간이 아니고, 다른 모든 사람과 같아져서 모두에게 형제애와 적의를 동시에 품었다. 여기에서는 사랑할 수 없고 저기에서는 미워할 수 없다든지, 여기에서는 증오, 저기에서는 사랑, 여기에서는 존경, 저기에서는 경멸이라는 투로 단순하게 생활이나 인간 사이를 헤쳐 나갈 수 있는 것이 아니라, 모든 것이 뒤섞여 함께 존재하고 있어 잘라낼 수도 없고 짧은 시간에는 구별할 수도 없다는 것을, 이해 부족을 부끄러워하고 경솔한 청년 시절을 되돌아보며 처음으로 분명히 느꼈다. 나는 이제는 완전히 입을 다물고 내 옆에서 걷고 있는 여인을 쳐다보았다. 그녀는 마음속에서 여러 가지 일이 지금까지 생각하고 말한 것과는 다른 상태에 있음을 깨달은 것 같았다.

드디어 우리는 그녀의 집 앞에 다다랐다. 그녀는 내게 손을 내밀었고, 나는 살며시 그 손을 쥐고 키스했다.

"안녕히 주무세요."

그녀는 다정하게 말했지만 웃지는 않았다.

나도 똑같이 인사하고 돌아와서 잠자리에 들었다. 그러나 집까지 어떻게 왔는지는 기억에 없었다. 나는 곧 잠이 들어 전에 없이 아침 늦게까지 잤다. 나는 장난감 상자에서 나오는 난쟁이처럼 일어나서 매일 하는 체조를 하고, 세수를 하고서 옷을 집어 들었다. 그리고 의자에 걸려 있는 프록코트를 보고 바이올린 케이스가 없는 것을 깨닫고 나서야 비로소 어젯밤의 일이 다시 생각났다. 그래도 잠을 푹 잔 탓인지 밤과는 기분이 달라져 있었으므로 지난밤의 생각과 결부되는 일은 없었다. 다만 묘하게 자질구레한, 내부로만 향해 작용하는 체험의 기억과, 내가 지금 여전히 평소와 같은 나 자신으로 서 있다는 데 대한 놀라움만이 남아 있었다.

나는 일을 하려고 했으나 바이올린이 없었다. 그래서 밖으로 나왔다. 처음에는 망설였으나 이윽고 마음을 정하고 어제 갔던 방향을 잡아 무오트의 집으로 갔다. 정원 문이 있는 곳에서부터 그의 노랫소리가 들려왔다. 개가 덤벼들었으나 재빨리 달려 나온 노파가 겨우겨우 다시 끌어갔다. 노파는 나를 안으로 맞아들였다. 나는 바이올린을 가지러 왔을 뿐 주인을 번거롭게 하고 싶지는 않다고 그녀에게 말했다. 바이올린 케이스는 곁방에 있었다. 바이올린은 그 안에 있었고, 악보도 함께 있었다. 무오트가 그렇게 놓아둔 게 틀림없었다. 그는 나를 생각하고 있었던 터였다. 그는 옆방에서 큰 소리로 노래하고 있었다. 때때로 피아노를 치고는 펠트 덧신이라도 신었는지 사뿐사뿐 이리저리 거니는 소리가 들렸다. 그의 목소리는 맑게 개어 있었고, 무대에서 듣던 소리보다는 억제되어 있었다. 그는 내가 모르는 배역의 노래를 몇 번이고 되풀이해 부르며, 실내를 빠른 걸음으로 왔다 갔다 하고 있었다.

나는 내 물건을 들고나오려고 했다. 마음이 안정되어 있었으므로 지난밤의 기억으로 동요되지는 않았다. 그러나 그를 만나서 그도 달라져 있는지 보고 싶어졌다. 나는 문으로 다가갔고, 열려는 생각도 없이 대뜸 문손잡이를 쥐고 미니까 어느덧 문이 열린 입구에 서게 되었다.

무오트가 노래를 부르면서 뒤돌아보았다. 그는 매우 길고 흰 고급 셔츠를 입고 있었다. 이제 막 목욕을 마치고 나온 듯 산뜻했다. 나는 그를 갑자기 습격하게 된 데 놀랐으나 이미 때는 늦었다. 그러나 그는 내가 노크도 없이 들어갔다는 데 놀란 것 같지도 않고, 또 자기가 옷을 입고 있지 않다는 사실을 아는 것 같지도 않았다. 마치 모든 것이 당연한 일이기라도 한 듯이 그는 내게 악수를 청하며 물었다.

"아침 식사는 하셨습니까?"

내가 그렇다고 대답하니까, 그는 피아노 앞에 앉았다.

"이 배역을 노래해야 해요. 지금 들은 것은 아리아입니다. 야채 같은 것이죠! 뷔트너나 두엘리 양과 함께 왕립 궁정 오페라에서 공연합니다. 그러나 당신에게는 흥미를 주지 못할 겁니다. 사실은 나한테도 재미가 없어요. 기분은 어때요? 잘 잤습니까? 어젯밤에 돌아갈 때는 피로한 것 같았어요. 내게 화를 내고 있었지요. 당연합니다. 바보 같은 짓은 이제 그만둡시다."

그러고 나서 곧 내가 뭐라고 말을 할 수 없는 사이에 그는 말을 이었다.

"크란츨은 지겨운 녀석이에요. 당신의 소나타를 연주하지 않으려 하거든요."

"하지만 어젯밤에는 했잖습니까?"

"내 말은 음악회에서 하지 않으려 한다는 겁니다. 소나타를 떠맡기려 했는데, 싫어한단 말이에요. 다음 겨울의 마티네*에서라도 연주되면 좋겠는데. 크란츨이 바보는 아닌데 게을러요. 그 녀석은 노상 무슨 인스키인지 오브스키인지 하는 폴란드 사람의 음악만 연주하고, 새로운 것을 배우려 하지 않아요."

나는 그때 입을 열었다.

"그 소나타가 음악회에 어울린다고는 생각하지 않습니다. 그렇게 자부해본 적도 없고요. 그 작품은 기법상 아직 전혀 세련되지 않습니다."

"그런 건 상관없습니다. 당신은 상당히 예술적인 양심을 가지고 있군요. 하지만 우린 선생이 아닙니다. 사실 더 형편없는 것을 연주하고 있어요. 더구나 바로 그 크란츨이. 그러나 나는 달리 아는 데가 있습니다. 그 노래를 내게 주십시오. 그리고 곧 작곡을 더 해주십시오! 봄이면 난 이곳을 떠납니다. 계약 해지를 신청하고 장

---

* 연극이나 오페라, 음악회 등의 낮 공연

기 휴가를 얻겠어요. 그동안 두세 번 음악회를 개최할 생각입니다. 슈베르트라든가 볼프*라든가 뢰베**, 또 매일 밤 듣게 되는 그러한 곡이 아닌, 아직 일반에게 알려지지 않은 새 음악을 할 생각입니다. 적어도 그 눈사태의 노래 같은 음악을 두서너 곡. 어때요?"

무오트가 내 노래를 공개된 자리에서 불러준다는 기대가 생기니 미래의 문이 열리고 그 사이로 그야말로 찬란한 빛이 보이는 듯했다. 그렇기 때문에 나는 신중한 태도를 취해 무오트의 친절을 남용한다든가, 또 그를 위하여 너무 엄청난 의무를 부담하지 않으려 했다. 그는 나를 억지로 끌어당겨 현혹하고, 어떻게든 나를 제압하려는 것처럼 보이기도 했다. 그래서 나는 그 제안에 선뜻 동의하지 않았다.

"생각해보겠습니다."

나는 말했다.

"매우 친절하게 해주시는 것은 알겠습니다만, 아무것도 약속할 수가 없습니다. 졸업도 다가와서, 지금은 좋은 성적을 얻을 생각이나 해야 합니다. 장래에 작곡가로 세상에 나갈 수 있을지 아직은 불확실합니다. 우선 바이올리니스트로 어떻게 하면 빨리 직장을 잡을 수 있을까를 생각해야 합니다."

"아, 그렇군요. 그런 건 당신 자유지요. 그렇더라도 그런 노래를 다시 작곡하면 내게 주시겠지요?"

"예, 그러겠습니다. 그런데 왜 나를 그렇게 염려해주시는지, 나

---

* 오스트리아의 작곡가

** 독일의 작곡가

로서는 알 수가 없습니다."

"나한테 불안을 느낍니까? 나는 단지 당신 음악을 좋아할 뿐입니다. 다만 당신의 노래를 부르고 싶을 뿐이지요. 거기에 기대하고 있어요. 전적으로 이기심에서 하는 말입니다."

"알겠습니다. 그런데 왜 어젯밤에는 내게 그런 말을 하셨습니까?"

"아, 아직 감정이 상해 있군요. 내가 도대체 무슨 말을 했습니까? 조금도 기억할 수가 없어요. 어떻든 나는 당신에게 못되게 굴 생각은 없었습니다. 혹시 그렇게 보였을지도 모르지만. 그럴 때는 물론 대항하셔야죠! 누구든지 자기를 있는 그대로, 또 바라는 그대로 말하고 드러내야 합니다. 사람은 서로를 있는 그대로 인정해야 합니다."

"나도 그렇게 생각합니다. 그러나 당신은 그 반대로 하고 있습니다. 당신은 나를 화나게 하고, 내가 말하는 것은 전연 인정하지 않습니다. 나 자신도 생각하고 싶지 않고, 또 비밀로 하는 것을 끄집어내어 마치 비난하듯이 내 앞에 내던집니다. 당신은 불구인 내 다리마저 비웃습니다!"

하인리히 무오트는 천천히 말했다.

"그래요, 그래, 그렇지요. 사람이란 참으로 가지각색입니다. 참말을 들려주면 화를 내는 사람이 있는가 하면, 조그만 공치사도 참지 못하는 사람이 있습니다. 당신은 내가 궁정 극장의 감독처럼 당신을 대하지 않았다는 데 화를 내고, 나는 또 당신이 내게 본심을 숨기고 예술의 위안에 관한 명언을 내게 강요하려 한 데 화를 낸 겁니다."

"앞서 말한 것처럼 나도 그렇습니다. 다만 그런 이야기를 한 적이 좀처럼 없었습니다. 그리고 다른 한 가지에 대해서는 정말 이야기하고 싶지 않습니다. 내 마음속이 어떠한지, 슬퍼하고 있는지, 절망적인지, 그리고 내 다리가 불구인 걸 어떻게 생각하는지, 이러한 것은 내 가슴속에만 담아두고 누구한테 이러쿵저러쿵 말을 듣는다든가 비웃음 받고 싶지가 않습니다."

그는 일어섰다.

"아직 옷을 갈아입지 않았으니 곧 입고 오겠습니다. 당신은 예절이 바르지만, 유감스럽게도 나는 그렇지 못합니다. 그런 데는 별로 개의치 않겠지요? 당신은, 내가 당신을 좋아하고 있다는 걸 도대체 알지 못했습니까? 잠깐만 기다려주십시오. 준비가 될 때까지 피아노 앞에 앉아 계십시오. 노래를 부르겠어요? 싫어요? 한 6분 정도면 충분합니다."

정말 그는 재빨리 옷을 입고 옆방에서 되돌아왔다.

"지금부터 시내로 나가서 함께 식사합시다."

그는 기분이 좋은 듯이 말했다. 내 사정은 묻지도 않고, "갑시다" 하고 그는 말했다. 그래서 함께 나왔다. 그의 태도가 몹시 언짢기는 했으나 그 사나이에게 존경심을 느꼈기 때문이다. 그는 나보다 강한 사나이였다. 동시에 그는 대화나 거동 가운데 변덕스러운 순진성을 보였다. 그것이 천성처럼 몸에 붙어서 때때로 강한 매력을 풍기고 있었다.

그 뒤로 나는 무오트와 자주 만났다. 그는 곧잘 내게 오페라 입장권을 보내주고, 자기 집에서 바이올린을 연주해달라고 청하기도 했다. 그의 전부가 내 마음에 든 것은 아니지만, 그는 내 비평을 즐겨 들어주었다. 그리하여 우정이 싹텄다. 당시 내가 맺은 유일한 우정이었다. 그가 떠났을 때를 두려워하기 시작했을 정도다. 실지로 그는 극장과의 계약 해지를 예고하고 있었다. 마음을 바꾸려는 노력이나 양보가 조금 있었지만, 그는 듣지 않았다. 때때로 그는 아마 가을쯤 큰 극장으로 초청받게 되리라고 어렴풋이 말은 했으나 당분간 그것은 문제가 되지 않았다. 그러는 사이에 봄이 다가왔다.

어느 날 나는 무오트의 집에서 열린 마지막 저녁 파티에 참석했다. 우리는 다시 만날 날을 기약하며 미래를 위해 축배를 들었다. 이번에는 여자가 한 사람도 없었다. 다음 날 아침, 무오트는 정원 문까지 우리를 바래다주었다. 그는 작별의 손짓을 하고, 아침 안개 속에서 추위에 몸을 옹그리며 이미 반쯤 정리가 끝난 자신의 방으로 되돌아갔다. 개가 덤벼들어 짖으면서 그의 뒤를 따라갔다. 나는 생활과 경험의 한 부분이 일단 끝났다고 생각했다. 그가 우리 모두를 이내 잊어버리리라고 확신할 만큼 나는 무오트를 잘 안다고 믿고 있었다. 그러나 그제야 나는 어둡고 변덕스럽고 거만한 그 사나이를 정말로 사랑하고 있음을 아주 똑똑히 느꼈다.

그러는 동안 내게도 떠나야 할 날이 다가왔다. 나는 훈훈한 추억으로 남겨두고 싶은 장소나 사람들을 마지막으로 찾아갔다. 나는 다시 한번 산길을 올라 어쨌든 잊을 수 없는 그 비탈을 내려다보았다.

그리고 나는 고향 집으로 떠났다. 알 수 없으며, 아마도 권태로울 미래를 향해서. 나는 일정한 직업이 없었고, 혼자 힘으로 음악회를 열 수도 없었다. 다만 놀랍게도 학생 두세 명이 고향에서 나를 기다리고 있었다. 나는 그들에게 바이올린을 가르치기로 되어 있었다. 물론 부모님도 나를 기다리고 있었다. 부모님은 내가 아무 걱정 없이 지낼 만큼 부유하게 살았고, 또 지금부터 어떻게 할 작정이냐고 나를 몰아세우며 묻지 않을 정도로 이해심이 많고 친절했다. 그러나 나는 고향에서 오래 배겨내지 못하리라는 것을 처음부터 알고 있었다.

집에서 학생 셋을 가르치면서 어찌 되었든 불행하지 않게 지낸 열 달 동안에 대해서는 별로 이야기할 만한 것이 없다. 거기에도 인간의 생활은 있었다. 매일 무슨 일인가가 생기기는 했다. 그러나 그 모든 것에 대해서 나는 다만 상냥하고 의례적인 무관심을 벗어나지 못했다. 무슨 일이든 내 마음에 스며들지 않았으며, 무슨 일이든 나를 끌어당기지는 못했다. 그 대신 나는 완전한 고요 속에서 살았다. 그리고 음악에 몰두한 기이한 시간, 이때는 내 모든 생활이 경직되어 내게서 멀어진 듯했으며 음악에 대한 갈망만이 남았다. 이 갈망은 바이올린을 가르치고 있을 때 곧잘 엄습해와서 나를 견딜 수 없이 괴롭혔고, 때문에 나는 분명히 나쁜 교사가 되었다. 그러나 내 의무를 다 마치거나 교묘하게 거짓말로 수업을 쉬어버린 뒤에는 화려한 비현실의 몽상에 깊이 빠져들어 나는 몽유병자처럼 음(音)들을 대담하게 쌓아 올렸다. 과감히 탑을 세우고, 짙은 그늘을 던지는 둥근 지붕을 그리고, 유희적 장식을 비눗방울처럼 가볍고 홍겹게 띄워 올렸다.

무감각하고 냉담하게 돌아다니면서 옛 지인들을 쫓아버려 부모님에게 걱정을 끼치는 동안, 내 속에 파묻혀 있던 샘은 1년 전 저 산속에서보다 한층 풍성하게 다시 솟아 나왔다. 부질없이 꿈이나 꾸며 낭비해버린 듯 보였던 세월의 열매가 어느덧 익어서 고요히 하나하나 살며시 떨어졌다. 그 열매에는 향기와 광택이 있었고,

거의 고통스러울 만큼 풍요롭게 나를 둘러쌌다. 나는 이 풍요를 주저하고 당황하면서 받아들였다. 노래 한 곡에서 시작되어 바이올린 환상곡이 이어지고, 현악 사중주가 뒤따랐다. 그리고 몇 개월 동안 노래 두서너 곡과 교향악에 대한 많은 구상이 떠올랐으나, 나는 이 모든 것을 하나의 출발이자 시도라고 생각했다. 마음속에서는 대교향악을 생각했으며, 몹시 으쓱해졌을 때는 오페라까지 구상했다. 그동안 나는 가끔 내 선생의 추천장을 동봉하여 악장이나 극장 앞으로 정중히 편지를 쓰고, 바이올리니스트의 자리가 비면 나를 기억해달라고 겸허하게 주의를 환기해두었다. 때때로 '친애하는 선생'이라는 경어로 시작되는 짧고 정중한 답장이 왔지만 오지 않는 경우가 더 많았고, 직장을 얻을 수는 없었다. 그러면 나는 하루나 이틀 동안 좀 위축되어 세심하게 바이올린 교습을 하고, 새로 편지를 썼다. 그러나 바로 뒤에 나는 또 써야 할 음악이 아직도 머릿속에 가득 쌓여 있음을 깨달았다. 그리하여 다시 그 일에 착수하면 편지니, 극장이니, 오케스트라니, 악장이니 친애하는 선생 따위는 이내 잊어버리고 말았다. 나는 일에 몰려 만족하고 있는 나 자신의 고독한 모습을 발견했다.

그런데 대부분의 추억처럼 이야기할 수 없는 많은 추억이 있다. 인간은 무엇이며 무엇을 체험하는가, 인간은 어떻게 생장하고 앓고 죽는가 하는 것들은 이야기할 수가 없다. 일을 하는 사람의 생활은 권태롭다. 재미있는 것은 할 일 없이 노는 자의 인생이나 운명이다. 그 시절은 정말 풍부하게 기억에 남아 있지만 그 시절에 대해 나는 아무것도 이야기할 수가 없다. 왜냐하면 나는 인간적이거나 사교적인 생활 밖에 서 있었기 때문이다. 단 한 번, 잊을 수 없는 누군가에게 잠깐이나마 다시 가까이 다가간 적이 있다. 그 사람은 로에 선생이었다.

어느덧 늦가을에 접어든 어느 날, 나는 산책하러 나갔다. 시 남쪽에 소박한 별장 지대가 생겨 있었다. 그곳에는 부자가 아닌, 돈을 조금 모은 사람이나 연금으로 살아가는 사람들이 수수한 정원이 딸린 값싸고 아담한 집에 살고 있었다. 어떤 솜씨 있는 젊은 건축가가 이곳에 깔끔한 집을 많이 지었다기에, 나도 한번 가보고 싶었다.

따뜻한 오후였다. 여기저기에서 철 늦은 호두를 떨어뜨리는 손길들이 분주한 가운데 정원과 아담한 새 집들이 햇볕을 받으며 기분 좋게 늘어서 있었다. 깔끔하고 간소한 건물이 내 마음에 들었다. 집이라든가 고향이라든가 가정이라든가 휴양이라든가 휴식 시간 등에 관한 생각과는 아직 인연이 먼 젊은 사람들이 갖기 쉬운 외형상의 쾌적한 흥미를 품고 나는 그것들을 바라보았다. 평화로운 전원의 길이 상쾌한 인상을 주었다. 나는 그쪽으로 천천히 걸어갔다. 걸음을 옮기는 동안 나는 정원 문마다 걸려 있는 반짝반짝 빛나는 작은 놋쇠 문패에 쓰인 집주인의 이름을 읽어보자는 생각이 들었다.

그 문패들 가운데 하나에 '콘트라 로에'라는 이름이 있었고, 이를 읽다가 나는 왠지 아는 이름 같다는 생각이 들었다. 멈춰 서서 생각해보니, 라틴어 학교 선생 가운데 그런 이름을 가진 사람이 있었다는 기억이 났다. 몇 초 동안 옛 시절이 되살아나 나를 계면쩍게 바라보았고, 순간적인 물결 위에 한 때의 얼굴들이, 선생과 친구와 별명과 사건 등이 굴러갔다. 그렇게 서서 놋쇠 문패를 바라보며 웃고 있는데, 바로 근처에 있는 까치밥나무 저편에서 허리를 굽히고 일을 하던 남자가 일어나 가까이 다가오더니 나를 똑바로 바라보았다.

"내게 볼일이 있소?"

그는 물었다. 그 사람이야말로 우리가 로엔그린이라 부르던 로에 선생이었다.

"특별히 볼일이 있는 건 아닙니다."

나는 말을 하면서 모자를 벗었다.

"여기 사시는 줄 몰랐습니다. 옛날에 선생님 제자였습니다."

그는 눈을 한층 날카롭게 뜨면서 내 지팡이까지 내려다보고 골똘히 생각하더니 내 이름을 불렀다. 얼굴이 아니라 부자유한 다리로 나를 알아본 터였다. 물론 내 사고를 알고 있었기 때문이다. 그는 나를 안으로 들였다.

그는 소매를 걷고 초록색 원예용 앞치마를 두르고 있었다. 그는 조금도 늙은 티가 나지 않고 환하게 활짝 핀 얼굴이었다. 깨끗하고 아담한 정원을 이리저리 거닐다가 그는 나를 옥외 베란다로 안내했다. 우리는 거기에 앉았다.

"그래, 자네인 줄은 전연 몰랐어."

그는 정직하게 말했다.

"예전의 나에 대해서는 좋은 추억을 갖고 있길 바라네."

"전적으로 그렇지는 않습니다."

나는 웃으며 말했다.

"뭔가 하지 않아서 선생님에게 한 번 벌을 받은 적이 있습니다. 제 맹세를 거짓말이라고 하셨지요. 4학년 때의 일입니다."

그는 서글픈 듯이 위를 쳐다보았다.

"그런 걸 나쁘게는 생각지 말아주게. 나도 괴로우니까. 교사 노릇을 하노라면 아무리 선량한 의지를 갖는다 해도 잘 안되는 수가 많고, 부당한 일도 하게 되지. 나는 더 나쁜 경우를 알고 있네. 사실 내가 그만둔 것도 일부는 그 때문이야."

"그럼 이제 교직에 계시지 않는군요?"

"그만두었지. 병이 들었는데 몸이 회복되자 생각이 완전히 달라져 퇴직했지. 좋은 교사가 되려고 애는 썼지만, 아무래도 안 되더군. 좋은 교사가 되려면 천성으로 타고나야 해. 그래서 단념했는데, 그 뒤로는 행복하지."

그는 그렇게 보였다. 나는 더 물어보았지만, 그가 내 이야기를 듣고 싶어 해서 곧 그 이야기를 했다. 내가 음악가가 되었다는 것이 그다지 그의 마음에 드는 것 같진 않았다. 그러나 내 사고에 대해서는 내 마음이 상하지 않을 정도로 호의적이고 상냥한 동정을 보여주었다. 그는 내가 어떻게 마음을 위로하는 데 성공했는지 알아내려고 신중히 애썼고, 나의 반쯤 회피적인 대답으로는 만족하지 않았다. 그는 주저하면서도 성급하게 신비적인 몸짓을 해 보이며 자기는 하나의 위안을 알고 있고, 진지한 탐구자라면 누구에게나 열려 있는 완전한 지혜를 알고 있다고 빙 둘러서 말했다.

"벌써 알겠습니다" 하고 나는 말했다.

"성경을 말씀하시는 거죠."

로에 선생은 교활하게 웃었다.

"성경은 좋은 책일세. 깨달음에 이르는 하나의 길이지. 그러나 깨달음 자체는 아니야."

"그럼 깨달음 자체는 어디에 있습니까?"

"원하기만 한다면 문제없이 찾을 수 있네. 읽을 것을 하나 주지, 입문서가 될 만한 것을. 카르마* 학설에 대해서 들어본 적 있나?"

"카르마라고요? 아뇨, 그것은 무엇입니까?"

"보여주지. 기다리게!"

그는 달려가더니 한동안 돌아오지 않았다. 그사이 나는 불안한 기대와 의아스러움을 품은 채 앉아서 정원을 내려다보고 있었다. 정원에는 과일나무 분재가 나무랄 데 없이 정연히 놓여 있었다. 이윽고 그가 다시 달려왔다. 그는 반짝이는 눈으로 나를 쳐다보며 작은 책을 한 권 내밀었다. 그 책에는 신비한 선화(線畵) 한가운데 《초심자를 위한 신지학(神智學) 문답서》라는 표제가 쓰여 있었다.

"이 책을 가지고 가게!" 하며 그는 권했다.

"아주 가져도 좋네. 연구를 계속하고 싶다면 더 빌려주지. 이건 겨우 입문에 지나지 않지. 나는 모든 일에 이 학설의 덕을 입고 있네. 그 덕에 육체도, 정신도 건전해졌지. 자네도 그렇게 될 거야."

나는 그 작은 책을 받아서 호주머니에 넣었다. 선생은 정원을 지나서 도로까지 나를 배웅하고, 다정히 작별 인사를 하면서 불원간 또 오라고 말했다. 나는 그의 얼굴을 똑바로 보았다. 선량하고 쾌활한 얼굴이었다. 그러한 행복에 이르는 방법을 시도해본다는 것은 별로 나쁘지 않을 듯했다. 나는 작은 책을 호주머니에 넣고, 지복(至福)에 이르는 오솔길의 첫걸음에 호기심을 품으면서 집으로 돌아왔다.

---

* 불교에서 말하는 업(業)

그러나 2, 3일이 지나서야 겨우 그 오솔길을 걷기 시작했다. 집으로 돌아오는 길에 악상이 다시 강렬하게 나를 끌어당겼다. 나는 그 속으로 뛰어들어 음악에 젖으며, 폭풍이 지나가고 냉정을 되찾아 일상생활로 되돌아올 때까지 작곡하고 연주했다. 그 뒤로 곧 나는 새 학설을 연구하고 싶은 욕구를 느끼고, 단번에 다 이해할 수 있을 것 같은 작은 책에 손을 댔다.

그러나 그렇게 쉽게 이해되지는 않았다. 그 작은 책은 내 손 안에서 부풀어 올라 마침내 정복하기 어려운 것이 되어버렸다. 그 책은 자유 속에 깨달음과 내적 완성을 얻으려 노력하는 사람들이나, 어떠한 신앙도 신성하게 보고 광명으로 통하는 어떠한 오솔길도 환영하는 사람들, 저마다 가치 있는 수많은 지혜의 길과 신지학적 교리에 관한 훌륭하고도 흥미로운 서문으로 시작되고 있었다. 그 바로 다음에는 우주 발생론이 나왔으나 나로서는 이해되지 않았다. 그것은 세계를 갖가지 '평면'으로 분류하고, 역사를 기묘하고도 생소한 시대들로 구분했는데, 침몰한 나라 아틀란티스도 한 역할을 맡고 있었다. 나는 그 부분을 잠시 덮어두고 환생에 관한 학설이 서술된 다른 장을 읽기 시작했다. 그 장은 비교적 잘 알 수 있었다. 그러나 그 학설 전체가 하나의 신화학과 문학상의 우화이기를 바라고 있는지, 그렇잖으면 말대로의 진리이기를 바라고 있는지는 분명치 않았다. 나는 아무래도 이해되지 않았지만 후자인 것 같았다. 드디어 카르마 학설이 나왔다. 내가 보기에 그 학설은 인과율의 종교적 숭배 같았는데, 내 마음에 들지 않는 것도 아니었다. 그렇게 앞으로 나아갔다. 오래지 않아 나는 그 학설 전체는 되도록 그것을 글자대로 사실로 받아들여 마음으로부터 신앙하는 자에게만 위안이요 보물이 될 수 있다는 것을 깨달았다. 이를테면 나처럼 그 학설을 어떤 부분은 아름답게 보고 또 어떤 부분은 혼란된 상징, 즉 신화학적 세계의 해석 정도로 보는 자는 배우거나 존경할 수는 있어도 생명이나 힘을 얻을 수는 없었다. 그런 사람은 정신과 품위를 갖춘 신지학자가 될 수는 있겠으나, 궁극적 위안은 별로 정신 같은 것은 갖고 있지 않고 단순히 신앙하는 자만을 손짓했다. 그 가르침은 내게 당장 도움이 되지는 못했다.

그렇지만 나는 몇 번이나 더 선생을 찾아갔다. 그는 12년 전에는 나와 자신을 그리스어로 괴롭히고, 이번에는 또 그릇된 방법으로 괴롭히며 나의 교사 겸 지도자가 되려고 애썼으나 결국 두 번 다 성공하지 못했다. 우리가 친구는 되지 못했으나 나는 즐겨 그를 찾아갔다. 잠시 그는 내 인생의 중요 문제에 대한 유일한 의논 상대였다. 동시에 나는 그러한 상담은 무가치한 것으로, 기껏해야 명언이나 들을 수 있을 뿐이라는 것을 알게 되었다. 그러나 교회와 학문에서 냉정하게 버림받고, 이제 인생 후반기에 기묘하게 조작된 학설을 소박하게 믿으며 평화와 종교의 존엄성을 체험한 그 경건한 인간은 내게 감동적이며 존경할 만하다고 해도 좋았다.

무척 애썼지만 오늘에 이르기까지 나는 그 길을 끝끝내 걷지 못했다. 나는 어떤 신앙으로 안정되어 만족하고 있는 경건한 사람들에 대해서는 찬탄을 아끼지 않지만, 그들이 나에게 같은 것으로 보답할 수는 없다.

4

경건한 신지학자이며 과수 재배자인 로에 선생의 집을 찾아다니던 짧은 기간 동안, 나는 어느 날 출처 불명의 우편환을 받았다. 우편환은 내가 아직 한 번도 관계한 적이 없는 북부 독일의 어느 유명한 음악회 대리업자가 보내온 것이었다. 내가 문의한 편지에 대한 답장에는, 그 돈은 하인리히 무오트 씨의 의뢰로 송금했으며 그가 여섯 번의 음악회에서 내가 작곡한 노래를 부른 데 대한 보수라고 쓰여 있었다.

그래서 나는 무오트에게 편지로 감사를 전하고, 자초지종을 알려달라고 했다. 특히 내가 알고 싶은 점은 내 노래가 음악회에서 어떻게 받아들여졌는가였다. 무오트의 연주 여행에 대해서는 들은 적 있고 한두 번 신문에 실린 짧은 기사를 읽기도 했지만, 내 노래에 관해서는 아무런 언급이 없었다. 나는 고독한 사람답게 편지에 내 생활과 일에 관해 상세히 보고하고, 새로 만든 노래 한 곡을 동봉했다. 그리고 2주일, 3주일, 4주일 동안 답장을 기다렸으나 소식이 없어서 나는 그 일을 완전히 잊어버렸다. 여전히 나는 꿈속에서처럼 솟아 나오는 음악을 거의 매일같이 쓰고 있었다. 그러나 그 일을 중단하면 맥이 풀리고 불만스러워졌다. 개인 교습을 하기가 몹시 괴로웠다. 더 오래는 끈기가 계속되지 않을 것 같았다.

이런 형편이었으므로 드디어 무오트의 편지가 도착하자 나는 마치 마력에서 해방된 듯한 기분이었다. 그는 다음과 같이 적어 보냈다.

> 친애하는 쿤 씨! 나는 편지를 잘 쓸 줄 몰라서 보내주신 편지에 답장은 보내지 못했습니다. 그러나 이번에는 당신에게 실제적인 제의를 할 수가 있게 되었습니다. 나는 지금 이곳 R시의 오페라하우스에 고용되어 있습니다. 당신도 올 수 있으면 좋겠습니다. 우선 제2 바이올리니스트 자리를 얻을 수 있을 것입니다. 악장은 이해심 많고 서글서글한 사람입니다. 좀 거친 사람이긴 합니다만, 당신 작품을 연주할 기회도 있을 것입니다. 이곳에는 훌륭한 실내악단도 있습니다. 가곡에 대해서도 약간 할 말이 있습니다. 특히 그 가곡을 펴내고 싶다는 출판업자가 있습니다. 그러나 편지로 쓰기에는 마음이 조급합니다. 당신이 직접 와주십시오. 단, 서둘러서. 그리고 일자리에 대해서는 전보로 알려주십시오. 급합니다.
>
> 무오트 드림

그래서 나는 갑자기 한거(閑居)와 무위(無爲)에서 벗어나 다시 일상의 흐름에 휩쓸렸고, 희망과 걱정을 품고 불안과 기쁨을 느꼈다. 나를 막는 적은 아무도 없었다. 부모님은 내가 궤도에 올라 인생에 중대한 첫걸음을 내딛는 것을 보며 기뻐했다. 나는 곧 전보를 쳤다. 그리고 사흘 후에는 이미 무오트를 만나기 위해 R시에 도착해 있었다.

나는 어느 호텔에 투숙한 뒤에 그를 만나려 했으나 어디에 있는지 알 수 없었다. 그런데 그가 호텔로 찾아와 뜻밖에도 내 앞에 나타났다. 그는 나에게 악수를 청했으나, 아무것도 묻지 않고 아무 말도 하지 않았다. 내 흥분에는 무관심했다. 그는 여전히 마음 내키는 대로 행동하고 현재의 순간에만 진지해져서 즐길 대로 즐기는 습관에 젖어 있었다. 그는 내게 거의 옷 갈아입을 여유도 주지 않고 악장 뢰슬러에게로 데리고 갔다.

"이쪽은 쿤 씨입니다."

그는 말했다.

뢰슬러는 약간 고개를 끄덕였다.

"반갑습니다. 무슨 일이신지요?"

"실은" 하고 무오트가 소리쳤다.

"이 사람이 그 바이올리니스트입니다."

악장은 놀라서 나를 쳐다보고는 다시 가수를 향해서 거칠게 말했다.

"그 사람이 다리가 불편하다는 말을 당신은 전혀 하지 않았소. 팔다리가 정상인 사람이라야 합니다."

나는 얼굴이 빨개졌으나 무오트는 태연했다. 그는 그저 웃고만 있었다.

"뢰슬러 씨, 도대체 이 사람에게 무용을 시킬 생각입니까? 나는 바이올린을 시킬 줄 알았죠. 그것을 할 수 없다면 돌아가게 해야죠. 그러니 우선 시험을 해봅시다."

"좋소, 그럽시다. 쿤 씨, 내일 아침에 나한테, 그러니까 9시 지나서 와주십시오. 이 집으로. 다리 일로 화가 났습니까? 그럴 겁니다. 무오트가 미리 말을 해주었으면 좋았을 겁니다. 그럼 다시. 안녕히 가십시오."

돌아오는 길에 나는 그 일로 무오트를 비난했다. 그는 어깨를 움츠리며 이렇게 말했다. 처음부터 내가 불구라는 이야기를 했다면 악장은 쉽사리 찬성하지 않았을 것이다, 그러나 내가 왔고 어떻든 뢰슬러가 반승낙은 한 셈이니까 곧 내가 더 좋은 면에서 그를 알게 될 것이라고.

"그러나 도대체 어떻게 나를 추천할 수 있었습니까?"

나는 물었다.

"내가 무엇을 할 수 있을지 전혀 모르면서 말입니다."

"그것은 당신의 문제지요. 나는 틀림없이 잘될 것이다, 잘되지 않을 수가 없다고 생각했죠. 당신은 누구에게나 때때로 자극을 받지 않으면 조금도 뻗어갈 수 없는 집토끼 같은 데가 있습니다. 이제 자극을 받았으니까 비틀거리면서라도 앞으로 나아가요! 걱정할 것 없어요. 전임자도 별로 솜씨는 없었으니까."

저녁녘은 그의 집에서 지냈다. 이곳에서도 그는 먼 변두리에 방을 두서넛 빌리고 있었다. 정원이 있는 조용한 환경이었다. 그의 커다란 개가 그에게 달려들었다. 앉아서 몸도 녹이기 전에 초인종이 울리고, 무척 아름답고 키 큰 여자가 와서 함께 어울렸다. 그때와 같은 분위기였다. 그의 애인은 이번에도 나무랄 데 없는 왕비 같은 모습을 하고 있었다. 그는 지극히 당연하다는 듯 아름다운 여인들을 소모하고 있는 것 같았다. 나는 그 새로운 여인을 흥미와 수줍음을 느끼며 바라보았다. 성숙한 여자 옆에서는 언제나 그런 기분을 느꼈다. 나는 여전히 희망도 없고 사랑도 받지 못하며 절름거리고 돌아다녔으므로, 그 기분에는 질투가 섞여 있지 않은 것도 아니었다.

예전처럼 이번에도 무오트의 집에서 좋은 포도주를 많이 마셨다. 그는 난폭한, 은근히 내리누르는 명랑성으로 우리를 제압하면서도 우리의 마음을 앗아 갔다. 그는 멋있게 노래를 불렀다. 내가 작곡한 것도 하나 불렀다. 우리 세 사람은 친해지고, 몸이 달아올라 가까이 다가앉고 서로 거짓 없는 눈을 마주 보면서, 열이 내리지 않는 동안은 함께 있었다. 키 큰 여인의 이름은 로테였는데, 상냥하고 친절해서 내 마음을 끌었다. 아름답고 사랑스러운 여인이 내게 동정과 특별한 신뢰를 품는 것은 처음이 아니었고, 이번에도 내 마음에서는 고통과 쾌감이 엇갈렸다. 그러나 그러한 멜로디를 이제는 얼마간 알고 있었으므로 그다지 진지하게 받아들이지는 않았다. 사랑에 빠진 여인들이 내게 특별한 친절을 보여준 적은 여러 번 있었다. 그 여인들은 하나같이 나를 연애도 질투도 할 수 없는 사나이로 알고 있었다. 게다가 언짢게도 동정까지 덧붙였다. 그리하여 그녀들은 반쯤 어머니 같은 정으로 나를 신뢰했다.

유감스럽게도 나는 그러한 사정에 아직 조금도 훈련되어 있지 않았다. 가까이서 사랑의 행복을 지켜볼 때면 조금은 나 자신의 일을 생각하고 나도 한 번쯤은 그런 일을 겪어보고 싶다고 생각하지 않을 수 없었다. 그런 생각에 어느 정도 내 기쁨이 줄어들기는 했지만, 온몸을 다 바치고 있는 아름다운 여인과 어둡게 눈을 반짝이고 있는 격렬하고 무뚝뚝한 사나이 곁에서 보낸 저녁녘은 즐거운 시간이었다. 그는 나를 좋아하고 보살펴주었지만, 여자를 대하는 것과 마찬가지로 나에게도 난폭하고 변덕스럽게밖에는 애정을 나타낼 줄 몰랐다.

우리가 작별하기 전 마지막 술잔을 맞부딪칠 때, 그는 가볍게 머리를 숙이고 내게 인사를 하면서 말했다. "사실은 당신에게 형제의 의리를 맺자고 제의하고 싶습니다. 좋겠지요? 그렇게 되면 좋겠습니다. 그러나 그냥 둡시다. 언젠가는 그렇게 될 테니까. 아시다시피 이전에 나는 마음에 드는 사람이면 누구에게나 곧 '너'라고 불렀지만, 그건 좋지 않았어요. 특히 동료끼리는 좋지 않아요. 난 누구와도 싸움만 했습니다."

이번에는 친구의 애인을 집까지 바래다준다는 달콤하고 씁쓸한 행복을 누리지 못했다. 그녀는 남았고, 그것이 나로서는 좋았다. 여행, 악장 방문, 내일에 대한 긴장, 무오트와의 새로운 교제, 이 모든 것이 흐뭇했다. 이제야 비로소 나는 홀로 적적하게 기다리며 지낸 긴 1년 동안 내가 얼마나 잊히고, 우울해지고, 인간과 멀어졌는가를 알았다. 그리고 겨우 다시 내가 사람들 사이에서 흥분하며 활동하게 되어 세상의 일원으로 돌아온 것을 훈훈하고 쾌적한 긴장감 속에서 느꼈다.

다음 날 아침, 나는 알맞은 시간에 악장 뢰슬러의 집을 방문했다. 그는 잠옷을 걸친 채 머리에 빗질도 하지 않고 있었으나, 나를 다정하게 맞아들였다. 그리고 내 앞에 손으로 베낀 악보를 내밀고 피아노 앞에 앉으면서 어제보다는 사근사근한 말투로 바이올린을 켜보라고 했다. 나는 되도록 과감하게 연주했지만, 조잡하게 쓰인 악보를 읽는 데 약간 애를 먹었다. 연주를 끝내자 그는 말없이 다른 악보를 올려놓고 내게 무반주로 연주하게 했다. 그러고 나서 다시 세 번째 악보를 연주하게 했다.

"좋습니다."

그는 말했다.

"악보 읽는 법에 더 익숙해져야겠습니다. 악보가 언제나 인쇄돼 있는 건 아니니까요. 오늘 밤에 극장으로 오십시오. 제가 자리를 마련해드리지요. 거기에서 임시로 고용된 사람과 함께 당신의 악보를 연주해주십시오. 장소가 좀 비좁을지도 모르겠습니다. 오늘은 연습이 없으니까 미리 악보를 잘 봐두시지요. 쪽지를 적어드릴 테니 그걸 가지고 11시 지나 극장에 가서 악보를 받으십시오."

나는 어떻게 해야 할지 아직 잘 몰랐지만, 그 사람이 질문을 싫어하는 것 같아서 그냥 나왔다. 극장에서는 악보 같은 것은 아무도 모른다면서 내 말을 들어주려고 하지 않았다. 극장 시스템에 아직 익숙지 못한 나는 화가 나서 무오트에게 급히 사람을 보냈다. 그가 오자 모든 일이 깨끗하게 처리되었다. 그날 밤 처음으로 나는 극장에서 연주했고, 그동안 악장은 날카롭게 나를 지켜보았다. 다음 날 나는 채용되었다.

인간이란 참으로 묘하다. 이를테면 나는 충만한 희망의 한가운데 있으면서도 때로 고독에 대해, 아니 그뿐만 아니라 지루하고 공허한 나날에 대해 이상하게도 희미한 베일 너머로 어렴풋이 느껴지는 듯한 향수에 젖었다. 그럴 때마다 무슨 바람직한 것처럼 눈앞에 나타나는 것은 고향에서 보낸 시절이었다. 그 슬프고도 평온무

사한 단조로움에서 그렇게나 감사하며 벗어났는데 지금 나는 특히 진짜 향수에 젖어, 2년 전에 산속에서 지낸 몇 주일을 생각했다. 나는 일생을 평온무사하고 행복하게 살 수 있게끔 태어나지 못했고, 약자와 패배자의 생활을 하게 운명 지어져 있다. 더구나 그 그늘과 희생이 없다면 내게서 흘러내리는 창작의 샘은 더욱 활기 없고 빈약해질 것처럼 느껴졌다. 사실 조용한 시간과 창조적인 작업은 그다지 문제가 되지 않았다. 나는 순조롭고 풍성한 생활을 보내면서 파묻힌 샘이 마음속 깊은 곳에서 나직이 살랑거리며 탄식하는 소리를 듣는 것 같았다.

오케스트라에서 바이올린을 연주하며 나는 기쁨을 느꼈다. 나는 열심히 악보를 보고 그 세계에 빠져들려고 부지런히 모색했다. 단지 이론적으로 어렴풋이 알고 있던 일, 각 악기의 특성과 음색과 의의 등을 밑에서부터 차츰차츰 이해하게 되었다. 또한 무대 음악을 보고 연구하기도 하면서 내 손으로 오페라를 쓸 날이 오기를 차츰 진지하게 기대했다.

오페라에서 가장 명예로운 첫째 지위의 하나를 차지하고 있는 무오트와의 친밀한 교제는 내가 전체를 빨리 이해하는 데 크게 도움이 되었으나, 오케스트라 동료들 사이에서는 그 점이 악영향을 미쳐 내 바람처럼 그들과 다정하고 허물없는 사이로 발전하지 못했다. 다만 슈타이어마르크* 출신의 타이저라는 제1 바이올리니스트가 내게 다정하게 다가와 친구가 되었을 뿐이다. 그는 나보다 열 살쯤 많은 것 같았고, 솔직한 사나이로 곧잘 얼굴이 붉어지는 상냥

---

* 오스트리아의 한 주

하고 민감한 사람이었다. 놀라울 만큼 음악적이고, 특히 그의 귀는 믿을 수 없을 만큼 섬세하고 예민했다. 그는 중요한 역할을 맡아서 해보고 싶은 욕망은 품지 않고, 오직 자기 예술에서 만족을 찾아내는 사람들 가운데 하나였다. 그는 명인도 아니고 작곡을 한 적도 없었다. 자기 바이올린을 켜는 것으로 만족하고, 그 일을 근본적으로 이해하는 데 기쁨을 느끼고 있었다. 그는 어떤 지휘자도 미치지 못할 만큼 모든 전주곡에 통달해 있었다. 그리고 음악이 정교하고 화려한 대목에 이르면, 또는 어떤 악기가 울리기 시작해 아름답고 독창적으로 찬란해지는 대목에 이르면 그는 얼굴을 빛내며 멤버 누구보다도 그것을 즐겼다. 그는 거의 모든 악기를 다룰 줄 알았으므로 나는 매일 그에게 배우거나 물어볼 수도 있었다.

몇 개월 동안 우리는 본업 이외의 일로는 별로 이야기를 나눈 적이 없었지만 나는 그가 좋았고, 그도 내가 무엇인가 진지하게 배우려는 것을 알았으므로 말없이 이해가 이루어져 우정이 싹텄다. 마침내 나는 그에게 내 바이올린 소나타에 대해 말하고, 나와 함께 한번 연주해달라고 부탁했다. 그는 기꺼이 승낙하고 약속한 날 내 방으로 찾아왔다. 나는 그를 기쁘게 해주려고 그의 고향에서 나온 포도주를 준비해두었다. 우리는 포도주를 한 잔 마신 다음, 악보를 올려놓고 연주를 시작했다. 그는 악보를 처음 보면서도 훌륭하게 연주를 하다가, 갑자기 멈추고 활을 내렸다.

"쿤 씨."

그는 말했다.

"굉장히 아름다운 음악이군요. 이 곡은 이렇게 아무렇게나 켤 수가 없소. 우선 연구해봐야지요. 집으로 가지고 가도 괜찮지요?"

그렇게 하기로 했다. 다시 그가 왔을 때, 우리는 소나타를 처음부터 끝까지 두 번 연주했다. 연주를 마치자 그가 내 어깨를 두드리면서 소리쳤다.

"당신이란 사람은 속을 알 수가 없소! 노상 어린아이처럼 하고 있으면서 몰래 이런 작품을 만들다니. 물론 긴말은 하지 않겠소. 학교 선생이 아니니까. 하지만 기막히게 아름다운 곡이오!"

내가 정말로 신뢰하는 사람이 내 작품을 칭찬해준 것은 처음이었다. 나는 그에게 악보를 전부 보여주었다. 그리고 마침 인쇄 중인, 곧 출판될 가곡도 그에게 보였다. 그러나 내가 대담하게도 오페라를 생각하고 있다는 얘기까지는 말할 용기가 없었다.

그 즐거운 시절에 어떤 작은 체험이 나를 놀라게 했는데, 나는 그 일을 아무래도 잊을 수가 없다. 자주 드나들던 무오트의 집에서 얼마 동안 나는 아름다운 로테를 만날 수 없었지만 별로 마음 쓰지는 않았다. 왜냐하면 그의 연애 사건에 참견할 생각이 없었고, 모르고 지낼 수만 있다면 더욱 좋다고 생각했기 때문이다. 그러므로 나는 한 번도 그녀에 대해서 물어본 적 없고, 무오트 또한 그 일에 대해서 내게 아무 말도 하지 않았다.

그런데 어느 날 오후 나는 방에 앉아서 악보를 연구하고 있었다. 창가에는 내 검은 고양이가 누워서 졸고 있었다. 그때 바깥문이 열리며 누군가 들어왔는데, 주인아주머니가 뭐라고 하며 만류했으나 뿌리치고 내 방문 쪽으로 다가왔다. 곧 노크 소리가 들렸다. 나는 일어나 걸어가 문을 열었다. 그러자 베일로 얼굴을 감싼 키 크고 우아한 여자가 들어오더니 뒤로 문을 닫았다. 그녀는 두서너 걸음 방 안으로 들어서 깊은 숨을 쉰 뒤에 겨우 베일을 벗었다.

로테였다. 그녀는 흥분한 것 같았다. 나는 그녀가 찾아온 이유를 곧 짐작했다. 내가 권하는 대로 그녀는 자리에 앉았다. 그리고 내게 악수를 청했으나 말은 아직 한마디도 하지 않았다. 내가 당황하는 눈치를 채고서야 그녀는 마음이 놓이는 듯 보였다. 내가 곧 쫓아내지 않을까 걱정한 것 같았다.

"하인리히 무오트의 일로 오셨군요?"

나는 하는 수 없이 물어보았다.

그녀는 고개를 끄덕였다.

"벌써 알고 계세요?"

"아무것도 모릅니다. 그냥 짐작했을 뿐입니다."

그녀는 환자가 의사에게 하듯이 내 얼굴을 똑바로 바라보며 말없이 천천히 장갑을 벗었다. 그러고는 별안간 일어서더니 두 손을 내 양어깨에 얹고, 크게 부릅뜬 눈으로 나를 응시했다.

"어쩌면 좋아요? 그이는 집에 있는 적이 없어요. 편지도 주지 않고, 제 편지를 뜯어보지도 않아요. 벌써 그이와 얘기를 못 한 지 3주일이 지났어요. 어제 갔을 때는 그이가 집에 있다는 걸 알았지만, 그이는 문을 열어주지 않았어요. 휘파람으로 개를 되불러주지 않아서 옷이 찢어졌어요. 개까지 절 모른다는 투예요."

"무오트와 싸움이라도 하셨습니까?"

잠자코 있을 수만도 없어서 나는 물었다.

그녀는 웃었다.

"싸웠느냐고요? 싸움이라면 몇 번을 했는지도 몰라요. 처음부터 그랬어요! 싸움에는 이제 저도 익숙해졌어요. 아니, 최근에는 제가 기분이 나빠질 만큼 그이가 공손했어요. 한 번은 자기가 나를 불러놓곤 집에 없었고, 또 한 번은 자기가 온다고 해놓고 오지 않았어요. 끝내는 저를 대뜸 '당신'이라고 불렀어요. 아, 그이가 다시 저를 때려주었으면 좋겠어요."

나는 매우 놀랐다.

"때리다니요……?"

그녀는 다시 웃었다.

"모르세요? 때리고말고요. 그이는 저를 여러 번 때렸어요. 하지만 요즘은 한동안 때리지 않았어요. 공손해져서 저를 '당신'이라고 했어요. 그리고 이번에는 저를 상대도 안 해줘요. 틀림없이 다른 좋은 사람이 생긴 거예요. 그래서 제가 왔어요. 제발 말씀해주세요! 그이에겐 달리 좋은 사람이 있는 거죠? 당신은 아시겠죠! 아실 거예요!"

내가 뿌리치기도 전에 그녀는 벌써 내 두 손을 잡고 있었다. 나는 몸이 굳는 듯했다. 부탁을 거절하고 이 장면을 간단히 끝내기를 몹시 바라고 있었지만, 그녀가 내게 말할 기회를 전혀 주지 않아 오히려 기뻤다. 무슨 말을 해야 할지 몰랐기 때문이다.

희망과 슬픔에 뒤섞인 그녀는 내가 귀 기울여 듣는 데 만족하며 발작적인 정열로 탄원하고, 이야기하고, 하소연했다. 그러나 나는 줄곧 그녀의 눈물이 그렁그렁하고 성숙하고 아름다운 얼굴을 쳐다볼 뿐이었다. 그리고 '그는 이 여자를 때렸다'라는 생각 말고는 아무것도 생각할 수가 없었다. 그의 주먹이 보이는 듯해 나는 그가 무서워졌다. 그리고 맞고, 멸시받고, 거절당한 뒤에도 그에게 돌아가 지금까지의 굴욕으로 돌아가는 길 말고는 아무 생각도 소원도 없는 듯한 그녀가 섬뜩해졌다.

드디어 고비가 지나고 로테의 말은 느려졌다. 그녀는 상황을 의식한 듯 당황하며 말문을 닫았다. 동시에 내 손을 놓았다.

"그에게는 다른 여자가 없습니다."

나는 작은 소리로 말했다.

"적어도 내가 아는 바로는 그렇습니다. 또 그럴 리가 없다고 생각합니다."

그녀는 고마운 듯 나를 쳐다보았다.

"그러나 당신을 도와줄 수는 없습니다."

나는 계속했다.

"그런 일에 대해 그와 이야기해본 적은 없으니까요."

우리 둘은 잠시 말이 없었다. 나는 아름다웠던 마리온을, 그녀와 팔을 끼고 남풍을 받으며 함께 걸었던 저녁녘의 일을 떠올리지 않을 수 없었다. 그녀는 그렇게도 용감하게 애인의 편을 들었는데, 그런 마리온도 그는 때렸을까? 그녀도 아직 그를 쫓아다닐까?

"도대체 왜 나한테 왔습니까?"

나는 물었다.

"저도 모르겠어요. 그렇지만 어떻게든 하지 않고는 견딜 수가 없었어요. 그이는 아직 나를 생각하고 있을까요? 당신은 좋은 분이에요. 제발 저를 도와주세요! 그이에게 한번 물어볼 수 있잖아요. 그리고 제 이야기를……."

"아니, 그건 안 됩니다. 그가 당신을 아직 사랑한다면 자기 스스로 다시 돌아올 겁니다. 만약 사랑하지 않는다면……."

"않는다면?"

"그러면 그냥 내버려두십시오. 당신이 그렇게 굴종할 만한 가치가 없는 사람입니다."

이 말을 듣고 그녀는 갑자기 웃었다.

"어머, 당신은! 당신은 사랑을 모르시는군요!"

그녀의 말이 옳다고 생각했지만, 그래도 좀 서글펐다. 사랑이 내게로 오려 하지 않는다면, 내가 이미 사랑의 울타리 밖에 서 있다면, 내가 왜 남을 위한 의논 상대나 협력자가 되어야 하는가? 나는 여인을 가엾게 여겼지만 그 이상으로 경멸했다. 한쪽은 잔인해지고 다른 한쪽은 굴욕을 참는 것이 사랑이라면, 사랑을 하지 않는 편이 더 나은 생활을 할 수 있을 것이다.

"나는 논쟁을 싫어합니다."

나는 쌀쌀하게 말했다.

"그러한 사랑은 알 수가 없습니다."

로테는 다시 베일을 썼다.

"그래요, 이제 가야겠어요."

다시금 그녀가 가엾어졌으나, 어리석은 장면을 되풀이하고 싶지 않았기에 말없이 문을 열어주었다. 그녀는 문 쪽으로 걸어갔다. 나는 호기심 많은 주인아주머니 옆을 지나서 계단까지 그녀를 바래다주었다. 그곳에서 내가 인사를 하자, 그녀는 아무 말도 없이 나를 쳐다보지도 않고 가버렸다.

나는 서글픈 기분으로 그녀를 전송했다. 그 광경이 언제까지나 눈에서 사라지지 않았다. 나는 참으로 마리온이나 로테나 무오트 같은 사람과는 전혀 다른 인간이었을까? 그것이 참으로 사랑이었을까? 나는 그들 정열의 사람들이 모두 폭풍에 휩쓸린 듯 비틀거리며 막연히 날리는 것을 보았다. 사나이는 오늘은 욕망에, 내일은 권태에 괴로워하고 음울하게 사랑하다 잔인하게 절교하면서 어떠한 애정에도 확신이 없고, 어떠한 사랑에도 기쁨을 느끼지 못했다. 또 여인들은 모욕을 당하고 얻어맞으며 이끌려 가서, 마지막에 버림을 받아도 여전히 남자에 집착하고, 질투와 무시당한 사랑으로 품위를 떨어뜨려도 개처럼 충실히 따랐다.

나는 그날 아주 오랜만에 처음으로 울었다. 나는 그 사람들과, 친구인 무오트와, 그 생활과 사랑을 위해 불만스럽고 노여운 눈물을 흘리며 울었다. 또 그런 사람들에 섞여서 다른 운명의 별에 있는 듯 생활하고 있는 나 자신, 인생을 모르고 사랑을 동경하면서도 두려워해야 하는 나 자신을 위해 조용하고 쓸쓸한 눈물을 흘렸다.

나는 오랫동안 하인리히 무오트에게 가지 않았다. 그즈음 그는 바그너 가수로 인기를 떨치며 '스타'로 인정받기 시작했다. 동시에 나도 조심스럽게 세상에 알려졌다. 내 노래가 몇 곡 출판되어 호평을 받았고, 실내악을 위한 두 작품이 음악회에서 연주되었다. 친구들 사이에서는 조용한 격려와 칭찬을 받았다. 평론계는 앞날을 기대하면서 조용히 지켜보거나, 일단은 나를 신인으로 관대히 인정해주었다.

나는 바이올리니스트인 타이저와 곧잘 함께 있었다. 그는 나를 좋아했다. 친구다운 기쁨을 보이며 내 작품을 칭찬하고, 큰 성공을 예언하며, 언제나 기꺼이 내 음악 상대를 해주었다. 그런데도 나는 무엇인가 부족함을 느꼈다. 무오트에게는 마음이 끌렸지만 여전히 그를 피하고 있었다. 로테에 대해서는 이제 아무 이야기도 들려오지 않았다. 나는 왜 불만이었을까? 나는 성실하고 훌륭한 타이저에게 만족하지 못하는 나 스스로를 탓했지만, 그래도 여전히 그에게서는 무엇인가 부족함이 느껴졌다. 내게 그는 너무 쾌활하고 너무 밝고 너무 만족스러운 사람으로 보였다. 그는 심연(深淵)이라는 것을 모르는 것 같았다. 그는 무오트를 좋게 말하지 않았다. 극장에서 무오트가 노래 부를 때, 그는 곧잘 나를 보고 이렇게 소곤거렸다.

"보라고, 정말 서투르군! 완전히 응석꾸러기가 되었어! 녀석, 모차르트 곡은 하나도 안 부르는데, 그 이유는 자신이 알겠지."

나는 그의 말을 옳다고 인정해야 했지만, 마음속으로는 그렇게 생각지 않았다. 나는 무오트에게 애착이 있었으나 그를 변호하려 하지는 않았다. 무오트는 타이저가 갖지 못한 것, 모르는 것, 그리고 나와 그를 연결시키는 무언가를 갖고 있었다. 그것은 끝없는 욕구이고, 동경이며, 불만이었다. 그것이 나를 연구와 창작으로 몰았다. 또 그것이 내가 같은 불만에 다른 형태로 자극되어 괴로워하던 무오트 같은, 나한테서 떨어져 나간 사람들에게 손을 내밀게 했다. 나는 내가 영원히 작곡을 할 것이라는 의식이 있었다. 그러나 언제나 동경과 채워지지 않는 마음으로 창작하는 것이 아니고, 언젠가는 행복과 넘치는 마음과 깨어지지 않는 기쁨으로 창작하고 싶다는 욕구를 느끼고 있었다. 아, 나는 왜 내 것인 음악으로 행복해지지 못하는가? 또 무오트는 왜 그가 가지고 있는 사나운 활력과 그 애인들로 행복해지지 못하는가?

타이저는 행복했다. 도달할 수 없는 것에 대한 욕망들로 괴로움을 당하지는 않았다. 그는 예술에서 그 나름의 아름다움과 몰아적 기쁨을 찾고 있었으나, 예술이 그에게 주는 것 이상을 욕망하지 않았다. 또 예술 밖에서는 그보다 더 적은 것으로 만족하는 사람이었다. 친한 사람들 두셋과 때때로 마시는 맛 좋은 포도주 한 잔, 휴일에 야외로 나가는 소풍 등으로 충분했다. 왜냐하면 그는 여행가이며 신선한 공기를 사랑하는 사람이었기 때문이다. 만약 신지학자의 학설에 가치가 있다고 한다면, 이 사내야말로 거의 완성된 인간이 틀림없었다. 그만큼 그의 사람됨은 선량했고, 격정이나 불만스러운 마음을 일으키지 않았다. 그런데도 사실 나는 그와 같이 되고 싶지 않았다. 입으로는 그렇게 말했을지 모르지만. 나는 나 아닌 다른 사람이 되기를 원하지 않았다. 비좁기는 하지만, 나는 나 자신의 껍질에서 벗어나고 싶지 않았다. 몇몇 내 작품이 서서히 반향을 일으키면서 나는 마음속에 힘을 느끼기 시작했다. 나는 어느새 자만해지기까지 했다. 나는 보통 사람들과 통하는 어떤 다리를 찾아내야 했다. 언제까지나 밑바닥에 깔려만 있을 게 아니라, 어떻게든 그들과 함께 어울리지 않으면 안 되었다. 달리 방법이 없다면 음악이 나를 그리로 이끌어줄지도 모를 일이었다. 그들이 나를 사랑하지 않을지는 몰라도, 내 작품을 사랑하지 않을 수는 없을 것이다.

나는 이런 어리석은 생각에서 벗어날 수가 없었다. 나는 누군가가 참으로 나를 원하고 나를 이해해주기만 한다면, 언제라도 몸을 바쳐 희생할 각오가 되어 있었다. 음악은 세계의 신비로운 법칙이 아닌가? 지구와 별은 조화롭게 윤무(輪舞)를 추고 있지 않은가? 그런데 나 홀로 언제까지나 고독히 머물며 그 본성이 내 본성과 순수하고 아름답게 조화를 이룰 사람을 찾을 수 없단 말인가?

내가 이 낯선 도시에서 산 지 1년이 지났다. 처음에는 무오트, 타이저, 악장 뢰슬러 말고는 거의 사귀지 않았으나, 최근 들어 좋지도 싫지도 않은 사람들과 꽤 폭넓은 교제를 하게 되었다. 내 실내악곡들이 연주된 덕분으로 나는 극장 밖에서도 시내의 다른 음악가들과 알게 되었고, 좁은 범위에서 서서히 자라가는 명성의 가볍고 쾌적한 부담을 이제 느끼게 되었다. 나는 내가 남들에게 알려지고 주목을 받고 있음을 알게 되었다. 명성 중에서도 아직은 큰 성공을 바라지 않고 질시를 받지 않으며 고립되지도 않은 명성은 가장 매력적이다. 그 정도 명성을 얻고 있는 사람은 여기저기에서 주목받고 이름을 불리며 칭찬받고 있다는 것을 느끼며 돌아다닐 수 있다. 만나는 사람마다 다정하게 대해주고, 명사들에게 호의적인 인사를 받고, 젊은 사람들에게는 존경에 찬 인사를 받는다. 그리고 그러한 사람은 항상 가장 좋은 것은 바야흐로 지금부터 온다는 은근한 감정을 품고 있다. 가장 좋은 것이 지나가버리는 것을 보기까지는 모든 젊은이가 그러하듯이. 그러나 사람들의 칭찬 속에서 언제나 다소의 동정을 느낌으로써 내 쾌감은 대부분 손상되었다. 그들이 나를 보살펴주고 내게 그토록 친절히 대해주는 것은 나 자신이 사람들에게 기꺼이 어떤 위안을 주는 가엾은 불구자이기 때문이라는 생각마저 종종 들었다.

내 바이올린 이중주가 연주된 어느 음악회에서 나는 돈 많은 공장주 임토르 씨와 알게 되었다. 그는 열성적인 음악 애호가이자 재능 있는 신예들의 후원자로 통했다. 상당히 키가 작고 차분한 사람으로 머리카락은 벌써 희끗희끗했다. 겉으로는 부자나 음악에 조예가 깊은 사람처럼 보이지 않았다. 그러나 나는 그의 말을 듣고서 그가 정말로 음악을 깊이 이해하고 있음을 알아챘다. 그는 막연히 칭찬하는 것이 아니라, 차분하게 전문가적인 칭찬을 했다. 그러는 편이 훨씬 가치가 있었다. 그는 가끔 자기 집에서 신구(新舊) 음악의 밤을 개최한다는 이야기를 해주었는데, 이는 일찍이 나도 어디서 들어 알고 있는 일이었다. 그는 나를 초대하며 마지막으로 이렇게 말했다.

"당신의 가곡은 우리 집에도 있습니다. 우린 당신 노래를 좋아하지요. 딸아이도 기뻐할 겁니다."

내가 미처 그의 집을 방문하기 전에 나는 초대를 받았다. 임토르 씨는 내 내림마장조 삼중주곡을 자기 집에서 연주하도록 허락해달라고 청해왔다. 실력 있는 아마추어 바이올리니스트와 첼리스트를 각각 한 사람씩 쓸 수 있는데, 내가 함께 공연할 생각이 있다면 제1 바이올린 자리를 남겨두겠다고 했다. 나는 임토르 씨가 자기 집에서 연주하는 직업 음악가들에게 언제나 두둑이 사례를 한다는 것을 알고 있었다. 그래서 그 제의를 수락하고 싶지 않았으나, 그의 초대가 어떠한 의미인지 잘 몰랐기에 결국 받아들였다. 두 공연자가 내게 찾아와서 각각 악보를 받아 가고, 연습도 두서너 번 했다. 그사이에 나는 임토르 씨의 집을 방문했으나 다른 사람을 만나지는 못했다. 그러는 동안 약속한 날 저녁이 되었다.

임토르 씨는 홀아비였다. 그는 고풍스럽고 검소하고 훌륭한 시민 주택에 살고 있었다. 그 집은 넓은 시 한가운데 있으면서도, 고풍의 정원을 옛날 그대로의 넓이로 간직하고 있는 몇 안 되는 저택 가운데 하나였다. 저녁녘에 찾아갔을 때 정원 쪽은 잘 보이지 않았다. 다만 가로등 불빛에 줄기의 밝은 얼룩이 보이는 키 큰 플라타너스의 짧은 가로수 길과, 그 사이에 거무칙칙하고 낡은 석상이 두서넛 서 있는 것이 보였을 뿐이다. 키 큰 나무들 뒤로 낮고 드넓은 고풍의 집이 검소하게 서 있었다. 현관을 지나자 복도와 계단과 모든 방에 이르기까지 벽마다 옛 그림들이 가득 걸려 있었다. 가족의 초상화, 거무스름해진 풍경화, 옛 풍경화, 동물 그림 등이었다. 마침 다른 사람들도 도착했다. 가정부가 우리를 맞이해 안내했다.

모인 사람들이 별로 많지는 않았지만, 음악실 문이 열릴 때까지 그다지 넓지 않은 방 안은 약간 붐볐다. 음악실은 넓었다. 그랜드 피아노, 악보 넣는 장, 램프, 의자 등은 모두 새 것이었으나, 벽에 걸린 그림만은 이 방의 것도 모두 고풍스러웠다.

공연자는 벌써 와 있었다. 우리는 보면대를 세우고, 조명을 살피며 악기를 조율했다. 그때 홀 제일 안쪽 문이 열리고, 밝은 옷을 입은 한 숙녀가 겨우 반쯤 불이 비치는 방을 지나 들어왔다. 공연자 두 사람이 그녀에게 공손히 인사했다. 임토르 씨의 딸이라는 것을 곧 알 수 있었다. 그녀는 묻는 듯한 눈으로 살짝 나를 쳐다보고, 내 소개도 받기 전에 악수를 청하며 말했다.

"이미 알고 있습니다. 쿤 씨죠? 잘 오셨습니다."

그 아름다운 여인은 들어오는 순간 곧 내게 감명을 주었는데, 지금 들려오는 목소리도 맑고 상쾌했다. 나는 그녀가 내민 손을 힘주어 잡고, 만족스럽게 아가씨의 눈을 쳐다보았다. 그녀도 상냥하고 다정하게 인사해주었다.

"삼중주를 기대하겠어요."

그녀는 눈앞에 나타난 내가 자신이 예상한 대로이며 만족했다는 듯 웃으며 말했다.

"나 역시."

나는 내가 무슨 말을 하는지도 모르고 대답했다. 그리고 그녀를 바라보니 그녀는 고개를 끄덕였다. 그러고 나서 그녀는 다시 홀에서 나갔다. 나는 그녀를 잠자코 전송했다. 얼마 후에 이번에는 아버지의 손을 잡고 나타났다. 우리 세 사람은 보면대 앞에 앉아서 준비를 끝내고 있었다. 손님들은 자리에 앉았다. 몇몇 아는 사람이 가볍게 고개를 숙이며 내게 인사하고, 주인은 내게 악수를 청했다. 다들 자리를 잡자, 전등이 꺼지고 우리 악보 위의 높은 촛불만이 타올랐다.

나는 내 음악을 거의 잊어버리고 말았다. 나는 홀 뒤편에 있는 게르트루트 양을 찾았다. 그녀는 서가에 기대어 어스름 속에 앉아 있었다. 그녀의 짙은 금발 머리카락이 거의 검게 보였고, 그녀의 눈은 보이지 않았다. 그리하여 나는 나직이 박자를 세며 가볍게 머리를 숙였다. 우리는 활을 크게 당겨 안단테를 연주하기 시작했다.

연주하는 동안 기분 좋게 몸이 달아올랐다. 박자와 함께 몸을 흔들고, 음이 흐르는 조화 속에 자유로이 떠돌았다. 그 모두가 내게는 전혀 새롭고 그 순간 창조되고 있는 듯 느껴졌다. 음악에 대한 생각과 게르트루트 임토르에 대한 생각이 순수하게, 빈틈없이 융합되어 흘렀다. 나는 바이올린 활을 놀리면서 눈으로 지휘를 했다. 음악은 거침없이 아름답게 흐르고, 이제는 보이지도 않고 보려고도 안 한 게르트루트를 향해 황금의 길로 나를 데리고 갔다. 마치 아침 나그네가 누가 요구하지 않아도 주저 없이 이른 아침의 연한 하늘색과 더 맑은 초원의 반짝임에 몸을 맡기듯이, 나는 내 음악과 호흡과 사상과 심장의 고동을 그녀에게 바쳤다. 아울러 기쁜 마음이 들고 음이 넘쳐흐르면서 놀라운 행복감이 나를 드높였다. 별안간 사랑의 정체를 알게 되었다. 그것은 결코 새로운 감정이 아니고 아주 오래된 예감이 똑똑히 드러난 것으로, 본래의 자리로 돌아온 데 지나지 않았다.

1악장이 끝났다. 나는 겨우 1분쯤 휴식했다. 현을 조율하는 소리가 낮고 부드럽게 뒤섞여 울렸다. 나는 한순간 고개를 끄덕이고 있는 사람들 너머로 짙은 금발 머리와 부드럽고 밝은 이마, 담홍색의 꼭 다문 입술을 언뜻 볼 수 있었다. 그리고 나는 조용히 보면대를 두드렸다. 우리는 쾌적한 음향을 전하는 2악장을 연주했다. 연주자들은 열중했다. 음악의 높아가는 동경은 불안한 날개를 펴고, 불만스러운 채 날아올라 탐색을 하며 비탄하는 불안 속으로 사라졌다. 첼로는 그 선율을 깊고 뜨겁게 받아들여 세차고 애끓게 드러내더니, 새롭고 한층 어두운 기락으로 사라질 듯 옮겨가서는 절망하듯 울분 어린 저음으로 녹여버렸다.

이 2악장은 내 참회이며, 내 동경과 불만의 고백이었다. 3악장은 구원과 실현을 나타내게 돼 있었다. 그러나 그날 밤 이후 나는 그 악장이 아무 가치도 없음을 깨달았다. 그래서 그것을 내 과거에 가로놓인 것으로 여기고 편안한 마음으로 연주했다. 왜냐하면 나는 이제 해방은 어떠한 소리를 내야 하는지, 광채와 평화는 얼마나 격렬한 소리의 비등(沸騰) 속에서, 얼마나 두꺼운 구름 속에서 나오지 않으면 안 되는지 분명히 깨달은 것 같았기 때문이다. 이 모든 것이 내 3악장에는 없었다. 그것은 쌓여온 불협화음의 부드러운 용해(溶解)일 뿐이고, 낡은 기본적 선율을 맑게 걸러 드높이려는 시도에 지나지 않았다. 그 속에는 지금 나 자신의 마음속에서 울리고 있는 소리도, 빛도 들어 있지 않았다. 누구도 그것을 깨닫지 못하는 것을 나는 이상하게 여겼다.

내 삼중주는 끝났다. 나는 연주자들에게 고개를 끄덕이고 내 바이올린을 옆에 놓았다. 전등이 다시 환하게 켜졌다. 사람들이 웅성거렸다. 내게 다가와 흔히 하는 찬사나 칭찬이나 비평을 늘어놓으며 스스로 음악통임을 나타내려는 사람도 적지 않았다. 작품의 주요한 결함을 책망하는 사람은 하나도 없었다.

손님들은 몇몇 방으로 흩어졌다. 차와 포도주와 비스킷 등이 나왔다. 남자들 방에서는 담배를 피웠다. 한 시간이 지나고 또 한 시간이 지났다. 그때, 나는 거의 예기치 못했던 일인데, 게르트루트가 내 옆에 서서 손을 내밀었다.

"마음에 드셨습니까?"

나는 물었다.

"네, 좋았어요."

그녀는 머리를 끄덕이며 말했다.

그러나 나는 그녀가 좀 더 깊이 알고 있음을 알아챘다. 그래서 말했다.

"2악장을 말하는 거겠지요. 다른 건 아무것도 아닙니다."

그러자 그녀는 신기한 듯이, 성숙한 부인같이 온화하고 지적인 눈빛으로 다시 내 눈을 바라보았다. 그리고 아주 미묘하게 말했다.

"그러니까 자신도 알고 계시는군요. 1악장은 좋은 음악이 아닌가요? 2악장은 웅대하긴 하지만, 3악장에 너무 의지하고 있는 것 같아요. 연주하실 때도 당신이 어느 부분에 정말 몰두하고 어느 부분에서 그렇지 않은가를 알 수 있었어요."

내가 모르는 사이 그녀의 맑고 상냥한 눈이 나를 보고 있었다는 말을 듣는 것은 기꺼운 일이었다. 우리가 알게 된 그 첫 번째 밤에 나는 이미 그 아름답고 성실한 눈길을 받으며 온 생애를 지낼 수 있다면 얼마나 기쁘고 행복할지, 그렇다면 나쁜 짓을 저지른다거나 생각하는 것조차 있을 수 없는 일이라고 생각했다. 그날 밤 이후 나는 융합과 더없이 우아한 조화에 대한 내 소원이 어딘가에서 충족되리라는 것과, 그 사람의 눈길과 목소리에 내 모든 맥박과 호흡이 맑고 깊이 호응하는 누군가가 이 지상에 살고 있다는 것을 알았다.

그녀도 곧 자신의 본성이 나와 격의 없이 서로 맑게 울리는 것을 느껴, 처음부터 내게 마음을 터놓고 거짓 없는 모습을 보일 수 있었고, 오해도 배신도 우려할 필요가 없다는 차분한 신뢰를 가졌다. 그녀는 때 묻지 않은 젊은 사람들끼리만 가능한 신속성과 자연스러움으로 곧 나와 친밀해졌다. 그때까지 나는 때때로 반한 적은 있었지만 언제나, 특히 불구가 된 뒤로는 수줍은 초조와 불안한 마음을 지니고 있었다. 그런데 이제는 연정이 아니고 사랑이 온 것이다. 그리고 엷은 회색 베일이 내 눈에서 떨어져 나가서, 내게 세계는 어린아이 앞이나 우리 천국의 꿈 앞에 가로놓여 있기라도 한 듯 본래의 신성한 빛 속에 반짝이는 것 같았다.

게르트루트는 그 무렵 스무 살 전후로, 아름답고 싱싱한 나무처럼 날씬하고 건강했다. 여느 여자들이 열중하는 시시한 짓에는 물들지 않고 자라나, 위태롭지 않게 전개되는 멜로디처럼 그녀 자신의 드높은 본성에 따르고 있었다. 불완전한 세계에 그런 사람이 살고 있음을 아는 것은 흐뭇한 일이었다. 그녀를 붙잡아 나 홀로 독점한다는 것은 생각할 수도 없었다. 그녀의 아름다운 청춘에 조금이라도 닿을 수가 있고, 이제부터 그녀의 좋은 친구 가운데 하나가 될 수 있다는 것만으로도 나는 기뻤다.

그날 밤 나는 오랫동안 잠을 이룰 수 없었다. 열과 불안으로 괴로웠기 때문이 아니고, 내 봄이 다가오고 내 마음이 오랜 열정적 방랑과 겨울을 거쳐 올바른 길에 들어섰음을 알았기 때문에 눈을 뜬 채 잠을 청하려 하지 않았다. 희미한 밤빛이 방 안으로 흘러 들어왔다. 생활과 예술의 모든 목표가 남풍 부는 무렵의 청명한 언덕처럼 뚜렷하게 가까이 있었다. 내 생활에서 때로 아주 사라져버리는 소리와 숨겨진 박자를 전설적인 유년 시절에까지 거슬러 올라가서 남김없이 느낄 수 있었다. 감정의 이 몽상적인 명랑성과 압축된 충실성을 유지하고 응집시켜 이름 붙이고 싶을 때는 게르트루트라고 불렀다. 그 이름을 품고 이미 날이 샐 즈음에야 잠들었으나, 오래오래 잠을 잔 듯 이른 아침에 상쾌하고 원기 있게 일어났다.

그러자 최근에 했던 우울한 생각과 교만한 생각이 머리에 떠올랐고, 어디에 부족함이 있었는지 깨달았다. 이제 나를 괴롭히고 불쾌하게 하고 화나게 하는 것은 아무것도 없었다. 위대한 화성을 다시 귀로 들었고, 천체의 화음을 느끼고 싶었던 내 청춘의 꿈을 다시 꾸었다. 또다시 나는 숨겨진 멜로디를 따라서 걸음과 사상과 호흡을 옮겼다. 생활은 다시 의의를 갖고, 앞날은 새벽 금빛으로 물들었다. 그러나 아무도 그 변화를 알아채지 못했다. 그만큼 친한 사람이 없었기 때문이다. 순진한 타이저만이 극장에서 연습할 때 쾌활하게 집적이며 말했다.

"지난밤에 잘 잔 것 같군요."

나는 무슨 말을 하면 그를 기쁘게 할 수 있을까 생각했다. 그래서 다음 휴식 때 물었다.

"타이저 씨, 이번 여름에는 어디로 갑니까?"

그러자 그는 수줍은 듯 웃고, 결혼 날짜를 질문받은 신부처럼 얼굴을 붉혔다. 그러고는 "맙소사! 그때까진 아직 멀었소. 그러나 이걸 보시오. 벌써 여기에 지도를 넣고 다니지요"라고 말하며 가슴 호주머니를 두드렸다.

"이번에는 보덴 호수에서 출발해요. 라인 계곡, 리히텐슈타인 공국, 쿠르, 알불라, 상부 엥가딘, 말로야, 베르겔, 코모 호수…… 돌아오는 길은 아직 모르겠소."

그는 다시 바이올린을 집어 들고, 책략과 기쁨이 어린 회청색의 아이다운 눈으로 나를 슬쩍 쳐다보았다. 그 눈은 이 세상의 더러움과 괴로움을 전혀 본 적이 없는 듯했다. 나는 그와 형제가 된 것 같았다. 그가 몇 주일에 걸친 긴 도보 여행과 자유, 그리고 태양과 대기와 대지와의 한가로운 사귐을 즐기움으로 기대하고 있듯이, 나도 싱싱하고 참신한 태양을 받고 있는 것처럼 내 앞에 놓여 있는 인생행로를 새롭게 기대하고 있었다. 이 행로를 나는 밝은 눈과 깨끗한 마음으로 똑바로 서서 나아가리라 다짐했다.

오늘에 이르러 그때를 회상해보면, 모든 것은 이미 사라져 저 멀리 동쪽에 놓여 있지만, 더는 그렇게 싱싱하게 웃는 얼굴로 빛나지 않지만, 당시 빛의 얼마간은 여전히 내 행로 위에 남아 있다. 그때처럼 오늘도 게르트루트라는 이름을 입에 담고, 그녀가 아버지의 음악실에서 작은 새처럼 경쾌하게, 친구처럼 다정하게 나를 맞아주던 광경을 생각하는 것은 위안이 되고, 우울할 때면 내 기분을 풀어주며 내 마음에서 먼지를 날려 없애준다.

그리하여 나는 다시 무오트에게 갔다. 아름다운 로테의 애절한 고백 이후 나는 그를 되도록 피하고 있었다. 그는 그것을 눈치채고 있었지만, 내가 알기로 그는 스스로 나를 찾기에는 너무 교만하고 무관심했다. 그래서 우리는 몇 달 전부터 단둘이서 만난 적이 없었다. 이제 나는 인생에 대한 새로운 신뢰와 좋은 의도로 넘쳐 있었으므로 소원했던 친구와 가까워지는 것이 무엇보다 필요하다고 생각했다. 내가 작곡한 새 가곡으로 그 계기가 마련되었다. 나는 그 곡을 그에게 바치기로 마음먹었다. 그 가곡은 그의 마음에 들었던 눈사태 노래와 비슷했고, 가사는 다음과 같았다.

촛불을 꺼버렸다.
젖힌 창으로 밤이 흘러들어
살며시 나를 안고, 나를 벗으로,
형제로 삼는다.
우리 둘은 같은 향수를 앓고 있다.
불길한 꿈들은 밖으로 내보내고
소곤소곤, 아버지의 집에서 살던
옛날을 이야기한다.

나는 악보를 깨끗이 베끼고 그 위에 '나의 벗 하인리히 무오트에게 바친다'라고 적었다.

그것을 가지고 그가 확실히 집에 있을 시간에 찾아갔다. 과연 그의 노랫소리가 울려왔다. 그는 호화스러운 방 안을 왔다 갔다 하며 연습하고 있었다. 그는 나를 태연히 맞아들였다.

"쿤 씨! 나는 당신이 이제 결코 오지 않으리라 생각했소."

"천만에요."

나는 말했다.

"이렇게 와 있지 않소. 그동안 어떻게 지냈습니까?"

"여전하죠. 당신이 일부러 찾아준 것은 고맙소."

"사실 요즈음은 좀……."

"그런 게 아니라, 분명한 일이죠. 그 이유도 나는 알고 있어요."

"그건 믿을 수 없는데요."

"알고 있어요. 로테가 언젠가 당신을 찾아갔지요?"

"왔어요. 그러나 그 이야기는 하고 싶지 않았는데."

"필요도 없지요. 아무튼 당신은 와주었소."

"가지고 온 것이 있습니다."

나는 그에게 악보를 주었다.

"오, 새 가곡이다! 이건 좋소. 당신이 권태로운 현악에 빠져 있지 않나 걱정했는데. 여기 헌사가 적혀 있군요! 나에게요? 이거 정말이오?"

그 말이 그를 몹시 기쁘게 한 것은 뜻밖이었다. 헌사에 대해서 나는 오히려 야유를 받을지 모른다고 예상하고 있었다.

"정말 기쁩니다."

그는 정직하게 말했다.

"훌륭한 사람, 특히 당신 같은 사람에게 인정을 받는다는 것은 언제나 기쁜 일이오. 나는 이미 당신을 내밀히 내 비망록에 올려두었지요."

"그런 리스트를 만들고 있습니까?"

"그렇소. 나처럼 옛날이나 지금이나 친구가 많으면…… 훌륭한 목록이 되겠지요. 언제나 나는 도덕적인 사람을 제일 존경해왔는데, 그런 사람일수록 모두 내게서 살짝 멀어져가거든요. 부랑자들 사이에서는 매일같이 친구가 생기지만, 이상가나 의젓한 시민들 사이에서는, 평판이 나쁘면 그것이 어려운 거요. 현재로서는 당신이 거의 유일한 친구지요. 그리고 흔히 그렇듯, 가장 얻기 힘든 것일수록 가장 깊이 사랑하는 법이오. 그렇게 생각하지 않소? 나로서는 언제나 친구가 중요한데, 친구 대신 여자들만 몰려온단 말이오."

"그건 당신에게도 일부 책임이 있습니다, 무오트 씨."

"왜요?"

"당신은 여자를 다루듯이 모든 사람을 다루려 해요. 친구에게는 그게 통하지 않아요. 그러니 모두 당신에게서 멀어지는 거죠. 당신은 에고이스트입니다."

"고맙게도 나는 에고이스트요. 그러나 당신도 별로 다를 것 없어요. 두려움에 떨던 로테가 괴로움을 하소연했을 때 당신은 그녀를 조금도 도와주지 않았죠. 내 마음을 돌이키기 위해 당신은 그 기회를 이용하지도 않았소. 거기에 대해선 나도 감사하고 있지만, 당신은 그 사건에 공포를 느끼고 뒤로 물러선 거요."

"그래도 나는 다시 왔습니다. 물론 로테를 도와야 했겠지요. 그러나 그런 일은 전혀 모르거든요. 로테 자신도 나를 비웃고, 연애에 대해서는 아무것도 모른다고 말했으니까요."

"그렇다면 우정을 꼭 붙드시오! 그것도 아름다운 세계지요. 자, 여기 앉아 반주를 해주시오. 이 노래를 한번 연습해봅시다. 참, 아직 기억하고 있습니까, 당신의 첫 가곡을? 당신도 차츰 유명 인사가 되는 것 같아요."

“그런 것 같지만 당신에 비하면 나 같은 건 아무것도 아니지요.”

“바보 같은 말씀, 당신은 작곡가이고 창작가이며 작은 신(神)이오. 당신에겐 명성 같은 게 문제가 아니오. 우리는 무엇이 되고 싶으면 서둘러야 해요. 우리 가수나 줄 타는 광대는 여자와 같아서, 살갗이 아름답고 매끈한 동안 시장에 내놓아야 합니다. 최대한의 명성과 돈과 계집과 샴페인! 잡지에 나오는 사진과 월계관! 왜냐하면 오늘이라도 내가 싫증이 난다든가 가벼운 폐렴에라도 걸리면 내일 벌써 끝장이 나니까요. 명성도 월계관도 영업도 끝장이 나죠.”

“그거야 아직 먼 훗날 이야기지요.”

“나는 말이죠, 나이를 먹는 데 몹시 호기심을 가지고 있어요. 청춘이란 정말 신문이나 교과서에서 떠드는 허황된 거요! 인생의 가장 아름다운 시절이라니, 천만의 말씀! 노인이야말로 언제나 내게 훨씬 행복한 인상을 줍니다. 이를테면 나이 든 후에는 거의 자살하는 일이 없지요.”

나는 피아노를 치기 시작했다. 그는 곧 가곡에 빠져 멜로디를 잡았다. 그리고 단조에서 장조로 의미심장하게 되돌아오는 대목에서는 칭찬이라도 하듯 팔꿈치로 나를 찔렀다.

저녁녘에 집으로 돌아온 나는 염려하던 대로 임토르 씨가 보낸 봉투를 발견했다. 그 안에는 몇 마디 친절한 말과 함께 과분한 사례금이 들어 있었다. 돈을 돌려보내면서, 나는 궁핍하지 않으며 그의 집에 친구로서 출입할 수 있기를 바란다고 적어 보냈다. 그를 다시 만났을 때, 그는 일간 다시 찾아오라고 초대하면서 말했다.

“이렇게 될 줄 알았지요. 당신에게 아무것도 보내면 안 된다고 게르트루트가 말했었는데, 나는 아무래도 보내보고 싶었습니다.”

그때부터 나는 임토르 씨 집에 자주 드나드는 손님이 되었다. 수시로 열리는 가정 연주회 때마다 나는 제1 바이올린을 맡았고, 내 것이든 남의 것이든 새로운 음악은 모두 그곳으로 가지고 갔다. 내 소품곡들은 대개 그 집에서 처음으로 연주되었다.

어느 봄날 오후, 나는 게르트루트가 한 여자 친구와 단둘이 집에 있는 것을 보았다. 비가 내려 나는 바깥 계단에서 발이 미끄러졌고, 그녀는 나를 돌려보내려 하지 않았다. 우리는 음악에 관해 이야기를 나누었다. 나는 무심코 특히 내 최초의 노래를 작곡한 그라우뷘덴 시절에 대해 말하기 시작했다. 그러다가 나는 멋쩍은 생각이 들었고, 이 여인 앞에서 고백하는 것이 잘한 일인지 판단이 서지 않았다. 그때 게르트루트가 거의 머뭇거리며 말했다.

"당신에게 고백해야 할 일이 있는데, 나쁘게는 생각지 마세요. 당신 노래 두 곡을 제 소리에 맞게 고쳐서 익혀두었어요."

"그래요? 당신도 노래를 부릅니까?"

나는 놀라서 소리를 높였다. 동시에 우습게도 내가 소년 시절 최초의 연인에게서 경험했던 일이 떠올랐다. 그 소녀의 노래는 몹시 서툴렀지만.

게르트루트는 유쾌하게 웃으며 고개를 끄덕였다.

"네. 저 자신이나 몇몇 친구를 위해서만 부릅니다만. 당신이 반주해주신다면 그 노래를 불러드릴게요."

우리는 피아노 옆으로 갔다. 그녀는 예쁜 여자 필체로 고쳐 적은 악보를 내게 건넸다. 나는 그녀의 목소리를 충분히 잘 듣기 위해 나직이 반주를 시작했다. 그녀는 노래를 불렀다. 나는 앉아서 귀 기울였고, 매혹적으로 변해버린 내 음악을 들었다. 그녀는 높고 새처럼 가벼우며 감미로이 떨리는 목소리로 노래 불렀다. 그처럼 아름다운 목소리는 태어나서 지금껏 들어본 적이 없었다. 그 목소리는 눈 쌓인 골짜기에 남풍이 불듯이 그렇게 내 마음에 스며들었다. 소리 하나하나가 내 마음의 덮개를 벗겨 나갔다. 나는 이를 악물고 마음을 다잡지 않으면 안 되었다. 내 눈에 눈물이 고여 악보가 보이지 않을 듯했기 때문이다.

나는 사랑이란 무엇인지 알고 있다고 믿었다. 그 점에서 나는 현명하다고 여기고 있었다. 새로운 눈으로 편안히 세상을 바라보고, 모든 생활에 정답고 깊은 관심을 느끼고 있었다. 그런데 그것이 변해버렸다. 사랑은 이제 밝음과 위안과 즐거움이 아니라, 폭풍우와 불꽃이었다. 내 가슴은 환호하고 전율하며 스스로를 내던지고, 생활쯤은 이제 문제도 삼지 않고 다만 불꽃 속에서 다 타버리려 했다. 지금 누군가가 사랑이 무엇이냐고 묻는다면, 나는 그것을 잘 안다고 믿고 대답해줄 수도 있었겠지만, 그 목소리는 어둡고 불타는 듯 들렸을 것이다.

그사이에도 게르트루트의 가볍고 행복한 목소리는 그 불길을 넘어 높이 떠돌며 명랑하게 나를 부르고, 나의 기쁨만을 바라고 있는 듯했다. 그러나 동시에 그 목소리는 저 멀리 높이 날아가 들리지 않고 낯설게 느껴지기까지 했다.

나는 이제 내가 어떠한 상태인지 알았다. 그녀가 노래를 하든, 친절을 베풀든, 내게 호의를 품든, 이 모든 것은 내가 바라는 게 아니었다. 그녀가 완전히, 언제까지나 내 것, 나만의 것이 되지 않는다면 내 생활은 헛될 뿐이다. 내가 가지고 있는 좋은 것, 미묘한 것, 독특한 것이 모두 무의미해진다.

내 어깨에 놓이는 손길을 느끼고, 깜짝 놀라서 몸을 돌려 그녀의 얼굴을 보았다. 밝은 눈은 진지했다. 내가 가만히 쳐다보자 그녀는 상냥하게 웃으며 얼굴을 붉히기 시작했다.

나는 감사의 말만을 할 수 있었을 뿐이다. 그녀는 내가 어떤 기분이었는지 모르고 다만 내가 감동하고 있다는 것만을 느낀 듯했다. 그리고 곧 아까처럼 즐겁고 자유로이 잡담할 수 있도록 자상하게 분위기를 이끌려 했다. 잠시 뒤 나는 그녀의 집에서 나왔다.

나는 집으로 돌아가지 않았다. 아직도 비가 오고 있는지 어떤지도 몰랐다. 지팡이에 매달려 거리를 누볐지만 걷는 게 걷는 것이 아니었고, 거리도 거리가 아니었다. 나는 폭풍우의 구름을 타고 바람에 나부껴 윙윙거리는 하늘을 날고 있었다. 나는 폭풍우와 이야기를 나눴다. 아니, 나 자신이 폭풍우였다. 끝없이 먼 저편에서 뭔가 현혹하는 듯한 소리가 울려오는 것을 들었다. 그것은 맑고 드높은, 새처럼 가벼이 떠 있는 여자의 목소리였다. 인간의 정열에는 전혀 물들지 않았지만 그 중심에 격정의 사나운 감미로움을 지니고 있는 것 같았다.

그날 밤 나는 불도 켜지 않은 채 방에 앉아 있었다. 견딜 수 없어졌을 때, 밤이 이미 늦었지만 나는 무오트를 찾아갔다. 그러나 창에 불이 꺼져 있는 것을 보고 되돌아왔다. 오랫동안 어둠 속을 헤매다가 이윽고 꿈에서 깨어나 보니, 나는 지쳐서 임토르 씨 집의 정원 앞에 서 있었다. 집 주위에는 노목들이 엄숙하게 나달거리고 있었다. 집 안에서는 아무런 소리도 들리지 않았고 불빛도 새어 나오지 않았다. 여기저기 구름 사이에서 아련하게 반짝이는 별들이 나타났다 사라지곤 했다.

다시 게르트루트에게 갈 때까지 나는 며칠을 기다렸다. 그때 그의 시에 내가 곡을 붙였던 시인에게서 편지가 왔다. 2년 전부터 우리는 자유로운 관계를 맺고 있었다. 때때로 그에게서 주목할 만한 편지가 날아왔다. 내가 곡을 보내주면, 그는 시를 보내왔다. 이번 편지에는 이렇게 쓰여 있었다.

친애하는 선생,

오랫동안 소식을 전하지 못했습니다. 그간 부지런히 일했습니다. 당신의 음악을 알고 이해한 뒤로는 당신을 위한 가사가 늘 눈앞에 아른거리면서도 잘 되지 않았던 겁니다. 지금은 거의 완성되었습니다. 오페라 가사입니다. 이 가사로 작곡을 해주십시오. 당신은 대단히 행복한 사람일 수 없습니다. 그것은 당신 음악에 나타나 있습니다. 나 자신에 대해서는 이야기하고 싶지 않습니다. 그러나 이것은 당신을 위한 가사입니다. 우리에게는 달리 기쁜 일이라곤 없으므로, 인생이란 피상적인 것만은 아니라는 사실을 둔감한 사람들에게도 잠시나마 깨닫게 할 몇몇 아름다운 곡을 들려줍시다. 그러나 우리 자신은 무슨 훌륭한 일을 할 줄 모르면서 남에게 무력함을 느끼게 한다는 것은 괴로운 일입니다.

한스 H. 드림

그의 편지는 내 마음의 화약고에 불꽃처럼 떨어졌다. 나는 가사를 보내달라는 편지를 썼으나, 조급한 마음에 편지는 찢어버리고 전보를 쳤다. 일주일이 지나 원고가 왔다. 운문으로 된 짤막하지만 열렬한 연애극이었다. 아직 미완성인 부분도 있었으나, 일단은 충분했다. 나는 그것을 읽고 나서 시 구절을 머릿속에서 되뇌며 돌아다녔다. 밤이고 낮이고 노래로 불러보거나 바이올린으로 연주해보곤 했다. 그리고 얼마 후에 게르트루트에게 달려갔다.

"꼭 도와주셔야겠습니다."

나는 소리쳤다.

"오페라를 만들고 있습니다. 당신 목소리에 맞춘 소품곡이 세 곡 있습니다. 보시겠습니까? 그리고 하나 불러주십시오."

그녀는 기꺼이 이야기를 들었고, 악보를 펼쳐보고는 곧 연습하겠다고 약속했다. 열렬한, 극히 충실한 시기가 왔다. 나는 사랑과 음악에 취했고, 다른 일에는 완전히 무능해져서 돌아다녔다. 게르트루트는 내 비밀을 알고 있는 유일한 사람이었다. 그녀에게 악보를 가지고 가면, 그녀는 연습을 해서 내게 불러주었다. 나는 그녀에게 이것저것 묻고 일일이 피아노를 쳐 보였다. 그녀는 나와 함께 열중하고, 연구하고, 노래 부르고, 조언하고, 도와주었다. 그리고 우리 두 사람의 비밀에, 새로이 생겨나는 작품에 넘쳐나는 기쁨을 품고 있었다. 어떠한 암시나 제의도 그녀는 곧 이해하고 받아들였다. 나중에는 아름다운 글씨로 그녀 자신이 악보를 베껴 쓰거나 고쳐 쓰는 것을 거들어주었다. 나는 극장에서 병가를 얻었다.

게르트루트와 나 사이에는 아무런 낭패도 일어나지 않았다. 우리는 같은 흐름을 헤쳐나가고, 같은 일을 했다. 나와 마찬가지로 그녀에게도 그 일은 성숙한 청춘의 힘의 개화이고, 행복이며, 매력이었다. 그 속에서 내 정열은 아무도 모르게 함께 타올랐다. 그녀는 내 작품과 나를 구별하지 않았다. 그녀는 둘 다 사랑하고, 둘 모두의 것이었다. 내게도 사랑과 일, 음악과 생활은 이제 구분되지 않았다. 때때로 내가 경탄의 마음으로 아름다운 여인을 바라보면 그녀도 내 눈길에 대답했다. 내가 찾아가거나 떠나올 때 그녀는 내가 그녀의 손을 쥐는 것보다 더 뜨겁고 강하게 내 손을 쥐었다. 온화한 봄날 정원을 지나 고풍스러운 집으로 들어갈 때면 나를 움직이고 드높이는 것이 작품인지 사랑인지 알 수가 없었다.

이러한 시기는 오래 지속되지 않았으며, 그 종말이 벌써 다가오고 있었다. 내 마음의 불꽃은 다시 온전히 맹목적인 사랑의 소망에 불타올랐다. 나는 그녀의 피아노 앞에 앉아 있었고, 그녀는 소프라노 파트가 완성된 오페라의 마지막 막을 부르고 있었다. 그녀는 매우 훌륭하게 노래했다. 나는 정열에 불타고 있는 요즈음의 나날을 생각했다. 게르트루트는 아직 정점에 있었지만, 나는 정열의 빛이 어느새 퇴색해가는 것을 느꼈다. 다른 추운 날들이 어쩔 수 없이 다가오리라는 것을 나는 느꼈다. 그녀는 내게 미소 지으며 악보를 보려고 몸을 굽히다가 내 눈길에 슬픔이 깃든 것을 알아채고 묻는 듯이 나를 바라보았다. 나는 말없이 일어서서 그녀의 두 볼에 조심스레 두 손을 대고 이마와 입술에 입을 맞추고는 다시 앉았다. 그녀는 의아하게 여기거나 싫어하지도 않고, 조용히 거의 엄숙하게 내가 하는 대로 내맡기고 있었다. 눈물이 고인 내 눈을 보자 그녀는 가볍고 투명한 손으로 달래듯 내 머리카락과 어깨를 어루만져 주었다.

나는 다시 피아노를 연주했고, 그녀는 노래를 불렀다. 입맞춤과 이 기억할 만한 한때도 우리 둘의 마지막 비밀이 되어, 서로 말하지는 않았으나 언제까지나 잊을 수 없었다. 그러나 또 다른 비밀은 오랫동안 두 사람 사이에서만 머무를 수 없었다. 내 오페라에 대해서는 다른 사람에게도 알려서 협력을 구해야 했고, 그 첫 번째 사람은 무오트가 아니면 안 되었다. 나는 주역으로 그를 염두에 두고 있었기 때문이다. 주역의 격렬함과 통렬한 정열은 완전히 그의 가창과 그의 성질 그대로였다. 다만 나는 잠시 주저했다. 내 작품은 아직 나와 게르트루트 사이의 협약이고, 두 사람만의 것이었다. 두 사람에게 불안과 기쁨을 주는, 아무도 모르는 꽃밭이자 두 사람만이 타고 망망대해를 건너는 배였다.

그녀는 이제 더 도와줄 것이 없음을 느끼고 알아채자 스스로 물었다.

"주역은 누가 맡게 되죠?"

"하인리히 무오트입니다."

그녀는 놀란 것 같았다.

"아니, 정말이에요?"

그녀는 말했다.

"저는 그 사람을 좋아하지 않아요."

"그는 내 친구입니다, 게르트루트 양. 이 역은 그에게 맞습니다."

"그렇군요."

이렇게 하여 이제 다른 사람이 우리 사이에 끼어들었다.

5

그러나 나는 무오트의 휴가와 그의 방랑벽을 잊고 있었다. 그는 내 오페라 계획을 듣고 기뻐하며 모든 협력을 약속했으나, 이미 여행을 계획 중이었으므로 가을까지 그의 배역을 연구해두겠다는 약속만 할 수 있었다. 나는 완성된 곡 가운데 그의 파트를 베껴주었다. 그는 그것을 가지고 간 뒤로 언제나처럼 몇 달 동안 아무런 소식도 없었다.

그래서 우리만을 위한 시간을 얻을 수 있었다. 게르트루트와 나 사이에는 만족스러운 우정 관계가 지속되었다. 피아노 앞에서의 그때 이후, 그녀는 내 마음속에서 일어난 일을 분명히 아는 것 같았으나 아무 말도 하지 않았고 나에 대한 태도도 변함이 없었다. 그녀는 내 음악을 사랑하고 있었을 뿐만 아니라 나 자신을 좋아하고, 나와 마찬가지로 우리 둘 사이에는 자연스러운 조화가 있으며 서로의 감정을 통해 서로를 이해하고 인정함을 느끼고 있었다. 이렇게 그녀는 정열은 없었지만 화합과 우정 속에서 나와 나란히 나아갔다. 때때로 나는 그것으로 만족했다. 나는 그녀 곁에서 조용한 감사의 나날을 보냈다. 그러나 언제나 정열이 끼어들었고, 그러면 그녀의 친절 전부가 내게는 자선으로 비쳤다. 나를 뒤흔드는 사랑과 욕망의 폭풍우가 그녀에게는 서름하고 달갑잖은 일이라는 것을 나는 고통스럽게 느꼈다. 때때로 나는 억지로 나 자신을 속이며, 그녀는 균일하고 밝고 조용한 성품이라고 스스로를 설득하려 했다. 그러나 그것이 거짓임을 내 감정은 알고 있었다. 그리고 게르트루트에게도 사랑은 폭풍우와 위험을 가지고 오리라는 것을 알 만큼은 그녀에 대해 알고 있었다. 나는 생각해보곤 했다. 그즈음 내가 그녀에게 대지르고 공격하여 온 힘을 다해 내게로 끌어당겼다면, 그녀는 나를 따라오고 언제까지나 나와 함께 걸었을지도 모른다. 그러나 나는 그녀의 쾌활함을 믿지 않았다. 그녀가 내게 보이는 애정과 섬세한 호의를 나는 불쾌한 동정으로 돌리고 있었다. 그녀가 다른 건강하고 잘생긴 남자를 나만큼이나 좋아하고 있다면, 이런 평온한 우정 관계에 그렇게 오래 머물러 있지 않으리라는 생각에서 벗어날 수가 없었다. 그러자 내 음악이든 뭐든 내가 가진 것을 다 내주고라도 곧은 다리와 경쾌한 자태를 갖고 싶다는 욕망이 일곤 했다.

그 무렵 타이저가 다시 내게 다가왔다. 그는 내 작업에 없어서는 안 될 사람이었기에 내 비밀을 듣고 내 오페라 대본과 계획을 알게 된 두 번째 사람이었다. 그는 집에서 연구하고자 모든 악보를 신중하게 받아 갔다. 다시 내게 찾아왔을 때 금빛 수염이 난 그의 동안은 만족과 음악에 대한 정열로 빨갛게 달아올라 있었다.

"굉장한 게 되겠소, 당신의 오페라는!"

그는 흥분해 소리쳤다.

"이 전주곡을 벌써 나는 손가락 끝으로 느끼고 있소! 자, 한잔하러 갑시다. 넉살 좋게 들리지만 않는다면 형제의 잔을 나누자는 거죠. 그러나 억지로 그럴 필요는 없소."

나는 기꺼이 받아들였다. 즐거운 하룻밤이 되었다. 타이저는 처음으로 나를 자기 집으로 데리고 갔다. 타이저는 최근 어머니가 돌아가신 뒤로 혼자 남은 누이동생을 데리고 있었고, 오랜 독신 생활 끝에 새로 이룬 가정이 얼마나 쾌적한지 모르겠다며 침이 마르도록 자랑을 했다. 그의 누이동생은 소박하고 쾌활하며 순진한 여자였다. 오빠와 마찬가지로 밝고 어린아이다운, 명랑하고 선량한 눈을 하고 있었다. 이름은 브리기테였다. 그녀는 케이크와 연녹색 오스트리아산 포도주를 내오고, 길쭉한 버지니아 여송연이 든 자그마한 상자를 가지고 왔다. 우리는 첫 잔을 그녀의 건강을 위해, 둘째 잔은 진정한 우의를 위해 마셨다. 우리가 케이크를 먹고 포도주를 마시며 담배를 피우는 동안에도 선량한 타이저는 진정으로 기쁜 듯이 작은 방 안을 왔다 갔다 거닐고, 피아노 앞에 앉는가 하면, 기타를 안고 소파에 앉기도 하고, 또는 바이올린을 들고 탁자 끝에 걸터앉기도 했다. 그리고 머리에 떠오르는 아름다운 곡을 연주하든가 노래로 부르며 즐거운 듯한 눈을 반짝거렸다. 모두가 나와 내 오페라에 경의를 표하기 위해서였다. 그의 누이동생도 같은 핏줄이라 똑같은 모차르트 숭배자였다. 그녀가 부르는 〈마술피리〉의 아리아나 〈돈 조반니〉의 일부분이 간혹 이야기와 술잔 소리에 중단되면서도 작은 방 안에 빛을 발하고 있었다. 바이올린이나 피아노, 기타나 오빠의 휘파람으로 나무랄 데 없이 맑고 정확하게 반주되면서.

짧은 여름 시즌 동안 나는 오케스트라의 바이올리니스트로 근무하지 않으면 안 되었지만, 가을이 되면 내 일에 시간과 정신을 집중시키려고 생각한 터라 계약 해지를 요청해두었다. 내 걸음걸이에 화를 냈던 악장은 마지막에 가서는 유난히 나를 난폭하게 다루었으나, 그 사태를 받아넘기고 일소에 부치도록 타이저가 나를 도와주었다.

이 충실한 사람과 함께 나는 내 오페라의 악기 부분을 마무리했다. 그는 매우 주의 깊게 내 생각을 인정해주었으나, 관현악법의 결점만은 가차 없이 하나하나 지적했다. 그는 곧잘 몹시 화를 내며 사정없는 지휘자처럼 혹평하고, 내가 연연하고 있는 의문스러운 부분을 없애든가 고치게 했다. 내가 의아해하든가 주저하고 있으면 그는 즉석에서 실례를 보여주었다. 내가 잘못된 부분을 그냥 넘기려 한다든가 대담한 시도를 하지 않으려 하면, 그는 악보를 가지고 달려와 모차르트나 로르칭*이 어떻게 하고 있는지 보이고, 내 주저함은 일종의 비겁함이며 내 고집은 '소의 우둔'이라고 일컬었다. 우리는 서로 으르렁거리며 싸우고 미쳐 날뛰었다. 타이저의 집에서 그럴 때면 브리기테는 열심히 듣고 있든가, 포도주나 여송연을 가지고 들락날락하며 구겨진 악보를 세심히 다시 펴곤 했다. 오빠에 대한 그녀의 사랑과 나에 대한 그녀의 경탄은 거의 비슷했으며, 그녀에게 나는 명작곡가였다. 일요일마다 나는 타이저의 집에 식사 초대를 받았다. 식후에 조금이라도 푸른 하늘이 보이면 전차

* 독일의 작곡가

를 타고 교외로 나가 언덕이나 숲을 산책하고, 잡담을 하거나 노래를 불렀다. 오누이는 시키지 않아도 고향의 요들송을 몇 번이고 소리 높여 불렀다.

산책하다가 한번은 간식을 먹으러 마을 요릿집에 들어갔다. 열려 있는 창문으로 소박한 댄스 음악이 흥겹게 들려왔다. 간식을 먹고 정원에서 사과주를 마시며 쉬고 있는데, 브리기테가 집 쪽으로 살며시 다가가 안으로 들어갔다. 우리가 알아채고 그녀 쪽을 보니, 그녀가 여름 아침처럼 싱싱하게 반짝이는 얼굴로 창문 옆을 춤추며 지나가는 것이 보였다. 누이동생이 돌아오자 타이저는 손가락질하며 자기에게도 권했으면 좋았을 것이라고 말했다. 그러자 그녀는 당황하여 얼굴을 붉히더니 제지하는 듯이 눈짓을 하고는 나를 쳐다보았다.

"왜 그래?"

오빠가 물었다.

"그만두세요."

그녀는 이렇게만 말했다. 그러나 나는 그녀가 눈으로 오빠에게 나에 대한 주의를 환기하는 것을 우연히 보았다.

"아, 그렇지."

타이저는 말했다.

나는 아무 말도 하지 않았지만, 그녀가 내 앞에서 춤을 추었다는 사실만으로도 당황하는 것을 보고 이상한 생각이 들었다. 그리고 그때야 비로소 그들의 산책도 나라는 방해되는 동반자가 없다면 더 빨리, 그리고 더 멀리까지 다른 형태로 이어졌으리란 걸 깨달았다. 그 뒤로 나는 그들의 일요일 산책에 매우 드물게 함께했다.

게르트루트는 소프라노 파트를 끝까지 다 터득하자, 이제는 내가 그녀를 자주 찾아가 피아노 옆에서 허물없이 함께 지내는 일을 단념할 수밖에 없음을 마음 아프게 생각하고 지금까지처럼 계속 찾아갈 구실을 찾는 데 주저한다는 것을 잘 알고 있었다. 그녀는 정기적으로 자신의 노래 반주를 맡아달라는 요청을 해서 나를 놀라게 했다. 나는 일주일에 두세 번 오후에 그녀의 집으로 가게 되었다. 임토르 씨는 나에 대한 그녀의 우정을 좋게 보았으며, 그렇지 않아도 어머니를 일찍 여의고 집안의 안주인으로 집안을 관리하는 그녀를 믿고 그대로 맡겨두었다.

정원은 초여름의 화사함으로 넘쳐났다. 곳곳마다 꽃이 있고, 조용한 집 주위에서는 새들이 지저귀었다. 거리에서 정원으로 들어가 가로수 길의 거무스름한 낡은 석상 옆을 지나, 푸른 나무로 둘러싸인 집으로 다가가면 언제나 성전에 들어가는 듯한 기분이 들었다. 속세의 소리나 사물들은 나직하게 부드러워져서 들어올 뿐이었다. 창문 앞 꽃 피는 덤불에서는 꿀벌이 노래하고, 태양과 엷은 나뭇잎의 그늘이 방 안으로 흘러 들어왔다. 나는 피아노 앞에 앉아 게르트루트의 노래를 들으며, 가볍게 날아올라 쉬이 떠도는 그녀의 목소리를 쫓았다. 노래 한 곡을 끝내고 서로 얼굴을 마주 보고 웃을 때, 우리는 오누이처럼 사이가 좋고 허물이 없었다. 그럴 때면 지금 손을 내밀어 내 행복을 살며시 쥐기만 하면 언제까지나 차지할 수 있다고 생각하곤 했다. 그러나 나는 끝끝내 그렇게 하지 않았다. 언젠가 그녀 쪽에서도 갈망과 동경을 보일 때까지 기다리기로 했다. 그러나 게르트루트는 맑은 만족 가운데 호흡하며, 그것 말고는 구하지 않는 듯했다. 뿐만 아니라 이 고요한 화합을 깨뜨리지 않도록, 우리의 봄을 어지럽히지 말도록 내게 원하고 있는 듯 보이는 적도 많았다.

나는 실망했다. 그러나 그녀가 얼마나 깊이 내 음악 속에서 살고, 참으로 나를 이해하며 또 그것을 자랑으로 여기고 있음을 느끼고 스스로를 위로했다.

그런 나날은 6월까지 지속되었다. 그리고 게르트루트는 아버지와 함께 산으로 여행을 떠났고, 나는 뒤에 남았다. 그녀의 집 앞을 지날 때마다 플라타너스 뒤 저택은 인기척이 없고 문은 닫혀 있었다. 그러면 격렬한 고통이 되살아나서 밤늦게까지 나를 괴롭혔다.

그래서 밤에는 대개 호주머니에 악보를 넣고 타이저의 집으로 가서, 명랑하게 만족스러운 그들의 생활에 끼어들어 오스트리아산 포도주를 마시며 함께 모차르트를 연주했다. 그러고 나서 온화한 밤길을 걸어 집으로 돌아오는 길에 몇몇 연인들이 공원에서 산책하는 것을 보고 지쳐서 잠자리에 들었으나 아무래도 잠이 오지 않았다. 이제 와서 생각해보면, 내가 어떻게 그녀를 끌어당긴다든가 감히 정복하지도 않고 형제처럼 게르트루트와 교제할 수 있었는지 이해할 수가 없다. 연푸른색이나 회색 옷을 입고 쾌활하게 또는 엄숙하게 있는 그녀의 모습이 눈에 보이고, 그녀의 목소리가 귀에 들렸다. 그러자 그 목소리를 들으면서도 왜 열정과 구애를 토로하지 않았는지 도무지 이해할 수가 없었다. 취한 채 열에 들뜬 기분으로 일어나서 불을 켜고 일을 했다. 목소리와 악기가 사랑을 구하게 하고, 탄원시키고, 위협하여 동경의 노래를 새롭고 뜨거운 선율로 되풀이했다. 그러나 그 위안도 곧잘 머무적거렸다. 그러면 나는 무서운 불면증에 사로잡혀 누운 채로 격렬한 열정에 불타올랐다.

게르트루트, 게르트루트라는 이름을 어지럽게 정신없이 부르며, 위안도 희망도 포기하고 욕망의 무거운 상실 상태에 절망적으로 몸을 맡겼다. 나는 하느님을 부르고, 하느님은 왜 나를 이렇게 만들었는지, 왜 나를 불구자로 만들었는지, 아무리 가난한 사람이라도 행복을 가지고 있는데 내게는 왜 음을 휘젓고 그 음들의 환상을 실체 없이 펼쳐 가질 수 없는 것을 되풀이해 욕망 앞에 그려낸다는 잔인한 위안밖에 주지 않았는지 따져 물었다.

낮에는 그래도 열정을 억누를 수 있었다. 나는 이를 악물고 이른 아침부터 일에 착수하고, 억지로라도 길게 산책하며 마음을 가라앉히고, 냉수욕으로 원기를 북돋웠다. 저녁에는 다가오는 밤의 그림자를 피해 타이저 오누이의 명랑한 주변으로 달아났다. 그곳에서 몇 시간의 평온을, 때로는 안정을 얻을 수 있었다. 타이저는 내가 괴로워하고 병들어 있는 것을 잘 알고 있었으나 일 탓으로 여기고 무리하지 말라고 충고했다.

그 자신도 이 일에 열중해 마음속에서는 나와 마찬가지로 내 오페라의 성장을 흥분과 초조함 가운데 지켜보고 있었다. 때로는 단둘이 있고 싶은 마음에 그를 데리고 나와 서늘한 음식점 정원에서 저녁을 보냈다. 그러나 그곳에서도 연인들, 푸른 밤하늘, 초롱불, 꽃불, 도시의 여름밤이면 언제나 풍기는 욕정의 냄새 등이 나를 언짢게 했다.

타이저마저 브리기테와 함께 산속에서 휴가를 보내기 위해 떠나버리자 나는 완전히 비참해졌다. 그는 나보고 함께 가자고 했다. 내 몸의 부자유 때문에 그들의 즐거움이 크게 희생될 텐데도 그는 진정으로 권했다. 그러나 나는 받아들일 수가 없었다. 두 주일 동안 나는 혼자서 지칠 대로 지쳐 도시에 남아 있었다. 일도 더는 진척되지 않았다.

그때 게르트루트가 발리스 어느 마을에서 알펜로제*를 가득 채운 작은 상자를 보내왔다. 그녀의 글씨를 보고 갈색을 띤 약간 시든 꽃을 상자에서 풀어내니, 그녀의 사랑스러운 눈이 나를 바라보는 듯했다. 나는 내 광란과 의심을 부끄럽게 여겼다. 내 상태를 그녀에게 알리는 게 좋겠다고 생각해서 이튿날 아침 짧은 편지를 썼다. 그 편지에서 나는 전혀 잠을 이룰 수가 없다, 그녀에 대한 그리움 때문이다, 나는 사랑하고 있으므로 그녀의 우정을 더는 받아들일 수가 없다는 고백을 농담 비슷하게 털어놓았다. 편지를 쓰는 동안 다시 내 마음이 달아올랐다. 조용히 거의 농담 비슷하게 시작된 편지가 끝에 가서는 격렬해지고 열정에 빠져버렸다.

우체부는 거의 매일같이 타이저 남매의 안부와 그림엽서를 배달해주었다. 그들의 엽서나 짧은 편지가 올 때마다 내게 실망을 주었다는 사실을 그들은 알 리가 없었다. 나는 다른 사람의 다른 우편을 기다리고 있었다.

드디어 그것이 왔다. 게르트루트의 경쾌한 글씨가 적힌 회색 봉투였다. 안에는 편지가 들어 있었다.

친애하는 벗이여!

당신의 편지에 저는 당황했습니다. 당신이 괴로워하고 어려운 시기에 있다는 것은 알겠습니다. 그렇지 않다면 이렇게 저를 놀라

---

* 진달랫과의 상록관목

게 한 것을 책망해야겠지요. 제가 당신을 얼마나 좋아하고 있는지 아실 겁니다. 그러나 저로서는 지금 이대로가 좋습니다. 이 상태를 바꾸고 싶은 생각은 아직 없습니다. 당신을 잃게 되는 위험이 닥쳐오면, 당신을 놓치지 않기 위해 무슨 일이라도 할 겁니다. 그러나 당신의 열렬한 편지에는 답을 드릴 수가 없습니다. 참아주십시오. 다시 뵙고 이야기할 수 있을 때까지 우리 두 사람 사이는 지금까지와 같이 놓아두십시오. 그러면 모든 일이 쉬워질 겁니다.

우정을 담아

당신의 게르트루트

이 편지로 달라진 것은 조금도 없었다. 그러나 편지는 고마웠다. 어쨌든 편지는 그녀가 보낸 인사였다. 그녀는 참고, 내 구애를 막지 않았으며, 거절하지 않았다. 그리고 그녀의 편지는 그녀의 본질을, 거의 차가운 청명함을 엿보게 했다. 내 그리움이 그려내던 모습 대신 그녀 자신이 다시 내 마음 앞에 나타났다. 그녀의 눈은 내게 신뢰를 요구했다. 나는 몸 가까이 그녀를 느꼈다. 그러자 곧 수치심과 자부심이 일어 몸을 태우는 연정을 정복하고 타오르는 소망을 억누르는 데 도움이 되었다. 위로가 되지는 않았지만, 힘과 저항력을 얻어서 나는 곧장 일어섰다. 나는 일거리를 들고 시에서 두 시간쯤 떨어져 있는 어느 마을의 요릿집에 숙박했다. 그곳에서 그늘이 많은, 벌써 꽃이 진 라일락에 둘러싸여 앉아 생각에 잠기기도 하고 내 생활을 기이하게 여기기도 했다. 어디로 가는지도 똑똑히 모른 채 나는 얼마나 외롭고 서름하게 내 길을 걸어왔던가! 나는 어디에도 뿌리 내리지 못하고 고향으로 삼지도 못했다. 부모님과는 공손한 편지를 주고받으며 외면적인 관계를 유지하고 있을 뿐이었다. 직업을 버리고 위험한 창작가의 공상에 몰두하려 했으나, 그것도 내게 만족을 주지 못했다. 친구들은 나를 알지 못했다. 게르트루트는 서로 충분히 이해하고 완전히 조화를 이룰 수 있는 유일한 사람이었다. 내 일, 그것 때문에 나는 살아 있고 그것만이 내 생활에 의미를 부여하게 될 터였지만, 어쩌면 환상을 좇으며 공중누각을 짓는 것이 아닐까! 음들을 줄지어 쌓아 올리는 일이나, 기껏해야 남들이 한 시간쯤 즐거이 지낼 수 있게 도울 뿐인 흥분된 유희가 참으로 의미를 가질 수 있을까? 그리고 한 인간의 생활을 시인하고, 충실하게 할 수가 있을까?

그러나 어떻든 나는 다시 일에 열중했다. 그리하여 외형적으로는 아직 부족한 부분이 많고 겨우 일부분이 쓰였을 뿐이나, 내면적으로는 그 여름 동안 오페라를 완성했다. 나는 때때로 명랑한 기쁨을 느끼며 내 작품이 다른 사람들에게 어떤 힘을 미치게 될지, 가수와 연주자와 악장과 합창이 어떻게 내 뜻대로 움직일지, 내 의지가 수많은 사람에게 어떻게 작용할지 으쓱해 하며 상상했다. 그러나 다른 때는 이들 모든 감동의 힘이 남들에게서 동정을 받는 불쌍하고 고독한 인간의 무력한 꿈과 공상에서 일어나고 있다는 점이 무섭고 섬뜩하게 여겨졌다. 때로는 완전히 힘을 잃고, 내 작품은 공연이 불가능하며 모두가 거짓이고 과장일 뿐이라는 생각이 들기도 했다. 그러나 그런 때는 드물었고, 마음속에서는 내 작품의 생명과 힘을 확신했다. 또한 확실하고 열렬한 내 작품은 체험에서 비롯되었고, 그 혈관에는 피가 흐르고 있었다. 지금은 이제 듣고 싶지도 않고 전혀 다른 곡을 쓰고 있지만, 그 오페라에는 내 모든 청춘이 깃들어 있다. 그 속의 수많은 박자를 대하면 미지근한 봄날의 폭풍우가 청춘과 정열의 적적한 골짜기에서 불어오는 듯한 느낌이 들었다. 그 격정과 사람의 마음에 미치는 힘이 모두 약점과 결핍과 동경에서 태어났다는 것을 생각하니, 그 당시 내 생활 전체가, 그리고 또 지금의 생활이 내게 매우 기쁘고 만족스러운 것인지, 아니면 불쾌한 것인지 알 수가 없다.

여름도 다 지나갔다. 정열적으로 흐느껴 우는, 심한 소나기가 내리는 어두운 밤에 나는 전주곡을 끝냈다. 아침에는 차가운 빗발이 뜸해졌다. 하늘은 온통 잿빛이고, 정원은 가을다워졌다. 나는 짐을 꾸려 시내로 돌아왔다.

내가 아는 사람들 중에서는 타이저가 누이동생과 함께 돌아와 있었다. 두 사람 모두 산속 햇볕에 그은 발랄한 얼굴이었다. 그들은 여행 중에 놀랄 만큼 많은 일을 체험하고 왔으나, 내 오페라가 어떻게 되었는지 알고 싶어 하는 관심과 긴장에 넘쳐 있었다. 우리는 전주곡을 검토했다. 타이저가 내 어깨에 손을 얹고 누이동생에게 "브리기테, 이 사람을 보아라, 이 사람은 대음악가야!"라고 말했을 때, 나 자신도 거의 장중한 기분이 되었다.

나는 넘치는 갈망과 흥분을 억누르며 믿음을 갖고 게르트루트의 도착을 기다렸다. 나는 그녀에게 상당한 작품을 보여줄 수 있었다. 그녀가 모든 것을 자기 자신의 것처럼 느끼고, 이해하고, 향유하리라는 것을 나는 알고 있었다. 나는 하인리히 무오트에게 최대의 기대를 걸고 있었다. 그의 협력이 없어서는 안 되는데, 몇 개월 동안 한마디 소식도 없었다.

게르트루트의 귀환에 앞서, 드디어 그가 나타났다. 어느 날 아침 그가 내 방에 들어왔고, 오랫동안 내 얼굴을 쳐다보았다.

"안색이 말이 아니군요."

그는 머리를 저으며 말했다.

"하기야 그런 작품을 쓰고 있으니!"

"그 배역을 검토해보았소?"

"검토요? 다 외우고 있소. 당신만 좋다면 노래 부르겠소. 정말 굉장한 음악이오!"

"그렇게 생각합니까?"

"곧 알게 될 거요. 당신은 당신의 가장 아름다운 시간을 보냈소. 두고 보십시오. 이 오페라가 공연되면 이 다락방 명성은 끝이 날 거요! 이것은 완전히 당신의 것이오. 언제 노래할까요? 몇 가지 지적할 부분이 있지만, 전부 어디까지 돼 있소?"

나는 보일 수 있는 것은 다 보였고, 그는 나를 곧 자신의 집으로 데리고 갔다. 거기에서 처음으로 그 역을 노래하는 것을 듣고, 내 음악과 그의 목소리의 힘을 느꼈다. 그 역에 대해서 나는 온 정열을 쏟아 언제나 그를 생각하고 있었다. 이제야 비로소 머릿속에서 무대 전체를 그려볼 수가 있었다. 지금 처음으로 나 자신의 불꽃이 내게 부딪쳐와 그 열기의 정도를 느끼게 했다. 그러나 그것은 이제 내 소유도 아니고 내 작품도 아니며, 그 자체의 생명을 가지고 외부의 힘으로 내게 작용했다. 작자와 작품의 분리를 나는 처음으로 느꼈다. 그때까지는 거의 믿지 않던 일이었다. 내 작품은 독립하여 움직이고 생명을 보이기 시작했다. 조금 전까지 내 손 안에 있던 것이 지금은 벌써 내 것이 아니고, 다 자라 아버지에게서 떨어져 나가는 자식처럼 홀로 숨 쉬며 힘을 발휘하고 있었다. 그리고 자립하여 다른 사람의 눈으로 나를 보고 있었다. 그렇지만 그 이마에는 내 이름과 표지가 찍혀 있었다. 이렇게 분열한, 때로는 놀라움을 주는 똑같은 느낌을 나는 나중에 공연 때도 받았다.

무오트는 그 역을 잘 연습했고, 그가 고쳐주었으면 좋겠다는 부분을 충분히 받아들일 수 있었다. 그는 반밖에 모르는 소프라노 파트를 호기심으로 물으면서 벌써 누가 불러보았는지 알고 싶어 했다. 나는 결국 그에게 게르트루트 이야기를 하지 않을 수가 없었다. 조용히, 과장 없이 이야기할 수가 있었다. 그는 그녀의 이름을 잘 알고 있었으나 임토르 씨의 집에 드나든 적은 없고, 게르트루트가 그 역에 대한 연구를 이미 끝냈고 노래도 할 수 있다는 이야기를 듣고 깜짝 놀랐다.

"그렇다면 틀림없이 목소리가 좋겠군. 상당히 높고 가벼운."

그는 시인하면서 말했다.

"한번 같이 데려가주지 않겠소?"

"내가 부탁하려던 참이오. 당신이 두서너 번 임토르 양과 함께 부르는 것을 듣고 싶소. 고칠 필요도 있겠지요. 저쪽이 돌아오면 부탁해봅시다."

"쿤 씨, 당신은 정말 행운아요. 관현악에는 타이저라는 협력자가 있고. 두고 보시오, 이 작품은 성공할 거요."

나는 아무 말도 하지 않았다. 앞으로의 일이나 오페라의 운명에 대해서는 아직 생각할 여유가 없었다. 우선은 그것이 완성되지 않으면 안 되었다. 그러나 그가 노래하는 것을 들은 뒤로 나도 내 작품의 힘을 믿게 되었다.

타이저에게 이 이야기를 전하자 그는 통렬히 말했다.

"물론이오. 무오트는 무서운 힘을 가지고 있소. 그렇게 서투르지만 않다면 좋겠는데. 그에게는 자기만이 문제지, 음악은 아랑곳없는 거요. 그는 어디에서나 마구 덤벼드는 녀석이오!"

드디어 돌아온 게르트루트를 방문하려고 이미 고요히 낙엽 지기 시작한 가을다운 정원을 지나서 임토르 씨의 집을 찾아간 날, 내 가슴은 불안스레 두근거렸다. 그러나 자세가 한층 아름다워진 그녀는 조금 햇볕에 탄 얼굴로 웃으며 나를 맞아 악수를 청했다. 그리고 여전히 사랑스러운 목소리와 맑은 눈초리, 그리고 품위 있는 너그러운 태도로 곧 다시 예전의 매력을 보여주었다. 나는 행복한 기분으로 내 우려와 욕망을 잠시 잊고, 느긋하게 그녀 곁에 있을 수 있는 것을 기뻐했다. 그녀는 내게 민망함을 느끼게 하지 않았다. 내 편지나 소망에 대해 내가 언급할 기회를 잡지 못했으므로 그녀도 그 일에 대해서는 아무 말도 하지 않았으며, 우리 우정이 흐려지고 위험해졌다는 눈치도 전혀 보이지 않았다. 그녀는 내게서 멀어지려고는 하지 않았다. 내가 그녀의 의지를 존중하고 그녀 자신이 내게 재촉할 때까지는 구애를 되풀이하지 않으리라는 것을 믿고서, 그녀는 자주 나와 단둘이 있었다. 우리는 지난 두세 달 동안 만들어진 부분들을 곧 모두 연구했다. 나는 무오트가 그의 역을 맡고 칭찬하더라는 이야기를 했고, 두 주역은 꼭 함께 연구할 필요가 있으니 무오트를 데리고 와도 좋은지 물었다. 그녀는 동의했다.

"썩 마음이 내키는 건 아니에요."

그녀는 말했다.

"당신도 아시겠지요, 보통 때 저는 다른 사람 앞에서 노래하지 않으니까요. 무오트 씨 앞에서라면 갑절이나 고통스러워요. 그 사람이 유명한 가수이기 때문만은 아니에요. 그 사람에게는 무서운 데가 있어요. 적어도 무대에서는. 하지만 해보겠어요. 어떻게 되겠지요."

그녀를 더는 겁먹게 해서는 안 되었으므로 나는 무오트를 변호하거나 칭찬하지는 않았다. 한번 해보면 기꺼이 계속 함께 노래하게 되리라고 나는 확신했다. 며칠 후 나는 마차를 타고 무오트와 함께 임토르 씨 집으로 갔다. 기다리고 있던 주인이 우리를 맞아들였다. 주인은 극히 정중하기는 하나 쌀쌀한 태도였다. 그는 내가 게르트루트를 자주 만나면서 친하게 지내는 것을 아무렇지도 않게 여겼다. 누군가 주의를 주는 사람이 있었다면, 그는 웃었을 것이다. 하지만 지금 무오트가 끼게 된 것은 그의 마음에 들지 않았다. 그러나 무오트는 매우 우아하고 나무랄 데가 없었으므로, 임토르 부녀는 기분 좋게 배신당한 듯 씁쓸한 표정이었다. 난폭하고 거만하기로 소문난 가수가 훌륭하게 예절을 알고 있으며, 우쭐거리지도 않고 대화도 분명한 데다 겸손하기까지 했다.

"시작해볼까요?"

잠시 후에 게르트루트가 물었다. 우리는 일어서서 음악실로 갔다. 나는 피아노 앞에 앉아서 서곡과 몇 장면을 간단히 연주한 뒤에 설명을 하고 나서, 마침내 시작하도록 게르트루트에게 부탁했다. 그녀는 주뼛주뼛 신중하게 중간쯤 목소리로 노래 불렀다. 반면에 무오트는 자기 차례가 되자 주저하거나 사양하지 않고 목청껏 노래를 불러 우리를 감동시키고 분위기를 북돋웠으므로, 게르트루트도 곧 기분을 내게 되었다. 상류 가정에서는 언제나 부인들을 단정하게 대하는 무오트는 이제 비로소 게르트루트에게 마음이 끌려 그녀의 노래를 관심을 갖고 뒤쫓아 과장이 아닌 진정 어린 동료다운 말로써 찬사를 늘어놓았다.

그 후로 모든 수줍음은 사라졌다. 음악으로 우리는 친밀해지고 한마음이 되었다. 그리고 여전히 지리멸렬하고 반쯤 죽어 있던 내 작품은 차츰 성장하고 깊이 정리되어갔다. 나는 이제 주요한 부분이 완성되어 긴요한 부분은 더 염려 없음을 느끼고 마음이 놓이는 것 같았다. 나는 기쁨을 숨기지 않고 감동 어린 마음으로 두 친구에게 감사했다. 우리는 축제처럼 즐거이 그 집에서 나왔다. 하인리히 무오트는 자신이 잘 가는 요릿집으로 나를 데리고 가서 즉흥적인 축하연을 베풀었다. 그는 샴페인을 마시고, 전까지는 그러지 않았는데, 나를 너라고 부르며 계속 그렇게 말했다. 나는 기뻤다. 그래서 그가 하는 대로 내버려두었다.

"자, 유쾌하게 축하해야지."

그는 웃었다.

"먼저 축하를 해도 지나치지는 않을 거야. 먼저 축하하는 것이 제일 좋아. 나중에는 사태가 달라지거든. 너도 이제 극장의 영광을 얻을 거야. 그래서 대부분의 녀석들처럼 타락하지 않도록 축배를 들자고."

그 후로도 오랫동안 게르트루트는 무오트 앞에서 수줍어했으나, 노래할 때만은 자유롭고 천진했다. 무오트는 매우 겸손하고 분별 있게 행동했다. 게르트루트는 차츰 그가 오는 것을 반기게 되고, 언제나 자연스러운 친절로 나와 마찬가지로 그에게도 다시 오라고 말했다. 그러나 우리 세 사람만 있는 시간은 드물어졌다. 여러 파트를 하나하나 노래하고 충분히 비평하였으며, 임토르 씨 집에서도 정기적인 음악의 밤이 따르는 겨울 사교가 시작되었다. 거기에는 무오트도 자주 모습을 드러냈으나 연주에는 참여하지 않았다.

때로 게르트루트가 서름서름하게 굴면서 약간 나를 피하는 것 같다는 생각이 들었다. 그러나 나는 언제나 그러한 생각을 품는 나 자신을 꾸짖고 내 의심을 부끄러워했다. 나는 게르트루트가 사교적인 집안의 여주인으로서 매우 분주한 것을 알고 있었다. 그리고 그녀가 손님들 사이를 날씬하고 품위 있게, 더구나 우아하게 움직이며 시중드는 것을 보며 가끔 기쁨을 느꼈다. 내게는 몇 주일이 삽시간에 지나갔다. 되도록 겨울 동안 완성하려고 나는 일에 매달렸다. 그리고 타이저를 만난다든가, 그와 그의 누이동생 집에서 저녁 한때를 보낸다든가, 갖가지 편지 왕래나 다른 일들이 있었다. 왜냐하면 여러 곳에서 내 가곡이 불리고, 현악을 위한 내 작품 전체가 베를린에서 연주되었기 때문이다. 문의하는 편지와 신문 비평이 잇따랐다. 또한 게르트루트, 타이저 남매, 그리고 무오트 말고는 누구에게도 말한 적이 없는 내 오페라에 대한 소문이 떠돌았다. 이제는 어찌 되었든 한가지였다. 나는 마음속으로 이러한 성공 조짐을 기뻐했다. 드디어, 더구나 너무 쉽게 내 앞에 길이 열린 것 같았다.

부모님 집에는 만 1년 동안 한 번도 가지 못하다가 크리스마스에 비로소 찾아갔다. 어머니는 친절했지만, 우리 사이에 계속되어 온 그 오랜 편견에서 벗어나지는 못했다. 그것은 내게는 이해받지 못한다는 두려움이었고, 어머니에게는 예술가라는 직업에 대한 불신과 내 착실한 노력에 대한 의혹이었다. 어머니는 나에 관해서 듣고 읽은 것을 쾌활하게 이야기했으나, 그 말을 정말 믿고 있어서라기보다는 나를 기쁘게 하기 위해서였다. 내심으로는 내 예술 전체와 마찬가지로 외면적인 성공도 믿고 있지 않았다. 어머니가 음악을 좋아하지 않는 것은 아니고 예전에는 노래도 불렀으나, 어머니가 보기에 음악가란 결국 궁색한 존재였다. 내 음악에 대해서도 다소 듣고는 있었지만 결국 어머니에게는 이해되지 않는, 또는 납득할 수 없는 것이었다.

아버지가 오히려 더 큰 신뢰를 하고 있었다. 상인으로서 아버지는 무엇보다도 내 외적인 생계를 염려하고 있었다. 아버지는 언제나 불평 없이 나를 충분히 보조해주었으며, 내가 오케스트라에서 나온 뒤로는 내 생활비를 전부 치러주었다. 그러나 내가 벌기 시작해 언젠가는 내 소득으로 생활해갈 수 있는 가능성을 보고 기뻐했다. 아버지는 지금 아무리 부유하더라도 자립은 훌륭한 생활을 위해 꼭 필요한 기초라고 여기고 있었다. 그것은 그렇고, 아버지는 누워 있었다. 마침 내가 도착하기 전날 넘어져서 발을 다치고 말았다.

아버지의 얘기는 명상적으로 기울어지기 쉬웠다. 나는 전에 없이 아버지에게 다가가, 그 시련을 거친 실생활 철학에서 기쁨을 느꼈다. 전에는 부끄러워서 결코 하지 못했지만, 이번에는 내 갖가지 괴로움을 아버지에게 호소할 수 있었다. 그때 무오트의 말이 생각나서 아버지에게 얘기했다. 무오트가 언젠가 진정이 아니었는지는 몰라도, 청춘은 일생의 가장 괴로운 시기이고 노인은 대개 젊은이보다 훨씬 명랑하며 만족하고 있다고 생각한다는 얘기를 한 적이 있었다.

아버지는 그 얘기를 듣고 웃으면서, 명상적으로 말했다.

"우리 노인들은 물론 그 반대를 주장하지. 그러나 네 친구는 역시 진상의 일면을 느끼고 있어. 사람의 일생은 청춘과 노년 사이에 분명한 경계를 그을 수 있다고 나는 생각해. 청춘은 이기주의로 끝나고, 노년은 남을 위한 생활로 시작하지. 즉 젊은 사람들은 자신만을 위해 살기 때문에 생활에서 많은 향락과 고뇌를 받지. 따라서 모든 소망이나 착상이 소중해지고 모든 기쁨을 맛볼 대로 다 맛보는 거야. 그러나 동시에 모든 고뇌도 다 맛보게 되지. 그리고 자기의 소망이 실현되지 않는 것을 보면 곧 생활 전부를 포기해버리는 사람이 적지 않단 말이야. 그것이 청년이야. 그러나 대부분 사람들에게는 변화가 찾아오면서, 미덕에서가 아니라 완전히 자연적으로 더 많은 남을 위해 사는 시기가 오지. 대개 그 변화를 가지고 오는 것은 가정이야. 자식이 있으면 자기 자신이나 자기의 소망을 덜 생각하게 되지. 직무나 정치나 예술이나 학문 때문에 이기주의에서 벗어나는 사람도 있어. 청년은 놀기를 원하고 노인은 일하기를 바라지. 자식을 만들려고 결혼하는 사람은 없지만, 자식이 생기면 자식 때문에 자신이 변하게 되고 결국 모든 일이 순전히 자식 때문에 이루어져왔음을 깨닫게 되지. 청년은 즐겨 죽음에 대해 말하지만 결코 죽음에 대해 생각하는 일은 없다는 것과도 관련이 있어. 노인은 그 반대야. 젊은이들은 영원히 산다고 생각해서 모든 소망이나 사상을 자기 본위로 할 수 있지. 그러나 노인이 되면 어딘가에 끝이 있고 자기 자신만을 위해 갖거나 행하는 것은 결국 모두가 무로 돌아가고 헛된 일이라는 것을 깨닫지. 따라서 다른 영원한 세계와, 자기는 단지 벌레 같은 존재를 위해 일하고 있는 것이 아니라는 신앙이 필요해져. 그 때문에 처자나 사업이나 직무나 조국이 있지. 그것으로 누구를 위해 나날의 노고와 궁핍한 생활이 영위되는가를 알게 돼. 그 점에서 네 친구의 말은 전적으로 옳아. 즉 사람은 자신만을 위해 살 때보다 남을 위해 살 때 더 만족스러운 거야. 다만 노인은 그것을 너무 영웅적으로 생각해서는 안 돼. 실지로도 그런 게 아니야. 가장 열의 있는 청년이 가장 좋은 노인이 되지. 학창 시절에 벌써 노인처럼 행동하는 사람이 가장 좋은 노인이 되는 건 아니야."

나는 일주일 동안 집에 묵으며 아버지 병상에서 많은 시간을 보냈다. 아버지는 물론 다리에 하찮은 부상을 당했을 뿐 매우 원기 있고 건강했으므로 인내심 있는 환자는 아니었다. 나는 아버지의 말을 듣고 좀 더 빨리 가까이하지 않은 것이 유감스럽다고 고백했다. 그러자 아버지는 서로 마찬가지며, 서로 이해하려고 너무 서둘면 좀처럼 성공 못하는 법이니까 그렇게 안 한 편이 우리 장래를 위해 좋을 것이라고 말했다. 여자관계는 어떤지 아버지는 조심스러우면서도 친절히 물었다. 나는 게르트루트에 관해서는 아무 말도 하고 싶지 않았다. 다른 고백은 극히 간단했다.

"안심해도 좋아!"

아버지는 웃으며 말했다.

"너는 훌륭한 남편이 될 소질을 갖고 있어, 현명한 여자라면 금세 알아챌 거다. 다만 너무 가난한 여자는 믿으면 안 돼. 그런 여자는 네 돈을 노릴 거야. 딱히 징이 드는 여자를 못 찾더라도 절망할 건 없어. 젊은 사람들끼리의 사랑과 오랜 결혼 생활의 사랑은 같지 않아. 젊을 때는 모두 자기 일을 생각하고 자기 일을 걱정하고 있지. 그러나 가정을 이루면 다른 걱정이 생기는 거야. 나도 그랬어. 잘 알아둬. 나는 네 어머니에게 몹시 반했었어. 진짜 연애결혼이었지. 그러나 그건 1년인가 2년밖에 지속되지 않았고, 연애 감정도 멈추었다가 곧 완전히 없어졌어. 우리는 서로 어떻게 해야 좋을지 몰랐어. 그때 마침 아이가 생겼지. 네 두 누이야 일찍 죽었지만. 우리에게는 돌볼 존재가 생겼어. 그 때문에 우리 서로의 요구가 줄어들고 냉담한 관계에서 갑자기 다시 사랑이 싹텄어. 물론 예전 같은 사랑은 아니고 전혀 다른 사랑이지. 그 사랑이 그 뒤로 별로 덧붙일 필요도 없이 30년 넘게 유지되었어. 모든 연애가 그렇게 잘돼 가는 건 아니고, 오히려 그렇게 되는 경우가 매우 드물지."

물론 그러한 생각이 내게 도움이 되지는 않았지만, 아버지에게 새롭게 생긴 친숙한 감정이 나로서는 흐뭇했다. 그런 감정은 또한 몇 년 전부터 거의 무관심하던 고향에 다시금 애착을 갖게 했다. 집을 떠날 때 나는 이번 귀향을 후회하지 않고 부모님과 앞으로 더욱 좋은 관계를 맺겠다고 결심했다.

내 현악 연주를 위한 작업과 여행 때문에 한동안 나는 임토르 씨 집에 방문하지 못했다. 오랜만에 가보니, 이전에는 나와 함께가 아니면 출입하지 않던 무오트가 가장 자주 초대되는 손님의 하나가 되어 있었다. 임토르 씨는 무오트에 대해서 여전히 쌀쌀맞게 다소 기피하는 태도를 취하고 있었으나, 게르트루트는 그와 좋은 친구가 된 것 같았다. 나에게도 흐뭇한 일이었다. 질투할 이유는 없었다. 무오트와 게르트루트처럼 성격이 다른 두 사람은 서로 흥미를 느끼고 이끌릴지는 몰라도 서로 만족하거나 사랑할 수는 없다고 나는 확신하고 있었다. 그래서 그가 그녀와 함께 노래하고 두 사람이 아름다운 목소리를 맞추고 있는 것을 보고도 나는 의심하지 않았다. 두 사람 모두 키가 크고 자세가 좋아서 멋있게 보였다. 그는 어둡고 근엄하며, 그녀는 밝고 명랑했다. 최근 들어 때때로 그녀는 타고난 명랑성이 쉽게 유지되지 않았고, 지쳐서 흐려져 있는 것 같았다. 그녀는 괴로움에 애타는 사람들이 마주 보듯이 호기심과 관심을 두고, 나를 진정으로 시험하는 듯이 쳐다보곤 했다. 그럴 때마다 내가 그녀에게 고개를 끄덕이며 즐거운 눈길로 대답하면, 그녀는 애써 표정을 서서히 바꾸었으므로 나는 고통스러울 정도였다.

그러나 그런 모습을 보는 것은 매우 드물었다. 보통 때 게르트루트는 전처럼 매우 명랑하고 흔흔한 얼굴을 하고 있었으므로, 나는 그 관찰이 내 지나친 상상이나 일시적인 불쾌감 탓이라고 생각했다. 단 한 번 내가 몹시 놀란 적이 있었다. 매우 친한 한 친구가 베토벤을 연주하는 동안 그녀는 어스름 속에서 의자에 기대 앉아 있었는데, 누구에게도 보이지 않는다고 알고 있는 것 같았다. 그 전에 밝은 방에서 손님을 접대할 때 그녀는 밝고 명랑해 보였다. 그러나 지금 그녀가 생각에 잠겨 분명히 음악에도 마음을 두지 않고 얼굴을 자연의 표정에 내맡기고 있으니, 마치 쫓겨나서 어찌할 바를 모르는 어린아이 같은 피로와 불안과 두려움의 표정이 나타났다. 그 표정은 몇 분 동안이나 유지되었다. 그 모습을 보았을 때 나는 심장이 멎는 것 같았다. 그녀는 괴로워하고 있으며, 근심이 있었다. 그것만으로도 좋지 않은데, 나에 대해서 명랑한 척하며 모든 일을 숨기고 있는 것이 나를 더 불안하게 했다. 연주가 끝나자 나는 그녀 옆으로 다가가 나란히 자리를 잡고 부담 없는 이야기를 시작했다. 나는 가벼운 농담조로 이번 겨울은 그녀에게 불안정한 겨울이라는 데 나도 불만을 느낀다고 말했다. 말끝에는 우리가 오페라의 첫 부분을 함께 연주하고 노래하며 서로 의논했던 봄철을 상기시켰다.

그러자 그녀는 "그때는 정말 즐거웠어요" 하고 말했다. 더는 아무 말도 하지 않았으나, 그것은 고백이었다. 뜻하지 않게 진심으로 한 말이니까, 나는 그 속에서 내 희망을 읽고 마음속으로 그녀에게 감사했다.

나는 그녀에게 여름에 했던 물음을 되풀이하고 싶었다. 그녀의 태도 변화나, 그녀가 때때로 내게 보이는 당황스러움이나 조심성은 아무리 조심스럽게 봐도 내게는 좋은 징조로 받아들이기에 충분할 것 같았다. 그녀의 소녀적 긍지가 시들어버리고 괴롭게 싸우고 있는 듯한 모습이 보기에도 안타까웠다. 그러나 나는 일부러 아무 말도 하지 않았다. 동요하고 있는 그녀가 애처로웠다. 나는 내 은밀한 약속을 지키지 않으면 안 된다고 생각했다. 나는 여자와 사귀는 법을 전혀 몰랐다. 나는 하인리히 무오트와 반대되는 실수를 저질렀다. 말하자면 친구를 사귀듯이 여자를 사귀었다.

내가 깨달은 것을 언제까지나 잘못이라고 생각할 수도 없고 게르트루트의 달라진 태도도 절반밖에 이해되지 않았으므로 나는 자제하여 방문 횟수도 약간 줄이고 그녀와의 친밀한 대화도 피했다. 그녀는 괴로워하며 마음이 동요하고 있는 것 같았기에 나는 그녀를 더 두렵게 한다든가 불안하게 하지 않도록 위로하려 했다. 그녀는 그것을 눈치채고 내 절제를 좋게 생각하고 있는 것 같았다. 겨울과 함께 흥겨운 사교가 끝나면 우리 두 사람에게 다시 조용하고 아름다운 때가 올 테니, 그때까지 기다리자고 나는 마음먹었다. 그러나 아름다운 그녀가 애처롭고 가엾게 여겨지는 일이 잦아졌다. 그리고 나 자신도 생각과는 달리 차츰 불안해지고, 무언가 심상치 않은 공기가 느껴졌다.

2월이 왔다. 나는 봄이 오기를 애타게 기다리며 이런 상태의 긴장 때문에 괴로워하고 있었다. 무오트도 거의 모습을 나타내지 않았다. 물론 그는 오페라로 긴장된 겨울을 보냈고, 최근 큰 극장 두 곳에서 명예롭게 초청을 받아 어디로 가야 할지 망설이고 있었다. 이제 애인도 없는 것 같았다. 적어도 그가 로테와 헤어진 뒤로 그의 집에서 여자를 본 적은 없었다. 얼마 전 그의 생일 축하 파티 이후 나는 그를 만나지 못했다.

그러는 동안 나는 그를 만나고 싶은 욕망이 일어났다. 게르트루트와의 변화된 관계와 과로, 겨울의 피로 등으로 괴로워지기 시작한 나는 여러 가지 이야기를 나누고 싶어 그를 찾아갔다. 그는 셰리주를 내놓고 무대에 관한 이야기를 했으나, 피로에 지쳐 있었고 묘하게도 조용했다. 나는 이야기를 들으면서 방 안을 둘러보고 임토르 씨 집에 다시 가보았느냐고 물으려 했다. 그때 무심히 책상 위를 쳐다보았는데 게르트루트의 글씨가 적힌 봉투가 눈에 띄었다. 문득 놀라움과 괴로움이 치솟아 올랐다. 초대든가, 아니면 간단한 의례적 편지였는지도 몰랐다. 하지만 어째서 그랬는지는 몰라도 나는 그렇게 생각되지 않았다.

그래도 안정을 잃지 않을 수 있었고, 나는 곧 돌아왔다. 뜻밖에도 나는 모든 것을 알게 되었다. 그것은 초대거나 하찮은 일이거나 우연이었는지도 모른다. 그러나 그렇지 않다는 것을 나는 알고 있었다. 나는 요즈음의 사태를 모두 단번에 깨달았다. 잘 알아보고 경과를 기다려보자고 생각은 했지만, 그러한 생각은 다 구실이나 변명에 지나지 않았다. 결국 화살은 꽂혀 들어와 핏속에서 곪고 있었다. 집으로 돌아와서 방에 앉아 있자니, 혼미는 차츰 걷히고 이제 내 생활은 파괴되고 신앙과 희망도 사라졌다는 느낌이 무서우리만큼 차갑게 내 몸을 뚫고 흘렀다.

며칠 동안 나는 눈물도 흘리지 않고 고통도 느끼지 않았다. 나는 아무것도 생각하지 않고 더는 살지 않겠다고 결심하고 있었다. 오히려 내 내면의 생활 의지가 꺾이고 사라져버린 것 같았다. 꼭 이행해야 하는, 좋은지 나쁜지 이제 따질 필요도 없는 하나의 사무처럼 나는 죽음을 생각했다. 그 전에 이행해야 할, 그리고 실지로 이행한 일에는 무엇보다도 게르트루트에 대한 방문이 있었다. 말하자면 순서를 갖추기 위한 일로서, 내 감정으로는 아무렇든 상관없으면서도 사실을 확인하고 싶었기 때문이다. 확인은 무오트를 통해서도 할 수 있었을 것이다. 그는 게르트루트보다 죄가 가볍다고 생각했지만, 나는 그에게도 가지 못했다. 게르트루트에게 갔으나 만나지 못하고, 다른 날에 다시 가서 몇 분 동안 그녀의 아버지와 셋이서 이야기를 나눴다. 이윽고 그녀의 아버지는 우리가 음악을 연습하려 한다고 여기고 자리를 비켜주었다.

그녀는 혼자 나와 마주 앉았다. 나는 호기심을 가지고 그녀를 다시 한번 보았다. 그녀는 조금 변해 있었지만 이전 못지않게 아름다웠다.

"게르트루트 양."

나는 크게 말했다.

"다시 한번 당신을 괴롭히게 된 것을 용서하십시오. 지난여름 당신에게 편지를 드렸습니다. 지금 그 대답을 들을 수 있겠습니까? 아마도 오랫동안 여행을 해야 할 것 같습니다. 그렇지만 않다면 기다렸을 겁니다. 당신 자신이……."

그녀는 파랗게 질리며 놀라서 나를 쳐다보았으므로, 내가 그녀를 대신해 말을 이어갔다.

"안 되겠다고 하셔야겠지요? 그럴 줄 알았습니다. 다만 확인하고 싶었을 뿐입니다."

그녀는 서러운 듯이 고개를 끄덕였다.

"하인리히지요?"

나는 물었다.

그녀는 다시 고개를 끄덕였다. 그리고 갑자기 깜짝 놀라며 내 손을 잡았다.

"용서하세요! 하지만 그이에겐 아무 말 하지 말아주세요, 네?"

"그럴 생각은 없습니다. 안심하십시오."

나는 그렇게 말하고 웃지 않을 수 없었다. 그렇게도 불안스럽게 무오트에 집착하면서도 그에게 얻어맞았던 마리온과 로테의 일이 떠올랐기 때문이다. 아마도 그는 게르트루트도 때려서 그녀의 탁월한 고귀함과 신뢰에 찬 인품을 완전히 파괴해버릴 것이다.

"게르트루트 양."

나는 다시 한번 말을 시작했다.

"한 번 더 생각해주십시오! 나를 위해서가 아닙니다. 사정은 알고 있습니다! 그러나 무오트는 당신을 행복하게 하지 못할 겁니다. 안녕히 계십시오, 게르트루트 양."

게르트루트가 한참 만에 내게 말을 걸기 전까지 나의 냉철함은 흔들리지 않았다. 그녀가 로테 때부터 귀에 익은 어조로 완전히 병든 사람처럼 나를 쳐다보며 "그렇게 가지 마세요. 그건 너무해요!"라고 말했을 때, 비로소 내 가슴이 찢어지고 마음을 가누기가 힘들어졌다.

나는 그녀의 손을 잡고 말했다.

"당신을 괴롭힐 생각은 없습니다. 또한 하인리히를 해칠 생각도 없습니다. 그러나 좀 더 기다리십시오. 그에게 정복당하지 말아주십시오! 그는 사랑하는 모든 것을 파괴해버립니다."

그녀는 머리를 흔들며 내 손을 놓았다.

"안녕히 가세요!"

그녀는 나직이 말했다.

"제가 나쁜 게 아니에요. 저와 하인리히를 나쁘게 생각지 말아주세요!"

그것으로 끝이었다. 나는 집으로 돌아와 사무적으로 일을 처리해 나갔다. 그동안에도 슬픔에 목메고 피를 토하는 것 같았지만, 멀리 있듯 방관하며 염두에 두지 않았다. 남아 있는 시일 동안 형편이 좋든 나쁘든 그것은 문제가 아니었다. 반쯤 완성된 오페라 악보를 정리해 이 작품만이라도 남을 수 있도록 타이저 앞으로 편지를 덧붙여두었다. 한편으로 나는 어떻게 죽어야 하는가를 열심히 생각했다. 부모님을 위로하고 싶었으나, 그렇게 죽는 방법을 생각해낼 수가 없었다. 필경 그것은 중요한 일이 아니었다. 나는 권총으로 결정했다. 그러한 문제는 환상처럼 비현실적으로 눈앞에 떠오를 뿐이었다. 나는 더 살아서는 안 된다는 인식만이 분명히 결정되어 있었다. 내 결심의 냉정한 껍질 뒤에 희미하게 비춰오는, 살아남았을 때 겪어야 할 생활의 무서움을 느끼고 있었기 때문이다. 그 생활은 공허한 눈으로 끔찍하게 나를 쳐다보았다. 그것은 죽음의 어둡고 무관심한 관념보다도 더한층 추하고 무서웠다.

둘째 날 오후에 일을 끝마쳤다. 나는 다시 한번 시내를 한 바퀴 돌고 싶었다. 아직 도서관에 반납해야 할 책이 두세 권 있었다. 밤에는 이미 살아 있지 않으리라는 생각에 마음이 가라앉았다. 사고로 다친 사람이 거의 마취 상태로 누워 있을 때 고통 자체는 느끼지 않지만 무서운 고뇌의 예감에 전율하는 것과 같은 기분이었다. 부상자는 예감된 고통이 실지로 일어나기 전에 완전히 무의식 상태에 잠기고 싶다고만 바라는 법이다. 나도 그러한 기분이었다. 나는 실제의 고통으로 괴로워한다기보다, 다시 한번 의식을 되찾아 스스로 선택한 죽음이 내게서 빼앗아버리게 되어 있는 잔을 남김없이 다 마시지 않으면 안 될지도 모른다는 통렬한 공포 때문에 괴로워하고 있었다. 그래서 급히 돌아다니며 일을 끝내고 곧장 집으로 돌아왔다. 다만 게르트루트의 집 앞을 지나지 않으려고 약간 길을 돌아서 왔다. 거기까지는 생각되지 않았지만, 그 집을 보면 내가 벗어나려 하고 있는, 견딜 수 없는 고뇌가 나를 습격하고 메칠지도 모른다는 예감이 들었기 때문이다.

이렇게 내가 살고 있는 집으로 돌아오자, 나는 안도의 숨을 내쉬며 현관문을 열고 가벼운 마음으로 곧 계단을 올라갔다. 지금은 여전히 슬픔이 뒤따라와서 내게 손을 내밀고 무서운 고통이 내 마음속 어딘가를 휘젓고 있지만, 이제 내가 해방되기까지는 몇 발자국, 몇 초만이 남아 있을 뿐이었다.

제복을 입은 사나이가 내 쪽으로 계단을 내려오고 있었다. 나는 방해받는 것이 아닌가 하는 두려움에 가득 차서 그의 옆을 빠져나가려고 서둘러 비켜섰다. 그러자 그는 모자에 손을 얹으며 내 이름을 불렀고, 나는 비틀거리면서 그를 바라보았다. 부르는 소리, 멈

춤, 그리고 의구심의 실현 등으로 나는 온몸이 흐느적거렸다. 별안간 심한 피로가 덮쳐왔다. 나는 쓰러질 것 같았다. 앞으로 몇 걸음 더 걸어가서 내 방에 이를 수도 없을 것 같았다.

그러나 나는 고통 속에서도 낯선 사나이를 쳐다보았다. 허탈해져서 나는 계단에 주저앉았다. 그는 내게 몸이 불편한지 물었고, 나는 머리를 가로저었다. 그는 손에 쥐고 있는 것을 내게 주려고 했다. 내가 받으려 하지 않자 그는 거의 힘으로 그것을 내 손에 떠맡겼다. 나는 거부하며 "싫소"라고 말했다.

그는 주인아주머니를 불렀으나 집에 없었다. 그러자 그는 내 겨드랑이에 팔을 넣어 일으켜 세우려고 했다. 이제 피할 수도 없고, 그냥 내버려두지도 않으리라는 것을 깨닫자 나는 힘이 났다. 그래서 일어나서 앞서서 방으로 들어갔다. 그도 따라 들어왔다. 그가 의심스러운 눈으로 나를 보는 것 같아서, 나는 불구의 다리를 보이며 아프다는 듯이 시늉해 보였다. 그는 그것을 믿었다. 나는 지갑을 찾아서 그에게 1마르크를 주었다. 그는 고마워했다. 그러고는 내가 받으려 하지 않았던 것을 최종적으로 내 손에 떠맡겼다. 그것은 전보였다.

지칠 대로 지쳐서 나는 책상 옆에 선 채 생각했다. 결국 나는 방해를 받았고, 내 결의는 깨졌다. 그것은 무엇이었던가? 전보였다. 누가 보낸? 누구든 좋다. 나와는 관계가 없는 일이다. 지금 내게 전보를 가지고 오다니, 잔인한 일이다. 최후의 순간에 전보를 보내다니. 뒤돌아보니 책상 위에 편지도 한 통 놓여 있었다.

편지는 호주머니에 넣었다. 그런 것은 개의치 않았으나, 전보가 나를 괴롭혔다. 마음에 걸려 내 주변을 어지럽혔다. 나는 전보를 앞에 놓고 앉아서 그것을 쳐다보며, 읽어야 할지 말아야 할지 생각했다. 물론 그것은 내 자유에 대한 방해였다. 나는 그것을 의심치 않았다. 누군가가 나를 교란하려고 한 것이다. 나의 도주를 용서치 않고, 나에게 고뇌를 맛볼 대로 다 맛보게 하려고, 가차 없이 나를 물어뜯고 찌르고 경련시키려 하고 있다.

왜 전보가 그렇게도 나를 성가시게 했는지 모르겠다. 오랫동안 책상 앞에 앉아 있었다. 전보는 나를 만류하는 힘을, 내가 벗어나려 하고 견딜 수 없는 것을 견뎌내라고 강요하는 힘을 품고 있는 것 같아서 열어볼 용기가 나지 않았다. 결국은 열어보았다. 그것이 손에서 떨렸다. 낯선 외국어를 번역이라도 하듯이 나는 느릿느릿 내용을 판독했다. '부친이 위독하니 속히 와주기 바람, 모.' 차츰 그 의미가 파악되었다. 어제까지만 해도 부모님을 생각하고 그들을 슬프게 해야 한다는 것을 안타까워했지만, 그런 생각은 피상적인 고려에 불과했다. 지금 부모님은 항의하고 나를 끌어당기며 부모의 권리를 주장하고 있었다. 나는 곧 크리스마스에 아버지와 주고받은 대화가 생각났다. 젊은이들은 이기주의와 독립심 때문에 소망이 충족되지 않으면 생명을 포기하게 되지만, 이와 반대로 자기 생명이 다른 생명과 연결되어 있음을 아는 사람은 자기 욕망 때문에 그렇게까지 몰리지는 않는다고 아버지는 말했다. 나도 그러한 기반에 연결되어 있었다! 아버지는 위독하고 어머니는 아버지 곁에 혼자 있으니 나를 부른 것이다. 아버지의 죽음과 어머니의 고난이 당장 내 가슴을 찌르지는 않았다. 나는 더 심한 괴로움을 안고 있다고 믿었다. 그러나 지금 나 자신의 짐까지 부모님에게 떠밀고 그들의 간청을 무시한 채 달아나서는 안 되었다. 그것은 나도 잘 알고 있었다.

저녁 무렵 나는 여장을 꾸려 정거장으로 갔다. 마음이 내키지는 않았으나 성실하게 필요한 일을 다 했다. 표를 사고 거스름돈을 호주머니에 집어넣은 다음 플랫폼에 서 있다가 기차를 탔다. 긴 밤 여행을 각오하고 구석에 자리를 잡았다. 젊은 남자가 들어와서 주위를 휘둘러보고는, 인사를 하고 내 맞은편에 앉았다. 그가 뭔가 물었으나, 나는 다만 혼자 내버려뒀으면 좋겠다는 것 말고는 아무 생각도 없이 그를 쳐다보았다. 그는 기침을 하며 일어서서 누런 가죽 손가방을 집어 들고 다른 자리로 옮겨갔다.

기차는 어둠을 뚫고, 나와 마찬가지로 무엇을 놓치기라도 한 듯, 또는 뭔가 구원하기라도 하는 듯 무감각하고 성실하게 마구 내달렸다. 몇 시간 지나 호주머니에 손을 집어넣다 편지가 손에 닿았다. 아직 이것이 있었지, 라고 생각하면서 뜯어보았다.

내 출판업자가 연주회와 보수에 관해 쓴 편지였다. 일은 잘되어 간다, 뮌헨의 대평론가들이 나에 대해서 언급하고 있다, 축하한다 등의 보고였다. 그리고 내 이름과 표제가 붙은 신문 기사 스크랩이 동봉되어 있었다. 오늘날의 음악 현황과 바그너 및 브람스에 대한 장광설을 늘어놓은 뒤에 내 현악과 가곡을 비평하고, 한참 칭찬하고는 행운을 빈다고 쓰여 있었다. 작고 검은 글자를 읽어가는 사이에 그것은 나에 대해 말하고 있으며, 세상과 명성이 내게 손을 내밀고 있다는 것이 차츰 분명해졌다. 나는 일순간 웃지 않을 수 없었다.

그러나 편지와 기사는 내 눈에서 베일을 벗겼다. 뜻하지 않게 나는 세상을 돌아보게 되었다. 나는 소멸하거나 몰락하지도 않고 세상의 한가운데 그 일원으로서 존재하고 있었다. 나는 살지 않으면 안 되었다. 받아들이지 않으면 안 되었다. 어떻게 하면 그렇게 할 수 있는가? 아, 지난 닷새 동안의 일, 내가 단지 멍하게 느끼고 있던 일, 도망하려 했던 일, 이 모두가 지금 되살아났다. 모두가 불쾌하고, 씁쓸하고, 부끄러웠다. 모두가 죽음의 선고였으나, 나는 그것을 수행하지 않았다. 또다시 미수로 끝내지 않으면 안 되었다.

덜커덕거리는 기차 소리를 들으며 나는 창문을 열었다. 캄캄한 대지, 검은 나뭇가지가 앙상해 서러운 듯한 나무, 커다란 지붕 밑의 농가, 먼 언덕 등이 웅크리고 스쳐 지나가는 것이 보였다. 모두가 마지못해 존재하며, 고뇌와 반감을 호흡하고 있는 것 같았다. 그것을 아름답다고 보는 사람도 있겠지만, 내게는 단지 서글프게만 여겨졌다. 〈신의 뜻이런가?〉라는 노래가 떠올랐다.

창밖의 나무나 밭이나 지붕을 관찰하려고 아무리 애써도, 바퀴의 박자에 아무리 열심히 귀 기울여도, 머릿속에서 절망하지 않고 생각할 수 있는 무엇인가에 아무리 세차게 매달려보아도 그것은 오래 지속되지 않았다. 아버지 생각조차 거의 할 수 없었다. 아버지는 나무나 캄캄한 대지와 함께 망각 속에 잠겨 사라졌다. 내 의지나 노력과는 반대로 내 생각은 가서는 안 될 곳으로 되돌아갔다. 그곳에는 노목이 늘어선 정원이 있고, 그 안에 저택이 있고, 입구에는 종려나무가 서 있었다. 벽마다 고풍스러운 그림이 걸려 있었다. 나는 안으로 들어가 계단을 올라갔다. 고풍스러운 그림 옆을 지나갔다. 아무도 모르게 그림자처럼 빠져나갔다. 그러자 날씬한 여인이 내게 등을 돌리고 서 있었다. 짙은 금발 머리였다. 그녀와 그, 두 사람이 서로 껴안고 있는 것이 보였다. 친구 하인리히 무오트가 곧잘 그렇듯이 우울하고 잔인한 웃음을 띠고 있었다. 그는 이

금발의 여인마저 더럽히고 학대하리라는 것을 이미 알면서도 어쩔 수 없는 것 같았다. 더없이 아름다운 여인들이 사랑을 멸망시키는 이 불쌍한 사나이의 손아귀에 들어가고, 내게는 모든 사랑이나 호의가 헛되다는 것은 바보 같고 무의미했다. 그야말로 바보 같고 무의미한 일이었지만, 사실이 그러했다.

잠 같기도 하고 무의식 같기도 한 상태에서 눈을 뜨자, 창밖으로 희부연 아침 안개와 잿빛 하늘이 어스름히 보였다. 나는 굳었던 손발을 펴고, 허탈과 불안을 느꼈다. 눈앞의 풍경들이 시무룩하고 뿌루퉁해 보였다. 무엇보다 아버지와 어머니 생각이 먼저 났다.

아직 어스름한 이른 아침에 고향의 다리와 집들이 다가오는 것이 보였다. 정거장의 악취와 소란 때문에 나는 심한 피로와 불쾌감에 휩싸여 기차에서 내리기조차 싫을 정도였다. 가벼운 짐을 들고 가까이에 있는 마차에 올라탔다. 마차는 매끄러운 아스팔트 위를 달렸다. 이윽고 살짝 얼어붙은 흙과 자갈이 깔린 길 위를 덜커덩거리며 달려서 우리 집의 넓은 문 앞에 멈춰 섰다. 그 문이 닫혀 있는 것을 나는 여태 본 적이 없었다.

그런데 그 문이 닫혀 있었다. 놀라고 어리둥절하여 초인종을 당겼으나, 아무도 나오지 않고 대답도 없었다. 나는 집을 올려다보았다. 문이 모두 닫혀 있어서 지붕을 타고 넘어야 할 불쾌하고 바보스러운 꿈속에 있는 기분이었다. 마부는 수상쩍다는 듯이 지켜보며 기다리고 있었다. 나는 가슴이 답답해 다른 문으로 가보았다. 그 문으로 드나드는 일은 매우 드물었으며, 지난 몇 년 동안 전연 드나든 적이 없었다. 그곳은 열려 있었다. 그 문 뒤로는 아버지의 사무실이 있었다. 들어가 보니 평소처럼 회색 상의를 입은 사무원들이 조용히 먼지 속에 앉아 있었다. 내가 들어서자 모두 일어나서 인사를 했다. 나는 후계자였으니까. 20년 전이나 지금이나 변함이 없는 경리 클렘이 인사를 하고 나서 슬프고 의아스러운 눈으로 나를 바라봤다.

"왜 앞문이 닫혀 있지요?"

나는 물었다.

"아무도 안 계십니다."

"아버지는 대체 어디 계시는데요?"

"병원에 계십니다. 마나님도."

"아직 살아 계시지요?"

"아침까지는 괜찮으셨습니다만, 언제……."

"알았어요. 그런데 어떻게 된 거예요?"

"네? 아, 네. 역시 발 때문입니다. 모두 치료가 잘못되었다고 합니다. 갑자기 통증이 와서, 나리께서는 몹시 신음하시다가 입원하셨습니다. 지금은 패혈증입니다. 어제 2시 반에 전보를 드렸지요."

"그래, 고마워요. 버터 바른 빵과 포도주를 한 잔 얼른 가져다줘요. 그리고 마차를."

모두 뛰어가서 소곤거리더니, 이내 다시 조용해졌다. 누군가 접시와 컵을 가지고 왔다. 나는 빵을 먹고 포도주를 마신 다음 마차를 탔다. 말이 가쁘게 숨을 몰아쉬며 뛰었다. 잠시 후에 나는 병원 입구에 서 있었다. 하얀 모자를 쓴 간호사들과 푸른 줄무늬 아마옷을 입은 관리인들이 복도를 걷고 있었다. 누군가 내 손을 잡고 병실로 안내했다. 눈을 들어 보니, 어머니가 눈물을 글썽이며 고개를 끄덕였다. 낮은 철제 침대에 누워 있는 아버지는 조그맣게 변해 있었다. 아버지의 짧은 회색 수염이 이상하게도 꼿꼿이 서 있었다.

아버지는 아직 살아 계셨다. 아버지가 눈을 떴다. 열이 있는데도 나를 알아보았다.

"여전히 음악을 하고 있니?" 아버지는 나직이 말했다. 목소리에는 비웃음과 호의가 똑같이 담겨 있었다. 아버지는 더는 할 말이 없는, 지치고 아이로니컬한 지혜를 담아서 내게 눈짓했다. 그 눈길은 내 마음속을 들여다보고 모든 것을 다 알고 있는 것 같았다.

"아버지" 하고 내가 불렀다. 그러나 아버지는 미소 지을 뿐 다시 한번 거의 비웃는 듯, 그러나 이미 방심한 눈초리로 나를 보더니 다시 눈을 감았다.

"왜 그런 얼굴을 하고 있니?"

어머니가 나를 안으면서 말했다.

"마음이 괴로우냐?"

나는 아무 말도 할 수 없었다. 곧 젊은 의사가 오고, 이어서 나이 든 의사가 와서 위독한 환자에게 모르핀을 주사했다. 그러나 아버지의 총명한 눈은 다시는 떠지지 않았다. 조금 전 그토록 뛰어난 전지(全知)의 눈길이었는데도. 우리는 아버지 곁에 앉아서 잠든 아버지를 지켜보았다. 아버지가 평온해지고 얼굴이 변하는 것을 보며 임종을 기다렸다. 아버지는 몇 시간 더 살아 있었으나, 오후 늦게 숨을 거두었다. 나는 무감각한 슬픔과 심한 피로만을 느꼈을 뿐이다. 메마른 눈을 붉히고 앉아 있다가, 저녁녘 고인의 침대 옆에 앉은 채 잠이 들었다.

6

인생이란 쉽지 않다는 것을 지금까지도 때때로 막연하나마 느낀 적이 있었으나, 이제 내겐 곰곰이 생각해보아야 할 새로운 동기가 생겼다. 그 인식 깊숙이 뿌리박고 있는 모순의 감정은 오늘까지 결코 사라진 적이 없었다. 왜냐하면 내 생활이 어렵기는 했지만 다른 사람에게는, 그리고 더러는 나 자신에게도 풍요롭고 빛났던 것처럼 보이기 때문이다. 내게 인간 생활이란 깊고 슬픈 밤과 같다. 때때로 번갯불이라도 번쩍거리지 않는다면 견딜 수 없다. 번갯불의 순간적인 밝음이 기묘하게 위안을 주므로, 그 몇 초 동안은 어둠의 세월을 씻어주고 보상해줄 수 있다.

어둠은, 위안이 없는 암흑은 일상생활의 무서운 순환이다. 무엇 때문에 아침에 일어나서 먹고 마시며, 그리고 다시 잠자는가? 어린아이들이나 야만인이나 건강한 젊은이나 동물은 이처럼 아무래도 상관없는 일이나 활동이 되풀이돼도 고민하지 않는다. 사색하고 고민하지 않는 사람은 아침의 기상이나 음식을 즐기고, 거기에서 만족을 찾고 달리 변화를 바라지 않는다. 그러나 이것을 당연한 일로 여길 수 없게 된 사람은 흐르는 나날 속에서 참다운 생활의 순간을 애타게 찾는다. 그 반짝임이 사람을 행복하게 하고, 시간에 대한 인식을 전체의 의의와 목적에 대한 모든 생각과 함께 씻어버리는 순간을 추구한다. 그러한 순간은 창조자와의 일체감을 가져다주는 것 같고, 또 그러한 순간에는 보통 때라면 우연이라 여겨지는 것까지도 모조리 의도된 것으로 느껴지므로 창조적 순간이라고 부를 수 있다. 신비주의가 신과의 결합이라고 부르는 것과도 같다. 다른 모든 순간이 그렇게 어둡게 느껴지는 것은 아마도 그 순간의 너무나 밝은 빛 때문이리라. 다른 생활이 그토록 무겁고 끈끈하고 잡아끄는 듯이 느껴지는 것은 아마도 해방된 그 순간의 매혹적인 경쾌함과 들뜬 쾌감 때문이리라. 나는 그러한 것을 몰랐으며, 사색하고 철학 하는 데 그렇게 익숙하지 않았다. 그러나 만약 영원한 행복이나 천국이 있다고 한다면, 그러한 순간이 방해받지 않고 지속되는 곳이어야 한다. 그리고 그 영원한 행복이 고뇌와 고통의 승화로 얻어진다고 한다면, 어떠한 고뇌나 고통도 피해야 할 만큼 크지는 않다는 것을 나는 알고 있다.

아버지 장례를 마치고 이삼일이 지난 후, 여전히 무감각한 정신적 허탈 상태로 돌아다니던 나는 정처 없이 산책하다가 교외의 전원 길가로 나왔다. 조그맣고 깨끗한 집들이 희미한 기억을 불러일으켰다. 생각을 되새기며 기억을 더듬어 가니, 몇 년 전 나를 신지학자의 신앙으로 개종시키려던 옛 선생의 정원과 집이 보였다. 내가 들어가자 나를 알아본 선생은 친절하게 방으로 안내했다. 책과 화분에 심은 꽃 주위에 담배 연기의 가볍고 쾌적한 냄새가 감돌았다.

"어때?"

로에 선생이 물었다.

"참, 부친이 돌아가셨지! 슬픈 얼굴이로군. 그렇게도 마음이 아팠나?"

"아닙니다."

나는 말했다.

"아버지에게 이전처럼 서름했더라면 아버지의 죽음이 나를 더 슬프게 했을 겁니다. 그러나 마지막 귀향 때 아버지와 친해졌습니다. 그래서 드릴 수 있는 것보다 더 많은 사랑을 받고 있을 때 좋은 부모에게 품게 마련인 괴로운 부채 의식에서 벗어났습니다."

"그건 기쁜 일이군."

"선생님의 신지학은 어떻습니까? 어쩐지 몸이 좀 시원찮아서 말씀을 들어보았으면 합니다."

"도대체 어디가 안 좋은가?"

"다 그렇습니다. 살 수도, 죽을 수도 없습니다. 모든 것이 잘못되어 있고 시시합니다."

로에 선생은 선량하고 만족스러운 정원사 같은 얼굴을 괴로운 듯이 찌푸렸다. 이 선량하고 약간 통통한 얼굴이 내 비위를 상하게 한 것을 나는 고백하지 않을 수 없다. 그와 그의 지혜에서 무슨 위안을 얻으리라 기대하지도 않았다. 나는 다만 그의 이야기를 듣고 그의 지혜가 쓸모없음을 보여줌으로써 그의 행복감과 낙천적 신앙을 공격할 생각이었다. 나는 그뿐만 아니라 누구에 대해서도 호의적인 기분이 아니었다.

그러나 선생은 내가 생각했던 것처럼 뽐내며 자기 교의에 틀어박혀 있지는 않았다. 그는 정말로 서러운 듯이 상냥하게 내 얼굴을 바라보며 우울하게 금발 머리를 흔들었다.

"자네는 병이 들었군."

그는 분명하게 말했다.

"아마 몸이 안 좋다면 곧 낫게 되겠지. 그러면 시골로 가서 잔뜩 일을 해야 하네. 그리고 고기를 먹어선 안 돼. 그런데 자네는 다른 고장이 있는 것 같군. 정신병이야."

"그럴까요?"

"그렇지. 자네는 유감스럽게도 지식인들 사이에서 매일같이 볼 수 있는 유행병에 걸렸네. 의사는 물론 그것에 대해서 아무것도 모르지. 그것은 패덕광(悖德狂)과 비슷하고 개인주의 또는 망상적 고독이라 불러도 좋겠지. 현대의 책들은 그런 내용으로 가득 차 있어. 자네 마음에도, 나는 고립해 있다, 어떠한 인간도 나와는 관계가 없다, 어떠한 인간도 나를 이해하지 못한다, 라는 망상이 스며든 거야. 그렇지 않나?"

"대체로 그렇습니다."

나는 놀라면서 시인했다.

"그것 보라고. 일단 이 병에 걸린 사람이 한두 번 실망을 하면, 이제 자신과 다른 사람들 사이에는 아무 관계도 없고 겨우 오해가 있을 뿐이며, 사실 사람들은 모두 절대적 고독 속에서 방황하고 있고 남에게 자기를 진실로 이해시킬 수는 없으며, 다른 사람과는 아무것도 나누거나 함께할 수가 없다고 믿어버리지. 그런 병자는 자부심이 생기면서 서로 이해하고 사랑할 수 있는 건전한 사람은 모두 어리석은 무리라고도 생각하게 된단 말이야. 이 병이 일반적으로 퍼지면 인류는 사멸할 수밖에 없을 거야. 그러나 이 병은 중부 유럽과 상류계급에서만 볼 수 있네. 젊은 사람의 경우에는 나을 수 있어. 오히려 심신 전환기인 청년기의 피할 수 없는 병이기도 하지."

그의 다소 반어적으로 들리는 강의조에 나는 약간 화가 났다. 내가 웃지도 않고 변명의 기색도 내보이지 않자, 그의 얼굴에는 서러운 듯한 친절한 표정이 되돌아왔다.

"실례했네."

그는 다정하게 말했다.

"자네는 그 병 자체이지, 그것의 유행적인 캐리커처는 아니네. 그러나 치료법은 있네. 나와 너 사이에 다리가 없다는 것은, 또 사람은 모두 고독하고 이해받지 못한 채 걷고 있다는 것은 망상이야. 그 반대로 각 개인이 저마다 갖고 그것으로 남에게서 자신을 구별하는 표준으로 삼고 있는 것보다는 사람들이 공통으로 가지고 있는 것이 훨씬 많고 또 중대한 거야."

"그럴지도 모릅니다."

나는 말했다.

"그러나 그걸 안다고 해서 무슨 소용이 있겠습니까? 나는 철학자가 아닙니다. 내 고뇌는 진리를 찾지 못한다는 데 있는 것이 아닙니다. 나는 현자나 사상가가 되고 싶지는 않습니다. 단지 더 만족하고 편안히 살고 싶을 뿐입니다."

"그럼 해보게나. 책을 읽는다거나 이론을 휘둘러서는 안 되네. 그러나 병이 든 이상 의사를 믿지 않으면 안 돼. 그렇게 해보겠는가?"

"기꺼이 해보겠습니다."

"좋아. 혹 자네가 육체적 병이 들었고 의사는 자네에게 온천욕을 하거나 약을 먹거나 바닷가로 갈 것을 권한다면, 자네는 아마도 이러한 수단들이 왜 병에 좋은지도 모르면서 일단은 해보고 지키겠지. 내가 자네에게 권하는 것도 그렇게 생각하고 해보게나. 자기 자신보다는 다른 사람을 더 많이 생각하도록 잠시 수양해보게! 그것이 병을 낫게 하는 유일한 길이네."

"그렇지만 어떻게 그럴 수 있나요? 누구든지 먼저 자기 자신부터 생각할 겁니다."

"그걸 이겨내야 하네. 자기 행복에 대해서 어느 정도 무관심하지 않으면 안 되지. 나는 상관없다는 마음을 품을 줄 알아야 하네. 거기에 도움이 되는 수단은 단 하나뿐이야. 자네는 자신의 행복보다는 상대방의 행복이 더 중대하다고 할 정도로 누군가를 사랑하는 수업을 해야 하네. 그렇다고 연애를 하라는 말은 아니야! 그 반대지!"

"알겠습니다. 그런데 도대체 누구한테 시험해보아야 할까요?"

"가까이에 있는 친구나 친척들부터 시작하게. 우선 어머니가 계시지. 어머니는 많은 것을 잃었고, 이제 외로울 거야. 위안이 필요하지. 어머니를 돌봐드리고 스스로 어머니에게 보람이 되도록 노력해보게."

"어머니와 저는 서로를 이해하지 못하고 있습니다. 그건 어려울 것 같아요."

"하기야 자네의 좋은 의지가 그 이상 미치지 않는다면 물론 안 되겠지! 그러나 이해받지 못한다는 것은 진부한 구실에 지나지 않네. 누구누구가 나를 잘 이해하지 않는다든가, 나를 정당하게 대하지 않는다든가 하는 생각을 해서는 안 되네. 우선 자기편에서 다른 사람을 이해하고 기쁘게 하며 올바로 대하도록 해야 하네! 그렇게 해보게, 어머님부터! 자기 자신에게 타이르게. 어떻든 생활은 즐겁지 않다, 그렇다면 이 방법을 써보면 안 될 이유가 뭐란 말인가. 자네는 자네 생활에 대한 애착을 잃어버렸어. 그러니 사양 말고, 무거운 짐을 지고 약간의 안락함을 단념해보게."

"해보겠습니다. 옳은 말씀입니다. 무엇을 하든 같은 일입니다. 선생님이 권하는 것을 왜 하지 않겠습니까?"

그의 말이 나를 감동하게 하고 놀라게 한 까닭은, 내가 아버지와 마지막으로 이야기를 나눌 때 아버지가 처세 철학으로 내세운 것과 일치했기 때문이다. 즉 남을 위해 생활한다는 것, 자기 자신을 과히 중대시하지 않는다. 이 가르침은 직접적으로 내 기분에 거슬렸고, 교리문답이나 견진성사(堅振聖事)를 받는 소년이나 소녀에게 과하는 성서 강독 같은 맛이 약간 있었다. 그런 생각이 들자, 건강한 젊은이라면 누구나 그러하듯 나도 싫증과 경멸감을 느꼈다. 그러나 결국은 의견이나 세계관의 문제가 아니라, 괴로운 생활을 견디기 쉽게 하기 위한 전적으로 실제적인 시도가 문제였다. 나는 그것을 해보겠다고 마음먹었다.

야릇한 기분으로 나는 선생의 눈을 바라보았다. 나는 이 사람의 말을 한 번도 참말로 진지하게 받아들인 적이 없는데, 지금은 충고자로서뿐만 아니라 의사로서 인정하고 있었다. 사실 그는 자신이 내게 권한 그 사랑의 얼마간을 가지고 있는 것 같았다. 그는 내 고뇌를 나누어 갖고, 진정으로 내가 잘되기를 바라는 것 같았다. 그렇지 않아도 내 마음은 이미 나 자신에게 다시 다른 사람들처럼 살고 호흡할 수 있으려면 무리한 치료가 필요하다고 말하고 있었다. 나는 산속에서 보내는 길고도 고독한 생활이나 격한 일을 생각하기도 했지만, 아무튼 내 경험이나 지혜가 바닥 나 있었기에 충고자의 말을 따르기로 했다.

내가 어머니에게, 어머니를 혼자 있게 하고 싶지 않다, 내게로 옮겨서 함께 살았으면 좋겠다고 털어놓았더니, 어머니는 슬픈 듯이 머리를 가로저었다.

"무슨 생각을 그렇게 하니!"

어머니는 거절했다.

"그렇게 간단한 게 아니야. 나한테는 내 오랜 습관이 있어서 새로 시작할 수가 없어. 너는 자유로워야 하니까, 나 같은 것이 매달려서는 안 되지."

"한번 해볼 수는 있겠지요."

나는 제의했다.

"아마도 어머니가 생각하는 것보다는 쉽게 될 겁니다."

처음에는 골똘히 생각하거나 절망할 여지도 없을 만큼 일이 많았다. 우선 집이 있고, 채권과 채무가 따르는 사업이 있었다. 장부와 계산이 있고, 대출과 차입이 있었다. 이것들을 어떻게 하는가가 문제였다. 나는 물론 처음부터 모두 팔아버릴 생각이었으나, 그렇게 간단하게는 되지 않았다. 어머니도 옛집에 집착했고, 여러 가지 지장이나 어려움이 있기는 하나 아버지의 유언도 따르지 않으면 안 되었다. 예의 경리와 공증인 한 사람이 도와주었다. 의논, 돈과 채무에 관한 서신 교환, 계획과 실망 속에 몇 날 몇 주가 지나갔다. 이윽고 나는 많은 계산서와 관청 서식에 완전히 손을 들어버리고,

공증인에게 변호사 한 사람을 더 붙여서 그들에게 정리를 맡기고 말았다.

그 때문에 어머니를 돌보지 못하는 수가 많았다. 나는 어머니가 마음 편히 지내게 하려고 애썼다. 사업에 관한 일은 일절 멀리하고, 책을 읽어주거나 함께 마차로 산책을 하곤 했다. 이것저것 모두 팽개치고 달아나고 싶은 생각을 억누르느라 무진 애를 써야 할 때도 많았다. 그러나 그런 생각을 수치스럽게 여기는 마음과, 어떻게 되어갈 것인가 하는 일종의 호기심이 나를 만류했다.

어머니는 고인만 생각하고 있었다. 그러나 그 슬픔은 전적으로 하찮고 여자다운, 나로서는 서름하고 때로 시시해 보이는 점에 나타났다. 처음에 나는 식사 때 아버지 자리에 앉게 되었으나, 얼마 후에 어머니는 아무래도 내가 거기에 안 어울린다고 생각하게 되었으므로 그 자리는 비워둘 수밖에 없었다. 때로는 아무리 아버지 이야기를 해도 만족하지 않는 것 같았으나, 때로는 내가 아버지의 이름만 불러도 어머니는 말없이 괴로운 듯 내 얼굴을 쳐다보았다. 무엇보다도 내게는 음악이 부족했다. 한 시간쯤 바이올린을 켤 수만 있다면 나는 어떤 대가라도 치렀을 것이다. 몇 주일이 지난 후에 비로소 바이올린을 켤 수 있었다. 그때도 어머니는 한숨을 쉬면서 도리에 어긋나는 일이라고 여겼다. 나와 내 생활을 어머니에게 이해시키고 어머니와 친해지려는, 내 마음 내키지 않는 노력에도 어머니는 응하지 않았다.

그래서 나는 자주 괴로워하면서 단념하려 했으나, 되풀이하여 나 자신을 억누르며 반응이 없는 나날에 순응해갔다. 나 자신의 생활은 등한시되고 있었다. 다만 드물게 꿈속에서 게르트루트의 목소리가 들린다든가 공허한 순간 내 오페라 선율이 저절로 머리에 떠오르면, 지나간 일이 희미하게 울려왔다. 내가 R시에 있는 집을 정리하고 짐을 꾸리려고 가보니, 그곳의 일들은 모두 몇 년이나 멀리 흘러간 듯했다. 나는 타이저만 찾아갔다. 그는 성실하게 나를 도와주었다. 게르트루트에 대해서는 일부러 아무것도 물어보지 않았다.

어머니의 서름하고 체념한 듯한 태도는 날이 감에 따라 더욱더 나를 압박했다. 나는 그 점에 대해 차차 남몰래 정식 투쟁을 시작하지 않으면 안 되었다. 어머니의 희망과 나에 대한 불만을 말해달라고 털어놓고 부탁하자, 어머니는 슬픈 듯이 웃고 내 손을 어루만지며 "가만 내버려둬! 나는 이제 늙은이니까"라고 말했다. 그래서 나는 혼자 힘으로 연구하기 시작했고, 그러면서 경리나 사환에게 물어보는 것도 꺼리지 않았다.

그리하여 갖가지 일을 알게 되었다. 요점은 다음과 같았다. 어머니에게는 시내에 사촌뻘인 친한 친구가 단 한 사람 있었다. 그녀는 노처녀로 교제 같은 것은 거의 안 했으나, 내 어머니와는 매우 친밀한 우정을 맺고 있었다. 이 슈니벨 양은 이미 내 아버지를 싫어했었고, 나에 대해서도 심한 반감을 품어 최근에는 우리 집에 발걸음도 들이지 않았다. 어머니는 아버지보다 당신이 더 오래 살게 되면 그녀를 데리고 오겠다는 약속을 하고 있었다. 그녀는 이 희망이 내가 주저앉음으로써 물거품이 되었다고 여겼다. 그런 사실을 차차 알게 된 나는 노부인을 방문해 그녀의 마음에 들어보려고 노력했다. 별스러운 언행이나 자잘한 음모를 다루는 일이 나로서는 신기했으며, 유쾌하기까지 했다. 나는 슈니벨 양을 집으로 데리고 오는 데 성공했다. 그 일에 대해서 어머니가 내게 고마워한다는 것을 알 수 있었다. 물론 두 사람은 옛집을 팔려는 내 희망을 저지하고자 힘을 합쳤고, 그 노력은 실제로 성공했다. 슈니벨 양의 이번 목표는 집안에서 내 자리를 차지하고, 오랫동안 동경해왔으면서도 나 때문에 방해받고 있는 포근한 은거의 자리를 확보하는 것이었다. 그녀에게나 나에게도 타협할 여지가 충분했는데도 그녀는 자기와 나란히 주인이 있는 것을 원하지 않았기에 이사해 들어오기를 거부했다. 그 대신 부지런히 찾아와서는 갖가지 소소한 일에서 내 어머니에게 자기는 없어서는 안 될 존재로 만들어가고, 나를 외교상의 위험한 대국처럼 다루었다. 그리고 가정 고문의 지위를 차지했다. 나도 그 권리를 다툴 수는 없었다.

불쌍한 어머니는 그녀 편도 내 편도 들지 않았다. 어머니는 지쳐 있었고, 생활의 변화 때문에 몹시 괴로워했다. 아버지가 없다는 점이 어머니에게 얼마나 큰 타격인가 하는 것을 나는 서서히 겨우 알게 되었다. 언젠가 방을 지나가다가, 거기에 있는 줄도 몰랐던 어머니가 옷장 옆에서 뭔가 하고 있는 모습을 보았다. 내가 들어서자 어머니는 깜짝 놀랐다. 나는 급히 지나가버렸으나, 어머니가 고인의 옷을 매만지고 있음을 알 수 있었다. 나중에 보니 어머니는 눈이 빨갛게 되어 있었다.

여름이 오자 새로운 투쟁이 시작되었다. 나는 이번에 어머니와 함께 여행을 떠날 생각이었다. 여행을 하는 동안 어머니의 원기를 북돋우고, 어머니에 대한 내 영향력도 늘리려고 마음먹었다. 어머니는 여행하겠다는 기색을 거의 보이지 않았으나, 반대도 하지 않았다. 슈니벨 양은 그만큼 열심히 어머니는 집에 남고 나 혼자 여행하도록 개입했다. 그러나 나는 이 일에서만큼은 결코 양보하지 않을 생각이었으며, 여행에 커다란 기대를 걸고 있었다. 오래된 집 안에서 안절부절못하고 괴로워하고 있는 가엾은 어머니와 함께 있는 것이 견딜 수가 없었다. 다른 곳으로 가면 어머니를 더욱 잘 보살피고, 내 생각이나 기분을 더욱 잘 억누를 수 있을 것 같았다.

그래서 6월 말경 여행 계획이 관철되었다. 우리는 짧은 일정으로 돌아, 콘스탄츠와 취리히를 보고 브뤼니히 고개를 넘어서 베른 고지로 향했다. 어머니는 말없이 지친 모습으로 여행을 견뎠으며, 성가신 듯 보였다. 인터라켄에서 어머니는 잠을 잘 수 없다고 호소하기 시작했지만, 그린델발트에 가면 서로 쉴 수 있으므로 거기까지 함께 가자고 설득했다. 이 바보스럽고 즐겁지도 않은 끝없는 여행 기간 내내 나는 내 불행에서 벗어날 길이 없음을 충분히 깨달았다. 아름다운 초록색 호수에 훌륭한 옛 도시가 비치고, 산들이 희고 푸르게 치솟아 있으며, 청록색 빙하가 햇빛을 받아 반짝거렸다. 그러나 우리는 이 모두를 말없이 싱겁게 지나쳤고, 이 모두 앞에 부끄럽기 짝이 없었다. 모든 것이 다만 괴롭고 피로할 뿐이었다. 산책을 하고, 산을 우러르며 가볍게 감미로운 공기를 숨 쉬고, 산속 목장에서 들려오는 암소의 방울 소리를 들으며 "아름답군!" 하고 말은 했지만, 서로의 눈을 바라보는 일은 없었다.

우리는 그린델발트에서 일주일을 참아냈다. 어느 날 아침 어머니가 드디어 말했다.

"얘야, 아무 소용도 없겠다, 돌아가자꾸나. 하룻밤 푹 잤으면 좋겠어. 병들어 죽는다면 집에서 죽고 싶다."

나는 묵묵히 가방을 챙겼다. 마음속으로는 어머니가 옳다고 생각하면서 올 때보다도 더 빨리 함께 돌아갔다. 그러나 나는 고향으로 돌아간다기보다 감옥으로 돌아가는 것 같았다. 어머니도 희미하게 만족한 뜻을 보였을 뿐이다.

돌아온 날 저녁에 나는 어머니에게 말했다.

"저 혼자 여행을 떠나면 어떻겠습니까? 다시 R시로 갈 생각입니다. 제가 어머니 곁에 머물러서 무슨 도움이 된다면 기꺼이 이곳에 있겠습니다. 그러나 우리 두 사람 다 병들어 있고, 즐겁지도 않고, 늘 서로 병을 옮기고 있을 뿐입니다. 친구분을 집으로 데리고 오십시오. 그분이 저보다는 더 위안이 될 겁니다."

어머니는 언제나처럼 내 손을 잡고 가만히 어루만졌다. 그리고 고개를 끄덕이고는 웃으며 내 얼굴을 바라보았다. 그 웃음은 분명히 "그래, 가려무나!"라고 말하고 있었다.

좋은 뜻으로 열심히 노력했지만, 어머니와 나를 몇 달 동안이나 괴롭히고 어머니와의 관계를 한층 더 멀어지게 한 데 지나지 않았다. 함께 살기는 했지만 우리는 저마다 혼자 짐을 질 뿐 나누어 갖지는 않았다. 저마다 자신의 고뇌와 병에 더 깊이 잠겼을 뿐이다. 내 노력은 아무런 효과도 없었다. 내가 나가고 슈니벨 양에게 자리를 내주는 수밖에 다른 도리가 없었다.

나는 실제로 당장 그대로 실행했다. 달리 아는 곳이 없었기에 다시 R시로 돌아갔다. 떠날 때 이제 내게는 고향이 없다는 것을 자각했다. 태어나 유년 시절을 보내고 아버지를 묻은 도시, 그곳도 이제는 나와 아무 관련이 없고 추억 말고는 내게 아무것도 요구하거나 줄 수 없었다. 작별할 때 나는 로에 선생에게 굳이 이야기를 하지는 않았지만, 결국 그의 처방은 효험이 없었다.

R시에서 내가 예전에 살던 방은 우연히도 아직 비어 있었다. 그 사실은 과거와의 연결을 끊고 내 운명에서 벗어나려 해도 아무 소용이 없다는 징조 같았다. 나는 같은 도시의 같은 집 같은 방에 다시 살게 되었다. 바이올린과 작곡 꾸러미를 풀었다. 모두가 예전 그대로였다. 다만 무오트는 뮌헨으로 갔고, 게르트루트는 무오트의 약혼자가 되어 있었다.

나는 오페라의 각 부분을 내 지난 생활의 파편인 양 손에 들고 어떻게 해보려고 했다. 그러나 내 얼어붙은 마음속에서 음악은 느릿느릿 움직일 뿐이었다. 내 모든 곡에 가사를 붙여주는 작가가 새로운 노래를 보내주었을 때야 비로소 음악이 눈을 떴다. 저녁이 되면 곧잘 이전의 불안이 가슴속에 일어 부끄러움과 수없이 많은 혼미의 빛을 안고 임토르 씨 집의 정원 주위를 헤맸는데, 그 무렵 그 노래가 도착했다. 가사는 다음과 같았다.

밤마다 남풍이 우짖고,
그 젖은 날개가 무겁게 팔딱거린다.
도요새가 공중에서 비틀거린다.
지금 잠자고 있는 것은 없고,
모두가 눈떠 있다.
봄이 부르고 있다.
이러한 밤에 나는 잠들지 못한다.
나의 가슴이 젊어온다.
추억의 푸른 깊이에서
청춘의 뜨거운 행복이 솟아올라

나의 얼굴을 가까이 보고는,
경악하여 달아나버린다.
고요하라, 고요하라, 나의 심장이여!
핏속에서 좁고 무섭게
정열이 솟아올라,
너를 옛 길로 이끌더라도.
너의 길은 이제
청춘의 옛날로 돌아가지 않는다.

이 시는 내 마음에 스며들고 울림과 생명을 불러일으켰다. 오랫동안 억제되어온 고통이 녹아서 쓰라리게 타오르며, 박자와 음으로 흘러들었다. 이 노래에서 출발해 나는 오페라의 잃었던 실마리를 다시 찾고, 오랜 황폐 끝에 다시 솟아나는 감정의 열띤 도취에 깊이 잠겨 들어갔다. 이제는 고통과 환희가 구별되지 않고, 영혼의 모든 열정과 원기가 유일한 수직의 불꽃을 이루어 타오르는 감정의 자유로운 정점에까지 올랐다.

새 노래를 적어서 타이저에게 보인 날 밤, 나는 새로운 작업에 대한 솟아나는 힘으로 가득 차 밤나무 가로수 길을 지나 집으로 돌아왔다. 지난 몇 개월이 다시 그 절망적인 공허감으로, 마치 가면 속의 눈처럼 나를 응시했다. 내 가슴은 강한 욕정으로 강렬히 고동쳤다. 그리고 왜 그 고뇌에서 벗어나려 했는가를 이해하려 들지 않았다. 게르트루트의 모습이 뚜렷하게 빛나며 먼지 속에서 일어났다. 나는 그 밝은 눈동자를 대담하게 들여다보고 온갖 고통을 향해 가슴을 활짝 열었다. 아, 그녀 때문에 괴로워하며 가시를 한층 더 깊이 상처 속으로 밀어 넣는 것은, 그녀에게서 멀어지고 내 참다운 생활에서 멀어져 멍하니 환상 같은 시간을 보내는 것보다 나은 일이었다. 옆으로 퍼져 있는 밤나무의 어둡고 무성한 가지 사이로 흑청색 하늘이 걸려 있고 별들이 총총히 박혀 있었다. 별들은 한결같이 엄숙하게 금빛으로 떠올라 넓은 세계를 향해 무심히 반짝거렸다. 별은 그러했다. 그리고 나무들은 봉오리와 꽃과 암술머리를 거리낌 없이 보이고 있었다. 설령 그것이 기쁨을, 또는 슬픔을 의미한다 해도 별이나 나무는 커다란 생활 의지에 몸을 맡기고 있었다. 하루살이는 죽음을 향해 흐늘흐늘 몰려갔다. 어떠한 생활에도 저마다의 빛과 아름다움이 있었다. 나는 한순간 그것을 들여다보았다. 그리고 그것을 이해하고 시인하며, 나 자신의 생활과 고뇌도 시인했다.

내 오페라는 가을 사이에 완성되었다. 그즈음 나는 어느 연주회에서 임토르 씨를 만났다. 그는 내가 거기 있는 줄 몰랐으므로 약간 놀란 듯했으나, 진심으로 나를 맞아주었다. 그는 내 아버지가 죽었고, 그 이후로 내가 고향에서 살고 있다는 소식을 들었을 뿐이다.

"게르트루트 양은 안녕하신지요?"

나는 되도록 차분히 물었다.

"네, 그거야 집에 와서 봐주십시오. 11월 초에 그 애가 결혼하게 되었습니다. 그때는 물론 당신을 기다리겠습니다."

"감사합니다, 임토르 씨. 무오트 군 소식은 없습니까?"

"그 사람도 잘 있습니다. 아시다시피 나는 이 결혼에 진심으로 동의하고 있지는 않습니다. 벌써 오래전부터 당신에게 무오트 씨에 대한 이야기를 한번 듣고 싶었습니다. 내가 아는 범위에서는 그 사람을 불평할 수 없지만, 실로 여러 가지 이야기를 듣습니다. 여자관계가 복잡했다는 그런 이야깁니다. 그런 일에 대해서 무슨 얘기든 들으신 게 없습니까?"

"없습니다, 임토르 씨. 그런 말을 해보았자 별것 아니지요. 따님은 풍문 따위로 결심을 바꾸지는 않을 겁니다. 무오트 군은 제 친구입니다. 그가 행복을 찾는다면, 그렇게 되기를 빌어주고 싶습니다."

"그렇겠지요. 조만간 다시 집으로 와주시겠습니까?"

"가겠습니다. 안녕히 가십시오, 임토르 씨."

그전의 나였다면 두 사람의 결합을 방해하기 위해 무슨 일이든 했을 것이다. 질투나 게르트루트가 다시 내게 기울지도 모른다는 희망 때문이 아니라, 결혼이 그들 두 사람의 행복이 되지 않는다는 것을 나는 확신하고 예감할 수 있을 것 같았기 때문이다. 또 스스로 자기 몸을 괴롭히는 무오트의 우울증과 정신 과민을, 그리고 게르트루트의 섬세함을 생각했기 때문이며, 마리온과 로테의 일이 아직도 내 기억에 뚜렷이 남아 있었기 때문이기도 하다.

그러나 이제는 생각이 달라졌다. 내 온 생명의 동요와, 반년에 걸친 내적 고독과, 청춘과의 결연한 이별이 나를 변하게 했다. 지금의 나는 다른 사람의 운명에 손을 내미는 것은 어리석고 위험한 일이라고 생각했다. 그리고 이런 유의 내 시도가 모두 실패해 몹시 창피해진 뒤라서, 내 솜씨가 능란하다거나 내가 남에게 도움이 되거나 물정에 밝다고 생각할 이유가 없었다. 지금도 나는 내 생활이든 남의 생활이든 어떻게 의식적으로 형성할 수 있는지 크게 의심하고 있다. 돈이나 명예나 훈장을 획득할 수는 있다. 그러나 행복 또는 불행을 자신이나 남을 위해서 획득할 수는 없으며, 다만 다가

오는 것을 받아들일 수 있을 뿐이다. 물론 여러 가지 다른 방법으로 받아들일 수는 있다. 나 자신에 대해서 말하자면, 더는 내 생활을 남향으로 옮기려는 무리한 시도를 할 생각이 없었고, 주어진 운명을 받아서 되도록 참으며 좋은 방향으로 돌리려고 생각했을 뿐이다.

설령 생활은 그런 성찰에 좌우되지 않고 그런 성찰을 가볍게 지나가버린다 해도, 진솔한 결심이나 사상은 그래도 마음속에 평화를 남기고 바꾸기 힘든 운명을 견디는 데 도움이 된다. 늦게나마 내가 느낀 바로는, 적어도 내가 인종하고 자신의 개인적 안부에 초연해질 것을 깨달은 뒤로 생활은 지금까지보다 부드러운 손길로 나를 안아주었다.

나는 그 후 얼마 지나지 않아, 아무리 바라고 애써도 손에 들어오지 않던 것이 때로 뜻하지 않게 스스로 찾아온다는 것을 내 어머니에게서 경험했다. 나는 매일 어머니에게 편지를 쓰고 있었는데, 얼마 전부터 답장이 오지 않았다. 어머니의 건강이 좋지 않다면 통지가 있으리라 생각해 별로 신경을 쓰지 않고 계속 편지를 보냈다. 내 안부에 대한 짧은 보고로서, 그때마다 슈니벨 양에 대한 다정한 인사도 덧붙였다.

그런데 그 인사는 최근 들어 전해지지 않고 있었다. 두 노부인은 만사가 너무 잘된 나머지, 그녀들의 소망이 실현된 것을 가만히 참고 견딜 수가 없게 되었다. 특히 슈니벨 양은 영광의 절정에 있었다. 그녀는 내가 떠나자 곧 의기양양하게 승리의 장소로 입성하여 우리 집에 거처를 정했다. 그렇게 해서 그녀는 오랜 친구인 사촌과 함께 살면서 번듯한 집에서 공동 여주인으로 몸을 녹이고 가습을 펼 수 있는 것을 다년간의 부자유를 견뎌내고 얻은 당연한 행복이라고 여겼다. 그러나 사치스러운 습관을 익히고 낭비를 시작했다는 것은 아니다. 그러기에는 그녀가 너무 오랫동안 거의 가난하다 할 만큼 궁색한 신세였다. 그녀가 지금까지보다 더 좋은 옷을 입거나 다른 아마포 위에서 잠을 잔 것도 아니었다. 오히려 그녀는 이제 처음으로 참다운 살림살이와 절약을 시작했다. 왜냐하면 그런 보람을 찾으며 절약할 것이 있었기 때문이다. 그러나 그녀가 단념하려 하지 않았던 것은 권력과 세력을 행사하는 일이었다. 두 하녀는 어머니에게와 마찬가지로 그녀의 명령에도 복종하지 않으면 안 되었다. 하인이나 직원이나 우편배달부에 대해서도 그녀는 주인처럼 행동하지 않고는 못 배겼다. 격렬한 욕망이란 실현된다고 해서 소멸되는 것이 아니므로, 그녀는 내 어머니가 양보할 수 없는 일에 대해서까지 지배욕을 차차 넓혀 나갔다. 그녀는 어머니를 찾아오는 손님과도 관계를 맺으려 했으며, 어머니가 그녀 없이 손님을 만나는 것도 허용하지 않았다. 또한 편지, 특히 내가 보낸 편지를 요점만 듣는 것으로 만족하지 않고 직접 읽으려 했다. 마침내 그녀는 집안의 여러 가지가 자기 생각대로 유지되고 배려되고 정리되어 있지 않다는 것을 발견했다. 특히 하인에 대한 감독이 충분히 엄중하지 않다고 생각했다. 하녀 하나가 저녁녘에 외출한다든가, 다른 하녀가 우편배달부와 너무 오래 이야기한다든가, 식모가 일요일에는 쉬게 해달라든가 하면, 그녀는 내 어머니의 관대한 태도를 엄하게 탓하고 올바른 살림살이에 대해서 길게 설교를 늘어놓았다. 뿐만 아니라 절약 규율이 자주 심하게 어겨지는 모습을 본다는 것은 그녀에게 심한 고통이었다. 벌써 다시 석탄을 들여놓았다느니, 식모의 계산서에 계란이 너무 많이 적혀 있다느니 하면서 그녀는 정색을 하고 열렬히 반대했다. 여기에서 두 노부인의 불화가 시작되었다.

지금까지의 일은 물론 어머니도 기꺼이 따를 수 있었다. 그렇다고 모든 일에 동의했던 것은 아니며, 상대의 태도를 좀 다른 것으로 생각하고 있던 모양이라 실망하는 일도 적지 않았다. 그러나 이제 오랜 세월에 걸친 신성한 가정의 관습이 위태로워지고, 하루하루의 안락과 가정의 평화가 침해되기 시작하는 터라 어머니는 더 억누를 수가 없어서 방어에 힘썼다. 물론 그 점에서 친구와 맞설 수는 없었다. 의논과 친구다운 하찮은 언쟁이 늘 벌어졌다. 식모가 그만두겠다고 나섰을 때 어머니가 여러 가지 약속, 아니, 거의 사죄를 해서 겨우 붙잡자, 집안의 권력 문제는 진짜 싸움이 되기 시작했다.

슈니벨 양은 자신의 지식이나 경험, 알뜰함, 여러 가지 경제적 장점을 자랑했지만, 이러한 자질을 누구도 고맙게 여기지 않는다는 것을 깨닫지 못했다. 그리고 자기에게 정당한 권리가 있음을 강하게 느끼고 있었으므로 지금까지의 가계 운영에 대한 비평과 어머니의 주부로서의 재간에 대한 비난, 가정 전체의 관습과 특색에 대한 동정적인 경멸감을 더는 덮어둘 수가 없었다. 그래서 어머니는 아버지를 예로 들어, 아버지의 관리와 방법으로 오랜 세월 동안 가정이 잘되어왔다며 자기변호를 했다. 아버지는 하찮은 일에 신경 쓰는 일이나 꼼꼼한 절약을 싫어하고, 하인들에게도 기꺼이 자유와 권리를 주고 하녀들의 언쟁이나 역정은 미워했다. 어머니도 이전에는 때로 아버지의 흠을 잡곤 했지만, 돌아가신 후로 아버지는 어머니에게 성자가 되었다. 어머니가 자기변호를 위해 아버지를 끌어내면, 가만히 있을 수 없는 슈니벨 양은 이미 훨씬 전부터 고인에 대한 의견을 갖고 말해왔다는 점을 날카롭게 상기시키고, 지금은 구습을 폐지하고 이성을 차려야 할 시기라고 말했다. 그러면서 슈니벨 양은 자기가 친구를 소중히 여겨 고인의 추억에 대해서는 언급을 피해왔지만, 상대방이 고인을 끌어낸다면 옛 주인이 가정의 여러 불합리한 일에 대한 책임이 있으며, 지금은 두 사람에게 자유행동이 허용되는데도 현 상태를 방임해도 좋다는 이유를 알 수 없음을 고백하지 않을 수 없다고 말했다.

어머니로서는 따귀를 얻어맞은 것과 같았다. 사촌의 이러한 태도를 어머니는 잊을 수 없었다. 예전에는 때로 친밀한 사촌과 이야기를 나누며 하소연하거나 남편을 흉보는 일이 어머니 자신도 바라던 바고 즐거움이기도 했다. 그러나 이제는 남편의 성화된 모습에 조금의 그늘을 지우는 것도 참을 수가 없었다. 그리고 집안 혁명의 시작은 방해일 뿐만 아니라, 무엇보다도 고인에게 죄를 짓는 일이라고 느끼기 시작했다.

나도 모르는 사이에 사태는 거기까지 가 있었다. 지금 비로소 어머니의 편지가 조심스럽고 신중하게 이 새장 속의 불화를 알려왔을 때 나는 웃지 않을 수 없었다. 다음 편지에서 나는 그녀에 대한 인사는 생략했지만, 그 사건에 개입하지는 않았다. 여자끼리 잘 해결하리라고 생각했다. 또한 내게는 그동안 훨씬 긴요한 일이 일어났다.

10월이 되었다. 게르트루트의 결혼이 다가오고 있다는 생각이 내 머릿속에서 떠나지 않았다. 나는 이제 그녀의 집을 찾아가지도 않고, 그녀를 만나지도 않았다. 결혼식이 끝나 그녀가 떠나면 그녀의 부친과 다시 교제를 시작할 생각이었다. 동시에 세월이 지나면 그녀와 나 사이에 허물없는 좋은 관계를 다시 시작해볼 생각이었다. 우리는 과거를 간단히 말살해버리기에는 너무 가깝게 지내왔다. 아직은 만날 용기가 없었다. 만나자고 했다면 아마 그녀가 피하지는 않았을 것이다.

그러던 어느 날, 귀에 익은 노크 소리가 들렸다. 두근거리는 가슴을 안고 벌떡 일어나서 문을 열자, 하인리히 무오트가 서서 내게 손을 내밀었다.

"무오트!"

나는 소리치며 그 손을 굳게 잡았다. 그의 눈을 바라보자 가슴속에서는 모든 일이 되살아나 괴로워졌다. 그 편지가, 그의 책상에 놓여 있던 게르트루트의 필체로 된 편지가 다시 눈앞에 떠올랐다. 그녀에게 작별을 고하고 죽음을 선택하려던 내 모습이 다시 떠올랐다. 그는 우뚝 선 채 살피듯이 나를 바라보았다. 약간 살이 빠졌지만, 여전히 헌칠하고 당당했다.

"자네가 올 줄은 몰랐어."

나는 나직이 말했다.

"그래? 자네가 게르트루트를 다시 찾지 않는다는 건 알고 있어. 어떻든…… 그 일에 대해서는 일절 언급하지 않기로 하지! 자네가 어떻게 지내고 있는지, 자네 작업은 어떻게 돼가는지 보러 왔어. 오페라는 어떻게 되었나?"

"다 되었네. 그것보다 게르트루트는 안녕한가?"

"별고 없어. 곧 결혼식을 올릴 걸세."

"알고 있네."

"그래. 불원간 그녀를 한번 방문하지 않겠나?"

"좀 더 미루지. 자네한테 가서 그녀가 행복할지 어떨지 봐야지."

"험……."

"하인리히, 실례의 말이지만, 자네에게 학대받고 얻어맞던 로테의 일을 때때로 생각하지 않을 수 없어."

"로테 이야기는 그만두게! 그녀가 얻어맞은 건 당연한 일이야. 맞고 싶지 않은 여자는 얻어맞지 않는 법이거든."

"그렇군. 그럼 오페라 얘기인데, 우선 어디로 가지고 가야 할지 전연 알 수가 없단 말이야. 좋은 무대라야 하겠는데, 그런 걸 받아줄지 어떨지."

"문제없어. 거기에 대해서 자네와 얘기할 생각이었네. 뮌헨으로 가지고 가게! 틀림없이 받아줄 거야. 자네한테 흥미를 가지고 있어. 필요하다면 나도 나서겠네. 내 역을 다른 사람이 먼저 부르게 하고 싶지는 않거든."

고마운 일이었다. 나는 기꺼이 승낙하고, 곧 사본을 만들어주겠다고 약속했다. 우리는 세세한 점을 서로 상의하고, 마치 생사가 걸린 일이기라도 한 듯 괴롭게 이야기를 계속했다. 그러나 사실은 시간을 보내고, 우리 사이에 벌어져 있는 틈에 대해 눈을 감으려 하고 있는 데 지나지 않았다. 무오트가 먼저 그 굴레를 깨뜨리며 말했다.

"자네가 나를 임토르 씨의 집으로 데리고 갔던 때를 기억하나? 1년이 되었군."

"아직도 기억하고 있어."

나는 말했다.

"상기시켜줄 필요는 없어. 그런 일이라면 돌아가주게."

"아냐. 그럼 아직도 기억하고 있군. 그때 이미 자네가 그녀를 사랑하고 있었다면, 왜 내게 한마디도 하지 않았나? 왜 말하지 않았나? 그녀에게 손대지 말라고, 맡겨두라고! 그 말로 충분했을 텐데. 눈치만 줬어도 나는 이해했을 거야."

"그렇게 해서는 안 되었네."

"안 되었다니? 왜? 시기를 놓칠 때까지 말없이 방관하라고 자네한테 누가 명령이라도 했나?"

"그녀가 나를 좋아하고 있는지 어떤지 몰랐던 거야. 좋아하고 있었다 해도…… 자네를 더 좋아했다면 나로서는 하는 수 없었지."

"자네는 어린아이야! 그녀는 자네와 함께 있는 편이 아마도 더 행복했을 텐데! 누구에게나 여자를 자기 것으로 할 권리가 있는 법이야. 처음에 한마디만이라도, 눈짓이라도 해주었다면 내가 접근하지 않았을 텐데. 나중에는 물론 때가 늦었지만 말이야."

이 대답이 나에게는 고통스러웠다.

"나는 그렇게 생각지 않아."

나는 말했다.

"자네는 만족하고 있겠지, 안 그래? 그렇다면 나를 상관하지 말아줘! 그녀에게 인사를 전해주게. 뮌헨으로 방문하겠네."

"결혼식에 오지 않겠나?"

"가지 않겠네, 무오트. 취미가 고약하군. 그런데…… 교회에서 식을 올리나?"

"물론이지. 대성당에서 할 거야."

"그거 잘되었군. 그때를 위해 준비한 게 있어. 오르간 전주곡이야. 걱정할 것 없어. 아주 짧으니까."

"자네는 정말로 사랑스러운 친구야! 그런데도 이렇게 불운을 안기고 말다니!"

"자네로서는 운이 좋은 거야, 무오트!"

"아니, 싸우지는 말자. 이제 가야겠어. 아직 사야 할 물건이 많아. 오페라는 곧 보내주겠지? 나한테 보내주면 내가 윗사람에게 가지고 가겠네. 참, 결혼식 전에 다시 한번 둘이서 하루 저녁을 보내자고. 내일은 어때? ……좋지? 그럼 가네!"

그리하여 나는 다시 이전의 세계로 되돌아가, 수없이 되새겨진 생각과 수없이 겪은 괴로움 가운데 하룻밤을 지냈다. 이튿날 나는 친분 있는 오르간 연주자를 찾아가서 무오트의 결혼식 때 내 전주곡을 맡아달라고 부탁했다. 오후에는 타이저와 마지막으로 전주곡을 검토했고, 저녁녘에는 하인리히의 숙소에 도착했다.

난로를 때고 촛불을 밝힌 방이 우리를 위해 준비되어 있었다. 거기에 꽃과 은식기가 놓인 하얀 식탁. 무오트는 벌써 나를 기다리고 있었다.

"자, 친구."

그는 말했다.

"이별을 축하하자. 자네가 아니라 나를 위해서. 게르트루트가 안부를 전하더군. 오늘은 그녀의 건강을 위해 마시자."

우리는 잔이 넘치도록 술을 따라 말없이 다 마셨다.

"그럼 이번에는 우리 자기 일만 생각하자. 청춘은 끝나려 하고 있어. 자네는 그렇게 느끼지 않는가? 청춘은 인생의 가장 아름다운 것이라고들 해. 그렇게 인기 있는 격언이 다 그렇듯이, 그 말도 환상이기를 나는 바라네. 지금부터 오는 것이 최상이어야 해. 그렇지 않다면 모두 노력할 가치가 없게 돼. 자네의 오페라가 상연되었을 때 이 이야기를 계속하지."

우리는 유쾌하게 음식을 먹고, 독한 라인 포도주를 마셨다. 그러고 나서 여송연과 샴페인을 들고 구석의 푹신한 소파에 기대앉았다. 나 자신에게나 그에게도 한동안 그리운 옛날과, 계획을 세우고 잡담을 나누는 흥겨운 기쁨이 되살아났다. 우리는 서로 불안이 없는, 깊은 생각을 담은 정직한 눈을 마주하고 둘 다 만족했다. 하인리히는 그럴 때면 평소보다 다정하고 상냥하며 그러한 기쁨이 쉽게 사라진다는 것을 분명히 알고 있었기에 그 기분이 생생하게 유지되는 동안에는 주의 깊게 보살피듯 그것을 단단히 손에 쥐고 있었다. 그는 웃으며 뮌헨에서의 일과 무대에서 일어난 하찮은 일들을 나직이 이야기하고, 인간의 상황을 간단한 말로 묘사하는 옛날 그대로의 섬세한 기교를 보였다.

이렇게 그가 자신의 지휘자나 장인이나 다른 사람들의 특징을 가볍고 날카롭게, 그리고 악의 없이 표현한 뒤에 나는 그에게 건배를 하고 나서 물었다.

"그런데 자네는 나에 대해서는 뭐라고 하겠어? 나 같은 종류의 인간에게도 들어맞는 공식을 자네는 갖고 있나?"

"암, 있지."

그는 천천히 고개를 끄덕이며 검은 눈을 내게로 돌렸다.

"자네는 결국 예술가 유형이야. 예술가란 속인이 생각하듯 단지 넘쳐나는 감흥에서 때때로 예술품을 뽑아내는 유쾌한 신사가 아니라, 유감스럽게도 대개는 쓸데없는 것을 너무 많이 품고 있어서 질식할 듯하므로 뭔가 토해내지 않을 수 없는 불쌍한 인간이란 말이야. 행복한 예술가라는 건 거짓말이야. 그러한 말은 속인의 잠꼬대지. 쾌활한 모차르트는 샴페인으로 원기를 북돋운 대신, 빵이 없어 고통을 당했어. 왜 베토벤이 젊을 때 자살하지 않고 그처럼 훌륭한 작품을 썼는지는 아무도 모르는 거야. 훌륭한 예술가는 생활에서는 불행한 거야. 예술가가 배고파서 자기 주머니를 열어보면, 안에 든 것은 언제나 진주뿐이야."

"그렇지. 약간의 기쁨이나 따뜻함이나 아늑함을 바랄 때, 오페라나 삼중주 같은 게 한 다스나 있다 해도 대단한 도움이 되지는 않지."

"옳은 말이야. 그러니 친구가 있으면 함께 포도주를 마시며 한때를 보내고, 이 기묘한 인생에 대한 죄 없는 잡담이나 하는 것이 사실은 사람이 가질 수 있는 최고의 것이야. 분명히 그럴 걸세. 우리는 그걸 가졌음을 기뻐하지 않으면 안 돼. 불쌍한 사나이가 아무리 오랫동안 아름다운 꽃불을 만들어봐야, 그 기쁨이란 1분도 지속되지 않는 거야! 그러니까 기쁨과 마음의 안정과 가책이 없는 양심을 아껴서 간혹 있는 아름다운 때를 위해 준비해둬야 해. 건배, 친구여!"

마음속으로는 그의 철학에 전혀 공감하지 않았으나, 그것이 무슨 문제가 되겠는가? 잃어야만 하는가 하고 두려워하던 친구, 사실은 이제 의지할 수 없게 된 친구와 이렇게 하룻밤을 지내는 것은 흐뭇한 일이었다. 아직 멀리 떨어져 있는 것은 아니지만, 이미 나는 내 청춘을 둘러싸고 있는 과거를 향해 명상에 잠기며 인사를 보냈다. 청춘의 경솔함과 천진스러움은 이제 다시 돌아올 수 없는 것이다.

적당한 때에 일어섰다. 무오트는 내 집까지 함께 가겠다고 일어섰지만 나는 오지 못하게 했다. 그가 나와 함께 걷는 것을 좋아하지 않음을, 내가 절름거리며 느릿느릿 걷는 것이 그에게는 성가시며 짜증 나는 일이라는 것을 나는 알고 있었다. 그는 희생을 할 수 없는 사람이었고, 그렇게 작은 희생이 때로는 가장 곤란한 희생이었다.

나는 내 오르간 소곡 덕분에 기뻤다. 그것은 일종의 서곡으로, 내게는 과거에서의 이탈이고, 신혼부부에 대한 감사와 축하이며, 그녀와 그에 대한 내 우정의 여운이기도 했다.

결혼식 날 나는 일찍 교회로 가서 몰래 파이프오르간 옆에서 식을 내려다보았다. 오르간 연주자가 내 소곡을 연주하자 게르트루트는 얼굴을 들고 신랑에게 고개를 끄덕였다. 나는 최근에 쭉 그녀를 만나지 않았다. 흰 드레스를 입은 그녀는 한층 더 크고 날씬해 보였다. 꼿꼿한 자세로 자랑스러운 듯 걸어가는 남편과 나란히 음악에 맞춰, 꽃으로 장식된 좁은 길을 따라 우아하고 엄숙하게 제단 쪽으로 나아갔다. 무오트 대신 몸이 굽은 불구자인 내가 그 엄숙한 길을 걸었더라면, 저만큼 멋있고 장려해 보이지는 않았을 것이다.

7

친구의 결혼을 오래 생각하지 않도록, 내 관심과 소망과 자학이 그쪽으로 향하지 않도록 운명은 이미 배려되어 있었다.

그 무렵 나는 어머니의 일은 별로 생각 안 하고 있었다. 어머니의 최근 편지로 집안이 안락하거나 평화롭지 못한 상태라는 것은 알고 있었다. 그러나 노부인들의 싸움에 간섭할 이유나 흥미도 없었으므로, 다소 재미있게 생각하며 내 의견이 미치지 못하는 한 가지 사실로 내버려두었다. 그 뒤로 한동안 편지를 보내도 답장이 없었고, 나는 오페라 사본을 작성하고 교정하느라 바빠서 슈니벨 양에 대해 생각할 겨를이 없었다.

그때 어머니한테 편지가 왔다. 편지는 보통이 넘는 길이로 이미 나를 놀라게 했는데, 과연 어머니의 동거인에 대한 통렬한 고발장이었다. 그 편지를 읽고 나는 어머니 가정과 마음의 평화를 뒤흔든 노처녀의 부당한 행위를 상세히 알게 되었다. 그런 내용을 쓴다는 것은 어머니에게 고통이었다. 어머니는 품위와 신중함을 잃지 않고 썼지만, 한마디로 오랜 친구인 사촌에게 맛본 실망의 구구한 고백이었다. 어머니는 나와 돌아가신 아버지가 가졌던 슈니벨 양에 대한 반감을 전적으로 긍정하고, 내가 아직 원한다면 집을 팔고 거주지를 옮길 생각이었다. 더구나 그 모두가 단지 슈니벨 양에게서 벗어나기 위해서였다.

> 네가 직접 와주었으면 한다. 루치에는 이미 내 생각과 계획을 알고 있단다. 그 점에는 매우 민감하거든. 그러나 우리 사이가 틀어질 대로 틀어져 나로서는 바른 형태로 필요한 말을 할 수가 없을 것 같구나. 나는 다시 혼자 있고 싶고 당신이 있어주지 않아도 좋다고 암시해도, 그 사람은 이해하려 들지 않는구나. 나는 드러내놓고 싸우고 싶지 않다. 내가 직접 그 사람에게 나가달라고 말한다면 아마 소리를 지르며 완강히 거부할 거야. 그러니까 네가 와서 처리해주면 좋을 것 같구나. 나는 소란을 피우고 싶지 않으며, 그 사람에게도 손해를 끼쳐서는 안 된단다. 그렇지만 단호하게 이야기는 해줘야겠구나.

어머니의 소원이라면 나는 용이라도 때려잡을 각오를 했을 것이다. 나는 기꺼이 여장을 꾸려 집으로 돌아갔다. 나의 옛집에 들어서자, 새로운 정신이 집안을 지배하고 있음을 곧 깨달았다. 특히 크고 아늑한 방 안이 언짢고, 불쾌하고, 우울하고, 초라해 보였다. 모든 것이 애써 감시되고 소중히 다뤄지고 있는 듯했다. 오래된 단단한 마루에는 바닥을 아끼고 걸레질을 줄여보기 위해 값싸고 보기 흉한 천으로 만든 길고 까만 헝겊이 '양탄자'랍시고 깔려 있었다. 오랫동안 사용되지 않고 응접실에 놓여 있던 낡고 네모진 피아노에도 똑같은 덮개가 덮여 있었다. 나를 맞기 위해 어머니는 차와 과자를 준비하고 모든 것을 얼마간 기분 좋게 해두기는 했으나, 역시 노처녀의 공기와 나프탈렌 냄새는 씻을 수가 없었다. 그래서 나는 들어가자 곧 어머니에게 웃어 보이고는 코를 찡그렸다. 어머니는 그 이유를 금세 이해했다.

자리를 잡자마자 용이 아닌 수다쟁이가 들어왔다. 그녀는 양탄자를 밟고 내게 달려와서, 경의를 표할 것을 요구했다. 나는 아낌없이 경의를 표하고 자상하게 안부를 물은 다음, 그녀의 습관이 되어 있는 쾌적함을 충분히 만족시켜주지 못하는 낡은 집에 대해서 변명을 했다. 그녀는 어머니를 완전히 무시하고 주부 역할을 맡아서, 차 시중을 들고 내 인사에 열심히 대답하며 아양을 떠는 것 같았으나, 내 지나친 친절이 오히려 더 불안하고 의심스러운 것 같았다. 그녀는 배반의 낌새를 느꼈으나, 내 사근사근한 어조에 응해 어쩔 수 없이 자신이 아는 약간 예스럽고 점잖은 인사말을 모두 늘어놓지 않을 수 없었다. 서로 공손하게 경의를 표하는 사이에 밤이 되었다. 우리는 진심으로 공손히 밤 인사를 하고는 구식 외교관처럼 헤어졌다. 그러나 그 요괴는 달콤한 인사말을 들었는데도 그날 밤 거의 잠을 이루지 못한 것 같았다. 반면 나는 만족하여 편안히 잤다. 가엾은 어머니도 노여움과 슬픔으로 며칠 밤을 지내다가 처음으로 자기 집에서 온전한 주부로서의 느낌을 간직하고 잠을 이룬 모양이었다.

다음 날 아침 식사 때도 똑같이 고상한 언어유희가 시작되었다.

전날 밤에는 긴장해서 그냥 조용히 듣고만 있던 어머니가 이번에는 자진해서 끼어들었다. 우리는 은근하고 상냥한 태도로 다루어 슈니벨 양을 곤란하게 만들고 슬픔에 빠지게 했다. 그러한 태도가 어머니의 본심에서 나온 것이 아님을 그녀는 충분히 알고 있었다. 그녀가 불안한 나머지 자신을 낮추려 애쓰고 모든 일을 칭찬하며 시인하는 것을 보자 문득 불쌍한 생각이 들었으나, 해고된 하녀나 순전히 어머니만을 위해 아직 남아 있는 식모, 봉해져버린 피아노, 이전에는 흥겨웠던 아버지 집의 음침하고 궁상맞은 냄새 등이 떠오르자 마음이 굳어졌다.

식사 뒤에 나는 어머니를 잠시 쉬게 하고, 그녀와 단둘이 남았다.

"식후에는 주무시는 습관이 있으십니까?"

나는 공손하게 물었다.

"그러시다면 방해하고 싶지 않습니다만 잠시 드릴 말씀이 있습니다. 그렇게 급한 일은 아닙니다만."

"아뇨, 나는 낮에 절대로 자지 않아요. 덕택에 그렇게 늙지는 않았어요. 얼마든지 상대해드리지요."

"감사합니다. 제 어머니에게 베풀어주신 친절에 감사를 드리고 싶었습니다. 부인의 친절이 없었더라면 어머니는 텅 빈 집에서 매우 적적하셨을 겁니다. 그런데 이번에 사정이 좀 달라졌습니다."

"네?"

그녀는 펄쩍 뛰어오르며 소리쳤다.

"뭐가 달라졌다는 거죠?"

"아직 모르십니까? 어머니는 드디어 제 오랜 소원을 받아들여 제가 있는 데로 이사할 결심을 하셨답니다. 그렇게 되면 이 집을 비워둘 수는 없겠지요. 그래서 곧 팔게 되었습니다."

그녀는 자제력을 잃고 나를 뚫어져라 바라보았다.

"저도 매우 유감입니다."

나는 안타까운 듯이 말을 이었다.

"지금까지 부인도 매우 수고가 많으셨을 겁니다. 온 집안을 친절하고 세심하게 보살펴주신 데 대해 뭐라고 감사의 말씀을 드려야 할지 모르겠습니다."

"하지만 나는 어떻게…… 나는 어디로……."

"어떻게 되겠지요. 다시 거처를 찾으셔야겠지만, 물론 그렇게 서두르실 필요는 없습니다. 다시 조용하게 살게 되어 기뻐하실 거라고 생각합니다."

그녀는 일어서 있었다. 몸놀림은 아직 공손했으나 심상치 않게 날카로웠다.

"뭐라 말해야 좋을지 모르겠네요."

그녀는 격분하여 소리쳤다.

"당신의 어머님은 나를 이 집에 살게 하겠다고 약속했어요. 그건 굳은 약정이었어요. 내가 이 집을 돌보고 모든 일에 당신의 어머님을 도와왔는데, 지금에 와서 나를 쫓아내는군요!"

그녀는 흐느껴 울기 시작하더니 달려 나가려 했다. 그러나 나는 그녀의 여윈 팔을 잡고 만류하며 다시 긴 안락의자에 앉혔다.

"그런 심한 짓은 하지 않습니다."

나는 웃으며 말했다.

"어머니가 이 집에서 이사를 하게 되면 사정이 조금 달라집니다. 그건 그렇고, 이 집을 팔기로 한 것은 어머니가 아니고 접니다.

제가 주인이니까요. 부인이 새 거처를 찾을 때 지장이 없도록 어머니는 처음부터 생각하고 계십니다. 그 걱정은 어머니에게 맡겨두세요. 그러면 부인은 지금까지보다 훨씬 편안해지고, 더구나 여전한 어머니의 손님이지요."

그리고 예상되었던 항의와 위세와 눈물, 그리고 탄원과 허세를 번갈아 되풀이한 끝에 마침내 뾰로통해진 그녀는 드디어 양보가 가장 현명한 방책임을 깨달았다. 그러나 그녀는 자기 방에 들어박혀 커피 시간에도 나타나지 않았다. 어머니는 커피를 방까지 보내주려 했으나, 나는 잔뜩 점잔을 부린 뒤라 복수해주고 싶었다. 그래서 슈니벨 양이 저녁때까지 고집을 피우게 내버려두었다. 저녁이 되자 그녀는 조용히 원망스러운 듯이, 그러나 제시간에 식사를 하러 나왔다.

"유감스럽게도 저는 내일 R시로 돌아가야 합니다."

나는 저녁 식사 중에 말했다.

"그러나 일이 생기면, 어머니, 언제든지 곧 달려오겠습니다."

그렇게 말하면서 나는 어머니를 보지 않고 그녀를 쳐다보았다. 그녀는 그 말이 무슨 뜻인지 곧 알아챘다. 그녀와 나의 고별은 간단했지만, 나로서는 상당히 간절했다.

"얘야, 참 잘해주었다."

나중에 어머니가 말했다.

"고맙다는 말을 해야겠구나. 네 오페라 중에서 뭐든 하나 연주해주지 않으련?"

연주에까지 이르지는 않았으나, 장애물이 허물어지며 늙은 어머니와 나 사이가 밝아지기 시작했다. 이번 사건에서 가장 좋은 일이었다. 어머니는 나를 믿었다. 나는 머지않아 어머니와 단출하게 살림을 차리고 오랜 유랑에서 벗어나기를 즐거움으로 기대했다. 나는 노처녀에게 극진한 인사를 남기고 흐뭇하게 출발했다. 그리고 R시로 돌아오자마자 여기저기 깨끗하고 아담한 셋집을 찾기 시작했다. 타이저가 그 일을 도와주었고, 대부분 그의 누이동생도 함께 다녔다. 두 사람은 기쁨을 나와 같이하며 조그마한 두 가정의 즐거운 공동생활을 바라고 있었다.

그사이 내 오페라는 뮌헨으로 보내졌다. 두 달 후 어머니가 도착하기 바로 전에 무오트한테 편지가 왔는데, 오페라는 채택되었으나 이번 시즌에는 연습할 수 없고 다음 겨울 초에는 공연될 것이라고 알려왔다. 어머니를 맞을 희소식이 생긴 것이다. 그 소식을 듣고 타이저는 기쁨의 축하 댄스 파티를 열었다.

아름다운 정원이 있는 우리 집으로 이사할 때 어머니는 눈물을 흘리며 노년에 낯선 곳으로 옮기는 것은 좋은 일이 못 된다고 말했으나, 나하고 타이저 남매는 매우 좋은 일이라고 여겼다. 브리기테는 보기에도 기쁠 만큼 어머니를 돕고 거들었다. 이 여자는 시내에 아는 사람이 거의 없고, 오빠가 극장에 나가 있는 동안 내색을 하지는 않지만 적적하게 집에 있을 때가 많았다. 이때부터 그녀는 자주 우리 집으로 와서 정리하고 적응하는 일을 도와주었을 뿐만 아니라, 나와 어머니가 친밀하고 차분하게 함께 사는 데 곤란이 없도록 거들었다. 내가 휴식을 필요로 하고 혼자 있지 않으면 안 될 때는, 그녀가 어머니에게 그 뜻을 알려줄 수도 있었다. 그리고 나를 위해 스스로 나서주었다. 또한 어머니가 내게 이야기하지 않고 나도 모르고 있는 어머니의 욕구나 소망을 브리기테가 귀띔해주기도 했다. 그리하여 우리 사이에 조그마한 가정과 가정의 평화가 생겼다. 이전에 내가 생각하던 것과는 다른 검소한 집이지만, 나처럼 성공하지 못한 사람에게는 더없이 아름다워 보였다.

이제는 어머니도 내 음악을 알았다. 어머니는 모든 것을 시인하지는 않았고 대개는 잠자코 있었으나, 모든 것이 오락이나 유희가 아니고 진지한 작업이라는 것을 알고 또 믿었다. 그리고 줄 타는 광대 같은 것이라고 여기던 우리 음악가의 생활이 돌아가신 아버지가 영위하던 생활에 못지않고 시민적이며 근면한 것을 보고 놀랐다. 돌아가신 아버지에 대해서도 이제는 쉽게 이야기할 수 있었다. 차츰차츰 나는 부모에 대해서, 조부모에 대해서, 나 자신의 유년 시절에 대해서 여러 가지 이야기를 들었다. 나는 과거와 가정에 대해 호감과 흥미를 갖게 되었다. 나는 이제 가정 밖에 있다는 느낌이 들지 않았다. 어머니는 혹 내가 작업실에 들어박혀 신경이 예민해져 있어도 내버려두고, 나에 대한 믿음을 잃지 않게 되었다. 어머니는 아버지와 무척 행복하게 살아왔던 만큼, 슈니벨 양과 보낸 시련의 시절이 더욱 괴로웠다. 이제 어머니는 믿음을 되찾고, 나이를 먹는다든가 적적해진다든가 하는 말은 차차 입 밖에 내지 않게 되었다.

이러한 유쾌함과 조촐한 행복을 느끼는 가운데 오랫동안 내 생활을 둘러싸고 있던 괴로운 마음과 불안은 가라앉았다. 그러나 완전히 해소된 것은 아니고, 마음속 깊이 깃들어 때로 밤중에 의심스러운 듯이 나를 쳐다보며 정당성을 주장하곤 했다. 과거가 멀리 사라져가면 갈수록 내 사랑과 고뇌의 모습이 뚜렷하게 나타나서, 말없이 내 곁에 머무는 독촉자가 되었다.

사랑이란 무엇인지 때로는 알 것 같았다. 예쁘고 경쾌한 리디에게 열중해 있던 소년 시절에 이미 나는 사랑을 안다고 여겼다. 그 후 다시 게르트루트를 처음으로 보고 나서 그녀야말로 내 물음에 대한 해답이며 내 어렴풋한 소원에 대한 위안이라고 느꼈을 때도, 그리고 또 괴로움이 시작되어 우정과 청명함이 정열과 암흑이 되고 결국은 그녀를 잃었을 때도 사랑이라는 것을 안다고 믿었다. 그녀를 잃었어도 사랑은 남아서 언제나 내 곁을 떠나지 않았다. 동시에 마음속에 게르트루트를 품은 이후로는 욕망을 가지고 다른 여자를 쫓으며 그 여자의 입술에서 키스를 구할 수는 없다는 것을 알았다.

나는 그녀의 아버지를 때때로 방문했다. 그는 그녀와 나의 관계를 알고 있는 것 같았다. 그는 내가 그녀의 결혼식을 위해 작곡한 서곡을 청하는 등 나에게 은근한 호의를 보여주었다. 그는 내가 얼마나 그녀의 일을 알고 싶어 하는지, 그러면서도 묻기를 얼마나 삼가고 있는지 알아차린 듯, 그녀의 편지에서 여러 가지 일을 이야기해주었다. 그중에는 나에 관한 얘기, 특히 내 오페라에 관한 얘기가 자주 언급되어 있었다. 소프라노 역에 알맞은 가수를 찾았으며, 친숙했던 작품을 드디어 전부 들을 수 있는 것이 커다란 즐거움이라는 이야기도 쓰여 있었다. 내 어머니가 나에게 옮겨온 것도 그녀는 기뻐했다. 무오트에 대해서는 어떠한 이야기가 쓰여 있는지, 나는 모른다.

내 생활은 조용히 흘러갔다. 밑바닥의 흐름이 위쪽으로 나오지는 않았다. 나는 미사곡을 만들고 있었고, 오라토리오를 생각하고 있으나 가사가 아직 없었다. 오페라 생각에 쫓기면, 그것은 곧 서름한 세계가 되어 있었다. 내 음악은 새로운 길을 걸어 단순하고 냉철해졌다. 흥분시키기보다는 위로하려 했다.

이 시절 내게는 타이저 남매가 몹시 귀중했다. 그들과 매일같이 얼굴을 맞대었다. 함께 책을 읽는다든가, 음악을 한다든가, 산책을 한다든가, 축제나 소풍도 함께 갔다. 건강한 여행가 남매에게 폐를 끼치고 싶지 않았으므로, 여름철만은 몇 주일 동안 헤어져 있었다. 타이저 남매는 다시 티롤과 포어아를베르크를 두루 여행하고 에델바이스가 든 작은 상자를 보내주었다. 나는 어머니를 몇 년 전부터 초청받고 있는 북부 독일의 친척 집으로 모시고 갔다. 그리고 나는 북해로 가서 낮이나 밤이나 바다의 옛 노래를 듣고, 맵고 신선한 바닷바람을 맞으며 내 생각과 선율에 잠겼다. 여기에서 비로소 뮌헨의 게르트루트에게 편지를 쓸 마음이 생겼다. 무오트 부인에게가 아니고, 내 음악과 꿈에 관해 이야기를 나누던 친구로서 게르트루트에게. 아마 그녀가 기뻐할 것이다, 위안과 친구의 인사가 그녀에게는 나쁘지 않을 것이다, 라고 나는 생각했다. 본의 아니게도 나는 친구인 무오트를 신뢰할 수 없었기에 언제나 게르트루트를 남몰래 걱정하지 않을 수 없었다. 완고한 우울증 환자, 절대로 희생을 치르지 않고, 숨은 충동에 몰리고 지배되며, 명상적인 시간에는 자신의 생활을 비극처럼 바라보는 그라는 사나이를 나는 너무 잘 알고 있었다. 고독이라는 것, 이해받지 못하는 것이 저 로에 선생의 설명처럼 정말 병이라고 한다면, 무오트는 어느 누구보다도 이 병으로 괴로워하고 있었다.

그러나 무오트의 소식은 하나도 들을 수 없었다. 그는 편지를 쓰지 않았다. 게르트루트도 간단한 인사말을 적은 다음, 시즌의 시작과 함께 내 오페라 연습이 계속될 테니 가을에는 뮌헨으로 오라고 재촉했을 뿐이다.

9월 초 우리가 모두 돌아와서 일상생활로 되돌아간 어느 날 밤, 여름 동안의 내 작업을 검토하려고 모두 우리 집에 모였다. 주된 작품은 바이올린 둘과 피아노를 위한 서정적인 소곡이었다. 그것을 연주했다. 브리기테 타이저가 피아노 앞에 앉았다. 금발을 땋아 묵직한 고리 모양으로 올린 머리가 내 악보 너머로 보였는데, 머리 둘레가 촛불의 빛을 받아 금빛으로 타오르고 있었다. 타이저는 그녀 옆에 서서 제1 바이올린을 연주했다. 단순한 가곡풍의 음악이었다. 가늘게 탄식하면서 여름날 저녁처럼 사라져가서, 흥겹지도 서럽지도 않게 일몰 후의 식어가는 구름처럼 은은한 저녁 공기 속에 감돌고 있었다. 이 소곡은 타이저 남매, 특히 브리기테의 마음에 들었다. 그녀가 내 음악에 대해서 나에게 무슨 말을 하는 일은 드물었으며, 일종의 소녀다운 외경심으로 조용히 있으면서 으레 감탄으로 나를 쳐다볼 뿐이었다. 그녀는 나를 대예술가로 알고 있었다. 그런 그녀가 그날은 용기를 내어 특별히 공명하는 마음을 드러냈다. 진정 어린 담청색 눈을 반짝거리며 나를 바라보고 고개를 끄덕이자 땋아 올린 금발 위에서 불빛이 너울거렸다. 그녀는 아주 사랑스럽고 미인이라 해도 좋을 정도였다.

나는 그녀를 기쁘게 해주려고 피아노 위의 악보를 집어 그 위에 연필로 '내 친구 브리기테 타이저에게'라고 헌사를 적어서 돌려주었다.

"이 헌사를 언제까지나 이 소곡에서 지우지 마십시오."

나는 정중히 말하며 인사를 표했다. 그녀는 헌사를 읽고는 얼굴이 점점 빨개지더니, 작은 손을 힘주어 나에게 내밀었다. 눈에는 어느새 눈물이 가득 고여 있었다.

"정말이세요?"

그녀는 나직이 물었다.

"그럼요."

나는 웃었다.

"이 소곡은 당신에게 아주 잘 어울려요, 브리기테 양."

여전히 눈물이 고여 있는 그녀의 눈길은 나를 놀라게 했다. 그 눈길은 그만큼 진지하고 여성스러웠다. 그러나 나는 그 이상은 주의를 기울이지 않았다. 타이저는 바이올린을 내렸다. 그가 무엇을 원하는지 미리 알고 있던 어머니가 술잔에 포도주를 따랐다. 이야기는 활기를 띠었고, 우리는 몇 주일 전에 공연된 새 오페레타에 대해 논쟁을 벌였다. 밤늦게 그들이 작별을 고했을 때, 그녀가 기묘하고 불안하게 내 눈을 바라보자 비로소 브리기테와 나 사이에 갑자기 일어났던 하찮은 사건이 생각났다.

그동안 뮌헨에서는 내 작품에 대한 연습이 시작되었다. 주역으로는 무오트가 꼭 알맞았고 소프라노 가수도 게르트루트가 칭찬했을 정도였으므로, 오케스트라와 합창이 문제였다. 나는 어머니를 친구들에게 부탁하고 뮌헨으로 떠났다.

도착한 날 아침, 나는 아름답고 드넓은 슈바벤 거리를 향해 무오트가 살고 있는 조용한 집으로 갔다. 오페라 일은 완전히 잊어버리고, 무오트와 게르트루트에 대한 생각, 둘이 어떻게 지내고 있을까 하는 생각만 하고 있었다. 마차는 거의 시골풍 뒷골목의 조그마한 집 앞에서 멈췄다. 집은 가을 나무에 둘러싸였고, 누른 단풍나무 잎이 길 양옆에 수북이 쓸어 모아져 있었다. 나는 무거운 가슴을 안고 안으로 들어갔다. 집은 쾌적한 저택 같은 인상을 주었다. 하인이 나와서 외투를 벗겨주었다.

안내된 널따란 방에서 나는 임토르 가에 있던 커다란 옛날 그림 두 장이 여기 옮겨져 있는 것을 보았다. 다른 쪽 벽에는 뮌헨에서 그린 무오트의 새 초상화가 한 장 걸려 있었다. 그것을 보고 있는데, 게르트루트가 들어왔다.

오래간만에 그녀의 눈을 보니 가슴이 울렁거렸다. 그녀는 엄하고 성숙하게 변한 아내의 얼굴로, 그러나 옛 우정을 잃지 않고 웃으며 진심으로 나에게 손을 내밀었다.

"안녕하세요?"

그녀는 다정하게 말했다.

"나이가 들었는데도 건강해 보여요. 오래전부터 기다렸어요."

그녀는 친구들, 그녀의 아버지, 내 어머니의 안부를 물었다. 그녀는 마음이 풀리고 처음의 수줍음을 잊어버리자, 완전히 옛날의 그녀처럼 보였다. 부지중에 내 망설임도 사라졌다. 내 좋은 여자친구로서의 그녀와 이야기를 나눴다. 여름철 바닷가 이야기, 내 작업 이야기, 타이저 남매 이야기, 드디어는 불쌍한 슈니벨 양의 이야기까지 했다.

"그런데" 하고 그녀가 소리쳤다.

"이번에 당신 오페라가 공연돼요! 기쁘시겠어요."

"네."

나는 말했다.

"그러나 당신의 노래를 다시 한번 듣기를 가장 기대하고 있지요."

그녀는 내게 고개를 끄덕였다.

"저도 그걸 즐거움으로 삼고 있어요. 자주 노래를 부르지만, 대개는 혼자서 즐길 뿐이에요. 당신의 노래를 전부 부르기로 해요. 당신의 노래를 언제나 가까이에 두고 있어서 먼지가 앉을 틈이 없답니다. 식사 때까지 기다려주세요. 남편이 곧 돌아와서 오후에는 지휘자에게 안내하겠지요."

그리하여 우리는 음악실로 갔다. 나는 피아노 앞에 앉았다. 그녀는 지난날의 내 노래를 불렀다. 내 마음이 점점 가라앉아 쾌활해지는 데 애를 먹었다. 그녀의 목소리는 성숙하고 확고해졌으나, 그래도 예전과 다름없이 경쾌하게 솟아오르며 내 일생 최고의 날에 대한 추억을 이끌고 내 마음에 스며들었다. 나는 마법에 걸린 듯이 건반 위로 몸을 굽히고, 나직이 옛 곡을 연주하면서 잠시 눈을 감고 귀를 기울여보았다. 지금과 그때는 이제 구별할 수 없었다. 그녀는 나와 내 생활에 속해 있지 않았던가? 우리는 남매처럼, 친구처럼 가깝지 않았던가? 물론 무오트와 함께 노래할 때는 다르게 불렀지만!

잡담을 하면서 우리는 잠시 더 즐겁게 앉아 있었다. 두 사람 사이에는 아무런 해명도 필요치 않음을 느꼈으므로 할 이야기가 서로 많지는 않았다. 그녀의 안부나 부부의 상태에 대해서는 생각하지 않았다. 나중에 직접 보게 될 터였다. 어떻든 간에 그녀는 자신의 궤도에서 이탈하거나 자신의 본성에서 벗어나 있지 않았다. 사태가 여의치 않고 참아야만 하더라도, 그녀는 품위를 지키며 유쾌하게 견디어나갈 것이다.

한 시간쯤 지나 하인리히가 돌아왔다. 그는 내가 와 있다는 것을 이미 알고 있었다. 그는 곧 오페라 이야기를 시작했다. 내 오페라는 나 자신에게보다 다른 사람들에게 더 중대한 것 같았다. 나는 그에게 뮌헨이 마음에 드는지, 건강은 좋은지 물었다.

"어디나 마찬가지지."

그는 정색을 하고 말했다.

"청중은 내가 그들을 안중에 두지 않는다는 걸 알고는 나를 안 좋아해. 나는 언제나 우선 청중의 마음을 잡은 다음에 이끌고 나가지. 그래서 인기는 없지만 성공은 하고 있어. 물론 때로는 비참하게 노래하기도 해. 나 자신도 인정해야겠지. 그런데 자네의 오페라는 자네한테나 나한테도 성공적이야. 기대해도 좋아. 오늘은 지휘자를 만나러 가고, 내일은 소프라노 가수와 다른 누구든지 자네가 원하는 사람을 초대하지. 내일 아침에는 오케스트라 연습도 있어. 자네가 만족할 거라고 생각하네."

식사 중에 나는 그가 게르트루트에게 지나치게 공손하게 대하는 모습을 보았고, 그것이 내게는 참으로 씁쓸했다. 내가 뮌헨에 머무르면서 두 사람을 매일같이 보는 내내 늘 그러했다. 두 사람은 아름답고 훌륭한 한 쌍이었다. 어디를 가나 감명을 주었다. 그러나 두 사람 사이는 냉랭했다. 게르트루트의 강인함과 내적인 우월성만이 그가 그 냉랭함을 공손함과 장중한 태도로 바꾸게 할 수 있다고 나는 생각했다. 그녀는 그 아름다운 남자에 대한 정열에서 아직 깨어나지 않았고, 사라져간 애정이 되돌아오기를 바라고 있는 것 같았다. 어떻든 간에 억지로라도 그가 장중한 형태를 잃지 않게 하고 있는 것은 그녀의 힘이었다. 친구 앞에서 환멸의 여인, 이해받지 못하는 여인의 역할을 스스로 떠맡고 은밀한 고뇌를 보이기에는, 그녀는 너무 고귀하고 훌륭했다. 내게는 그 고뇌를 숨길 수가 없었지만, 내가 이해하거나 동정하는 눈초리나 몸짓이라도 보였다면 그녀는 견딜 수가 없었을 것이다. 우리는 그녀의 결혼 생활에 아무런 그늘이 없는 것처럼 서로 이야기하고 행동했다.

이러한 상태가 언제까지 유지될지는 물론 의심스러웠고, 전적으로 무오트의 마음에 달려 있었다. 나는 무슨 짓을 저지를지 모르는 그의 성질이 지금 처음으로 한 여인에 의해 제어되고 있음을 보았다. 나는 두 사람 모두 측은했지만, 이러한 사태를 보고도 별로 괴이하게 여기지는 않았다. 두 사람은 정열을 가진 적이 있었고, 그 정열을 다 누렸다. 지금은 체념을 배우고 행복했던 시절을 슬픈 추억 속에 안고 가든가, 새로운 행복과 새로운 사랑에의 길을 찾아낼 수밖에 없었다. 어린아이가 생긴다면 아마도 두 사람을 다시 결합시킬 것이다. 사랑의 정열이 사라진 낙원으로 되돌아가지는 않겠지만, 함께 살며 서로의 마음이 닿는 새로운 선의지로는 돌아갈 것이다. 게르트루트가 그 힘과 내적인 명랑성을 지녔음을 나는 알고 있었으나, 하인리히도 그것을 찾아낼지에 대해 나는 생각하려 하지 않았다. 그들 서로의 처음 정열과 기쁨의 크고 아름다운 폭풍이 벌써 불고 지나가버린 것은 나를 슬프게 했으나, 서로에 대해서도 여전히 아름다움과 품위를 유지하고 있는 두 사람의 훌륭한 태도는 나를 기쁘게 했다.

무오트의 집에 묵으라는 초대를 받았으나 나는 받아들일 수 없었다. 그는 내 뜻에 맡겼다. 나는 매일 찾아갔다. 게르트루트가 내 방문을 기뻐하고, 나와의 잡담이나 음악을 즐기는 모습을 보는 것은 흐뭇했다. 그러니까 받는 것은 나만이 아니었다.

오페라는 12월에 공연하기로 결정되었다. 나는 2주일 동안 뮌헨에 체류하며 오케스트라 연습에 언제나 참가했다. 군데군데 삭제하거나 조화를 이루기도 해야 했지만 내 작품이 훌륭한 사람의 손에 넘어가 있음을 알았다. 남녀 가수들, 바이올리니스트와 플루트 연주자들, 악장, 합창 단원들이 내게서 나왔으나 이제 오히려 서름해지고 내 것이 아닌 생명을 호흡하고 있는 내 작품을 연습하는 것을 보니, 기묘한 생각이 들었다.

"두고 보게."

하인리히 무오트는 이렇게 말하곤 했다.

"자네는 곧 세상 사람들의 평가라는 지긋지긋한 공기를 호흡하게 될 테니까. 자네를 위해서 성공하지 않기를 바라고 싶은 정도야. 성공하면 사냥개 무리가 자네를 쫓아다니고, 곧 초대니 사인이니 하는 귀찮은 일이 잇달아 일어날 거야. 군중의 숭배가 얼마나 멋없고 성가신지도 알게 될 거야. 자네의 다리가 부자유스럽다는 사실도 이미 알려져 있어. 그런 점이 인기를 모으거든!"

꼭 필요한 연습과 시연을 마친 뒤에 나는 떠났다가 공연 며칠 전에 다시 오기로 했다. 타이저는 공연에 대해서 한없이 물었다. 그는 오케스트라의 무수히 세세한 점을 생각하고 있었으나, 그것은 내가 거의 주의하지 않은 점들이었다. 그는 나 자신보다도 더 큰 흥분과 불안을 가지고서 이번 일에 임했다. 누이동생과 함께 그 공연에 초대하자, 그는 펄쩍 뛰며 기뻐했다. 반면에 어머니는 겨울철의 여행과 흥분을 함께하는 것을 원하지 않았다. 그것은 오히려 좋았다. 나도 역시 차츰 긴장을 느꼈고, 잠들기 위해서 매일 밤 포도주가 필요했다.

겨울이 빨리 왔다. 우리 조그마한 집은 눈이 쌓여 정원 속 깊이 묻혀 있었다. 어느 날 아침, 타이저 남매가 마차로 나를 데리러 왔다. 어머니가 창문에서 손을 흔들며 배웅해주었다. 마차는 출발했다. 타이저는 두꺼운 목도리를 두르고 여행의 노래를 불렀다. 오랜 기차 여행 동안 그는 줄곧 크리스마스 휴가를 떠나는 소년 같았다. 아름다운 브리기테는 훨씬 차분한 기쁨에 빛나고 있었다. 나는 그들 동반자를 얻은 것을 기뻐했다. 나는 안정을 잃고 판결을 앞둔 죄인처럼 며칠 뒤에 일어날 일에 다가가고 있었기 때문이다.

역으로 우리를 마중 나온 무오트도 곧 알아차렸다.

"첫 무대라 떨고 있군!"

그는 유쾌한 듯 웃었다.

"고마운 일이야! 자네는 역시 음악가지, 철학가는 아니야."

그의 말이 옳은 것 같았다. 내 흥분은 공연 때까지 이어져 밤에는 잠을 잘 수 없었다. 우리 모두 가운데 무오트만이 침착했다. 타이저는 안절부절못하며 연습 때마다 와서는 한없이 비평을 했다. 연습 때 그는 내 옆에 웅크리고 앉아서 귀를 기울이다가 까다로운 대목에서는 주먹으로 박자를 잡기도 하고, 칭찬을 하든가 머리를 흔들기도 했다.

"거기에 플루트가 빠졌어!"

오케스트라의 첫 연습 때, 그가 큰 소리로 고함을 질렀기 때문에 지휘자가 화를 내며 건너다보았다.

"플루트는 삭제해야 했어."

나는 웃으며 말했다.

"그 플루트를? 삭제했다고? 도대체 왜? 그런 바보 같은 짓이?

정신 차려, 그들은 자네의 전주곡을 완전히 망치고 있다니까!"

나는 웃으면서 그를 말리지 않으면 안 되었다. 그만큼 그는 열중해 있었다. 그러나 전주곡에서 비올라와 첼로가 나오는 가장 좋아하는 대목에 이르자, 눈을 감고 뒤로 기대며 떨리는 손으로 내 손을 잡았다. 그리고 나중에 부끄러운 듯이 소곤거렸다.

"그 부분에서는 눈시울이 뜨거워졌어. 정말 아름답거든."

소프라노 역의 노래는 아직 들어보지 못했다. 처음으로 다른 목소리로 들으니, 기묘하기도 하고 슬프기도 했다. 가수는 잘 불러주었다. 나는 곧 그녀에게 감사의 말을 전했다. 그러나 마음속으로는 게르트루트가 이 구절을 노래하던 오후의 일을 떠올렸다. 그리고 처분해버린 소중한 물건이 다른 사람의 손에서 다시 발견될 때처럼, 말할 수 없는 서글픈 불만을 품었다.

그즈음 게르트루트와는 거의 만나지 않았다. 그녀는 웃으며 내 흥분을 지켜보고 있었으며, 나를 가만히 놓아두었다. 타이저 남매와 함께 그녀를 방문했을 때, 그녀는 아름답고 고귀한 감탄으로 자신을 우러러보는 브리기테를 쾌활한 애정으로 반겨주었다. 그 뒤로 소녀는 아름다운 부인에게 열중해 칭송했으며, 그녀의 오빠도 맞장구를 쳤다.

공연 이틀 전의 일을 나는 이제 분명히 기억하고 있지 않다. 내 마음은 완전히 혼란스러웠다. 거기에다 갖가지 소동이 더해졌다. 어떤 가수의 목이 쉬었고, 다른 한 가수는 큰 역을 맡지 못한 데 화가 나서 마지막 연습 때 차마 볼 수 없는 태도를 취했다. 지휘자는 내가 무슨 요구를 하면 할수록 점점 더 형식적이고 냉담해졌다. 무오트가 때때로 내 편이 되어 이렇게 소란한 와중에도 침착하게 웃었다. 그러한 상태에서는 불티처럼 이리 뛰고 저리 뛰며 흠만 찾고 있는 선량한 타이저보다 무오트가 더 고마웠다. 한가한 시간에 무거운 기분으로 말없이 호텔에 함께 있을 때, 브리기테는 외경과 동시에 다소의 동정심을 갖고 나를 바라보았다.

드디어 그 이틀도 지나고, 공연 날 밤이 왔다. 극장이 가득 메워지는 동안 나는 무슨 일을 하거나 주의를 주는 것도 아니면서 무대 뒤에 서 있었다. 마지막으로 무오트 옆으로 갔다. 그는 벌써 의상을 갖춰 입고, 소음을 피해 한쪽 구석의 작은 방에서 샴페인을 천천히 반병이나 비우고 있었다.

"한잔 어때?"

그는 관심을 보이며 말했다.

"안 하겠어."

나는 말했다.

"그런데 자네는 흥분되지 않나?"

"뭐가? 바깥 소란 말인가? 언제나 저래."

"아니, 샴페인 말이야."

"괜찮아. 이걸 마시면 마음이 가라앉거든. 뭔가 하려고 할 때는 언제나 한두 잔 하지. 그런데 이제 가야지. 시간이 됐어."

안내원이 나를 특별석으로 안내했다. 그곳에는 벌써 게르트루트와 타이저 남매, 그리고 극장 간부 한 사람이 와 있었다. 그는 웃음으로 나에게 인사를 했다.

그리고 곧 두 번째 벨이 울렸다. 게르트루트는 다정하게 나를 쳐다보며 고개를 끄덕였다. 내 뒤에 앉아 있던 타이저는 내 팔을 잡고 사정없이 꼬집었다. 극장이 어두워졌다. 아래쪽에서부터 전주곡이 엄숙하게 내 쪽으로 올라왔다. 이제는 내 마음이 안정되어 있었다.

잘 알고 있는, 그러면서도 서름한 내 작품이 울려왔다. 그것은 내 작품인데도 이제는 나를 필요로 하지 않고, 그 자체의 생명을 가지고 있었다. 지나간 날의 기쁨과 고심, 희망과 잠 못 이룬 밤들, 그즈음의 정열과 동경 등이 나에게서 떨어져 나가 모습을 바꾸고 나와 마주 섰다. 은밀한 시간에 느꼈던 흥분이 자유로이 극장 안의 수많은 낯선 사람들의 마음에 간청하듯이 울렸다. 무오트가 등장했다. 겸허하게 시작해 점점 소리를 높여서 목청껏 예의 그 어두운 격정으로 노래를 불렀다. 여가수가 높고 떨리는 밝은 목소리로 대답했다. 그리고 게르트루트의 목소리로 들은 것이 아직도 똑똑하게 귀에 남아 있는 대목에 이르렀다. 그 부분은 그녀에 대한 경의의 표시이며, 내 사랑의 은밀한 고백이었다. 나는 시선을 그녀의 고요하고 맑은 눈으로 돌렸다. 그 눈은 내 마음을 이해하고 다정하게 인사했다. 일순간 나는 내 청춘의 기쁨과 고통이 무르익은 과일의 섬세한 향내처럼 마음에 와닿는 것을 느꼈다.

그때부터 나는 관객처럼 차분하게 보고 들을 수 있었다. 갈채가 울려 퍼졌고, 남녀 가수들이 막 밖으로 나와서 인사를 했다. 무오트는 여러 번 불려 나왔다. 그러나 밝아진 객석을 향해 차갑게 웃고 있었다. 나도 모습을 보이라고 재촉을 받았으나, 나는 너무 혼미해 있었고 절름거리며 쾌적한 은신처에서 나갈 생각이 들지 않았다.

한편 타이저는 아침 해처럼 웃으며 나를 얼싸안았고, 청하지도 않는데 극장 간부의 두 손을 덥석 잡고 악수를 했다.

축하연이 준비되어 있었다. 그러나 실패했더라도 향연이 우리를 기다리고 있었을 것이다. 우리는 마차를 타고 갔다. 게르트루트는 남편과, 나는 타이저 남매와 마차를 타고 가는 짧은 순간 그때까지 한마디 말도 없던 브리기테가 갑자기 울음을 터뜨렸다. 처음에는 마음을 억누르고 참으려 했으나 이윽고 두 손을 얼굴에 대고 눈물을 흘렸다. 나는 아무 말도 하지 않으려 했다. 그러나 타이저도 마찬가지로 말이 없고 누이동생에게 아무것도 물어보려고 하지 않는 것이 이상했다. 그는 다만 누이동생의 등에 손을 얹고, 어린아이를 달래듯이 상냥하게 위로의 말을 중얼거리고 있었다.

나중에 악수와 축사와 축배의 말을 할 순서가 되자, 무오트는 빈정대듯 눈을 가느다랗게 깜빡거리면서 나를 보았다.

모두가 열심히 나의 다음 작품에 대해서 물었으나, 내가 그것은 오라토리오라고 말하자 다들 실망했다. 그러고 나서 내 다음 오페라를 위해 축배를 들었지만, 그것은 오늘까지 쓰이지 않고 있다.

밤늦게 모임에서 빠져나와 잠을 잘 시간이 되어서야 비로소 나는 타이저에게 누이동생이 어떻게 된 일인지, 왜 울었는지 물을 수 있었다. 그녀 자신은 벌써 자고 있었다. 타이저는 나를 살피듯이 약간 놀라 쳐다보고는 머리를 흔들었다. 그리고 내가 다시 물을 때까지 휘파람만 불었다.

"자네는 역시 바보구먼. 그것도 눈먼 바보야."

그는 비난하듯이 말했다.

"아무것도 눈치 못 챘나?"

"아무것도."

나는 진상을 차츰 예감하며 말했다.

"그럼 말해주지. 그 애는 벌써 오래전부터 자네를 사랑하고 있었네. 물론 나나 자네한테 말한 적은 없어. 하지만 나는 알고 있네. 바른대로 말하자면, 이것이 무슨 결과를 낳는다면 나로서는 기쁘겠어."

"야단났군!"

나는 정말 슬퍼서 말했다.

"그런데 오늘 밤 일은 도대체 어떻게 된 건가?"

"심하게 운 것 말인가? 자네는 어린애로군. 우리가 아무것도 못 봤다고 생각하나?"

"도대체 뭘?"

"맙소사! 자네가 뭐라고 말할 필요는 없었겠지. 지금까지 말하지 않은 것도 좋아. 하지만 그렇다면, 자네가 무오트 부인을 그렇게 찬찬히 바라보지 않았더라면 좋았을 거야. 이제 알겠지."

나는 그에게 내 비밀에 간섭하지 말아달라고 부탁했다. 나는 그를 신뢰했다. 그는 살며시 내 어깨에 손을 얹었다.

"자네가 요 몇 년 사이에 겪고서도 우리에게 말하지 않았던 여러 가지 일을, 나는 지금도 떠올릴 수 있네. 나도 옛날에 같은 경험을 했어. 우리는 서로 손을 꼭 잡고 아름다운 음악을 만드세. 누이동생도 체념하겠지. 자, 악수하지. 오늘은 정말 좋았어! 집에서 다시 만나세! 내일 아침 일찍이 누이동생과 떠나겠네."

이렇게 헤어졌는데, 그는 다시 돌아와서 강력하게 말했다.

"다음 공연 때는 다시 플루트를 넣어야 해, 알겠나?"

이렇게 기쁨의 날은 끝났다. 우리는 저마다 흥분된 생각 속에서 오랫동안 누워서 눈을 뜨고 있었다. 나는 브리기테를 생각했다. 그녀는 벌써 오랫동안 내 곁에 있었다. 그러나 나는 그녀와 좋은 친구 관계 이상으론 느끼지 않았고, 또 느낄 생각도 없었다. 마치 게르트루트가 나를 대했듯이. 그리고 브리기테가 다른 여성에 대한 내 사랑을 추측했을 때의 그 기분은, 무오트의 집에서 편지를 발견하고 권총에 탄환을 장전하던 내 기분과 같은 것이었다. 그것이 나를 몹시 슬프게 했으나, 웃지 않을 수 없었다.

나는 뮌헨에 며칠 더 체류했고, 대개는 무오트의 집에서 시간을 보냈다. 이제는 우리 세 사람이 처음으로 함께 피아노를 치고 노래를 부른, 그 최초의 오후 같은 자리가 아니었다. 그러나 공연의 여광이 아직 빛나는 가운데 그 시절을 말없이 함께 떠올렸고, 무오트와 게르트루트 사이에도 밝은 빛이 흘러들었다. 작별 인사를 하고 밖으로 나와서도 나는 한참 더 겨울나무 사이의 고요한 집을 올려다보면서 이제는 자주 방문하리라 생각했다. 그리고 그 안에 사는 두 사람을 새로 영원히 맺어주기 위해서라면 나의 조금뿐인 만족과 행복을 기꺼이 포기하겠다고 생각했다.

8

집에 돌아오자, 하인리히가 예언했듯이 성공으로 인한 명성이 많은 불쾌함과 나중에는 우스운 결과를 가지고 나를 맞이했다. 오페라를 대리인에게 맡김으로써 사무적인 일에서는 벗어날 수 있었으나, 그밖에 방문객, 신문기자, 출판업자, 바보 같은 편지 등이 줄을 이었다. 갑자기 유명해진 이름의 하찮은 부담에 익숙해지고 최초의 환멸에서 회복하기까지는 약간의 시간이 걸렸다. 유명해진 이름에 대해서 사람들은 기묘한 방법으로 그 권리를 주장하는 법이다. 신동이든, 작곡가든, 시인이든, 강도 살인범이든 구별이 없다. 어떤 사람은 사진을, 다른 사람은 글씨를, 또 다른 사람은 돈을 구걸한다. 같은 분야의 젊은이들은 빠짐없이 작품을 보내오고 잔뜩 아양을 떤 뒤에 비평을 청한다. 그리고 이쪽에서 대답하지 않든가 의견을 말하면, 숭배자들은 당장에 화를 내고 난폭해져서 복수심을 불태운다. 잡지는 그 사람의 사진을 싣고 싶어 하고, 신문은 그의 생활과 출신과 외모에 대해 기사를 쓴다. 동창생은 옛 친분을 상기시키고, 먼 친척들은 조카가 유명해질 것을 이미 몇 년 전에 예언했다고 주장한다.

나를 당황케 하고 곤란하게 만든 이러한 종류의 편지들 중에는 나를 즐겁게 한 슈니벨 양의 편지가 있었고, 또 오랫동안 잊고 있던 누군가의 편지도 있었다. 그 편지를 보낸 사람은 아름다운 리디였다. 우리가 썰매를 탔던 이야기는 적지 않고, 오래도록 변함없는 여자 친구의 어조로 쓰여 있었다. 그녀는 고향의 음악 교사와 결혼을 했는데, 내 작곡 전부에 아름다운 헌사를 덧붙여 곧 보내주면 좋겠다면서 자기 주소를 알려왔다. 그녀의 사진도 동봉되어 있었는데, 눈에 익은 얼굴은 늙고 거칠어져 있었다. 나는 되도록 친절하게 답장을 썼다.

그러나 이런 하찮은 일들은 흔적도 없이 사라져간 일들에 속한다. 고귀하고 세련된 사람들과 알게 된 것이 내 성공의 훌륭하고 빛나는 결실이었다. 그들은 말뿐만 아니라 마음속에도 음악을 지니고 있었다. 그러나 그것도 내 실제 생활과는 직접적인 관련이 없었다. 내 생활은 예전대로 정적을 유지하고, 그 뒤에도 거의 변하지 않았다. 내 아주 친한 친구들의 운명이 어떻게 전개되어갔는지 이야기하는 일만 남아 있을 뿐이다.

임토르 노인은 이전에 게르트루트가 집에 있을 때만큼은 손님을 접하지 않고 있었다. 그러나 그의 집에서는 많은 그림에 둘러싸여 3주마다 정선된 실내악의 밤이 열렸고, 나는 빠짐없이 참석했다. 가끔 타이저도 데리고 갔다. 임토르 씨는 나보고 다른 날에도 찾아와달라고 말했다. 그래서 나는 때때로 그가 좋아하는 시각인 저녁 일찍이 그의 검소한 사무실로 찾아가곤 했다. 그곳에는 게르트루트의 초상화가 걸려 있었다. 노신사와 나는 언뜻 보기엔 냉랭하지만 안정된 이해에 이르고 서로 이야기를 나누고 싶은 마음이 생겨 있었으므로 우리의 대화는 곧잘 서로의 마음에 가장 깊이 관련된 일에까지 미쳤다. 나는 뮌헨에서의 일을 이야기하고 게르트루트 부부의 관계에 대해서 어떠한 인상을 받았는지 숨기지 않았다. 그는 고개를 끄덕였다.

"아마 모든 일이 잘되어가겠지요."

그는 한숨을 쉬며 말했다.

"우리로서는 어쩔 수 없어요. 여름에는 그 애를 두어 달 이리 부를 터라 즐겁게 그때를 기대하고 있어요. 뮌헨으로 그 애를 찾아가는 일은 드뭅니다. 찾아가고 싶지도 않고요. 그 애가 아주 의연하게 해나가고 있으니까, 방해한다든가 유약하게 만들어서는 안 되겠지요."

게르트루트의 편지에는 아무런 새 소식이 없었다. 그러나 부활절에 아버지 집으로 돌아와 조그마한 우리 집에도 와주었을 때, 그녀는 몹시 야위고 긴장해 있는 것 같았다. 우리와 아주 허물없이 지내며 애써 숨기려고 했으나, 그 진지한 눈에 심상치 않은 절망이 떠올라 있는 것을 자주 볼 수 있었다. 나는 그녀를 위해 내 새 음악을 들려주지 않으면 안 되었다. 그러나 내가 노래를 불러달라고 부탁하자, 그녀는 머리를 흔들고 거절하면서 내 얼굴을 쳐다보았다.

"다음에 언젠가."

그녀는 분명치 않게 말했다.

우리는 모두 그녀의 형편이 좋지 않음을 알아챘다. 그녀의 아버지는 딸에게 계속 자기 집에 있으라고 권했지만 그녀가 마다했다고 나중에야 내게 고백했다.

"따님은 그를 사랑하고 있습니다."

나는 말했다.

노신사는 어깨를 움츠리고 근심스럽게 나를 바라보았다.

"나는 알 수가 없어요. 그런 불행에 빠지면 누구든지 막막해집니다. 그러나 그 애는 남편을 위해 그의 곁에 있으며, 그는 완전히 파탄에 이르고 불행하므로 그 자신이 생각하고 있는 이상으로 자기를 필요로 한다고 말해요. 남편은 자기에게 아무 말 않지만, 그의 얼굴에 쓰여 있다고 하오."

그러고 나서 노인은 목소리를 낮추어 아주 작은 소리로 얼굴을 붉히며 말했다.

"그 사람은 술을 마신다는군요."

"언제나 조금씩은 마셨죠."

나는 위로하며 말했다.

"그러나 취한 것은 한 번도 본 적이 없습니다. 그는 자신에게 긍지를 가지고 있습니다만, 신경질적이라 자신을 억제하지 못합니다. 그러나 남을 괴롭히는 이상으로 아마도 자신의 본성을 괴롭히고 있을 겁니다."

아름답고 훌륭한 두 인간이 남몰래 얼마나 심히 괴로워하고 있었는가를 우리는 모두 몰랐다. 그들이 서로 사랑하지 않게 되었다고는 생각지 않는다. 그러나 본성 면에서 그들은 서로 맞지 않았다. 그들은 흥분되고 고조돼 있을 때만 마음이 통했다. 생활을 명랑하고 진지하게 받아들이는 것, 자기의 본성을 명확하게 자각하거나 느긋하게 호흡하는 것들을 무오트는 전혀 몰랐다. 게르트루트는 그의 격정과 숙고, 그의 쇠퇴와 재기, 자기 망각과 도취에의 끝없는 갈망 등을 다만 참고 동정할 뿐, 그것을 바꾼다거나 함께 누릴 수도 없었다. 이렇게 그들은 서로 사랑하고는 있었지만 완전하게 조화되지는 못했다. 그는 게르트루트에게서 평화와 만족을 얻고 싶었던 은밀한 희망이 어긋났고, 이에 반해 그녀는 자기의 의지도 희생도 소용없었을뿐더러 그를 위로하고 자기 파멸에서 구제할 수가 없었음을 깨닫고 괴로워하지 않으면 안 되었다. 이렇게 두 사람의 내밀한 꿈과 절실한 소원은 파괴되고, 희생과 관용으로 겨우 함께 있을 수 있는 데 지나지 않았다. 그러나 그들이 그렇게 하고 있다는 것은 훌륭한 일이었다.

나는 여름에 비로소 하인리히와 다시 만났다. 그는 게르트루트를 그녀의 아버지에게 데리고 왔다. 그때 그는 그녀에게나 나에게도 전에 없이 상냥하고 신중했다. 그녀를 잃을까 봐 그가 얼마나 두려워하고 있는지 잘 알 수 있었다. 그녀를 잃고서는 그가 견딜 수 없으리라고 나 역시 느꼈다. 그러나 그녀는 지쳐 있었다. 자신을 되찾고 기력과 침착함을 회복하기 위해 오로지 안식과 조용한 날만을 원하고 있었다. 우리는 우리 집 정원에서 과히 덥지 않은 하룻저녁을 보냈다. 게르트루트는 내 어머니와 브리기테 사이에 앉아 소녀의 손을 잡고 있었다. 하인리히는 장미꽃 사이를 조용히 이리저리 거닐었고, 나는 타이저와 테라스에서 바이올린 소나타를 연주했다. 게르트루트가 조용히 쉬면서 한때의 평화를 호흡하고 있는 모습, 브리기테가 아름답고 고뇌에 싸인 부인을 따르며 매달려 있는 모습, 무오트가 고개를 숙이고 조용한 걸음걸이로 나무 그늘 속을 걸으면서 귀 기울이고 있는 모습은 사라지지 않을 한 폭의 그림으로 내 마음속에 남았다. 나중에 하인리히는 가벼운 농담으로, 그러나 서러운 눈초리로 나에게 말했다.

"여자 세 사람이 나란히 앉아 있지만 행복해 보이는 사람은 자네 어머니뿐이더군. 우리도 그렇게 나이를 먹고 싶어!"

그 뒤로 우리는 따로따로 여행을 떠났다. 무오트는 혼자 바이로이트로, 게르트루트는 아버지와 함께 산으로, 타이저 남매는 슈타이어마이크로, 나는 어머니와 다시 북해로 갔다. 나는 북해에서 다시 바닷가를 거닐며 바다에 귀 기울였다. 그리고 몇 년 전 청춘기에 들어섰을 때 그랬듯이 놀라움과 두려움으로 인생의 슬프고도 어리석은 일들을 생각했다. 사랑이란 때로 덧없는 것이고, 호감 있는 사람들이 서로 지나치고는 저마다의 불가해한 운명으로 살아가 서로 아무리 다가가서 도우려 해도 의미 없는 슬픈 악몽 속에서처럼 도와줄 수가 없다는 것 등을 나는 생각했다. 그리고 청년과 노년에 관한 무오트의 말을 자주 떠올리고, 내 생활도 언젠가 단순 청명해질 것인가 궁금했다. 대화 도중에 내가 그러한 말을 하면, 어머니는 웃으며 참으로 만족스러운 얼굴을 했다. 어머니는 타이저의 일을 상기시켜서 나를 무안케 했다. 타이저는 아직 나이가 많지 않지만 내 기분을 알 만큼은 나이를 먹었고, 모차르트의 멜로디를 입술에 띤 어린아이처럼 살아가고 있었다. 그것이 나이와는 상관없다는 것을 나는 잘 알고 있었다. 아마 우리의 고뇌와 무지는 언젠가 로에 선생이 이야기한 병에 불과한지도 몰랐다. 그렇잖다면 그 현자도 타이저처럼 어린아이였든지.

어쨌든 내 사색과 숙고로는 어떻게 할 수 없었다. 음악이 내 영혼을 움직일 때면 말을 쓰지 않고도 모든 것을 알고, 모든 생명의 깊이에 맑은 조화를 느끼며 모든 사상 속에 의미와 아름다운 법칙이 숨어 있는 것을 알 듯했다. 설령 잘못 알았더라도 나는 그 속에서 살고 행복했다.

게르트루트는 여름 동안 남편과 떨어져 있지 않는 편이 더 좋았을지 모르겠다. 그녀는 회복되기 시작했고, 가을이 되어 여행에서 돌아온 후에 만났을 때는 실지로 더욱 건강해지고 저항력도 생긴 것 같았다. 그러나 이 원기 회복에 걸었던 희망은 착각이었다.

게르트루트는 몇 개월 동안 아버지 곁에서 행복하게 살았다. 그녀는 얼마든지 휴식할 수 있었고, 지친 사람이 누우면 곧 잠에 몸을 맡기듯이 안도의 숨을 쉬며 하루하루 시름없는 고요한 상태에 몸을 맡겼다. 우리가 생각했던 것보다 더, 그녀가 자각했던 것보다 더 그녀가 깊이 지쳐 있었음을 비로소 알 수 있었다. 실지로 무오트가 마침내 데리러 올 무렵이 되자, 그녀는 무기력한 불안에 빠져 잠을 이룰 수 없게 되었다. 그녀는 좀 더 아버지 곁에 있게 해달라고 애원했다.

아버지는 딸이 새로운 힘과 새로운 의지를 가지고 무오트에게 돌아가는 것을 즐거움으로 여기고 있는 줄로 믿었으므로, 물론 약간 놀랐다. 그러나 그는 반대하지 않았고, 오히려 후일의 이혼 준비로 당분간 장기간 별거를 하면 어떻겠느냐는 생각을 신중히 비쳤다. 그러나 그녀는 몹시 흥분하며 반대했다.

"나는 그이를 역시 사랑하고 있어요!"

그녀는 격해서 소리쳤다.

"그이를 결코 등지고 싶지는 않아요. 더 힘이 날 때까지 조금만 더, 두어 달쯤 더 쉬고 싶을 뿐이에요."

임토르 노인은 애써 딸을 진정시켰다. 자기로서는 딸을 잠시 더 데리고 있는 데 조금도 반대하지 않았다. 그는 무오트에게, 게르트루트는 아직 아픔 때문에 잠시 더 집에 있고 싶어 한다고 적어 보냈는데, 유감스럽게도 무오트는 이 편지를 가볍게 받아들이지 않았다. 별거하고 있는 동안 아내에 대한 갈망이 극도로 강해져 있었으므로, 그는 아내의 귀환을 즐거움으로 기다리면서 그녀를 완전히 되찾아 자기 것으로 하려는 선의지에 넘쳐 있었다.

그런 그에게 임토르 씨의 편지는 심한 환멸을 안겨주었다. 무오트는 즉시 장인에 대한 의심으로 가득 찬 격렬한 답장을 썼다. 임토르 씨는 이혼을 바라고 있기 때문에 자기 뜻에 어긋나게 일을 꾸몄다고 무오트는 생각했다. 그래서 곧 게르트루트와 만나기를 요구했다. 아내를 되찾을 수 있다고 확신한 것이다. 노인은 그 편지를 가지고 나를 찾아왔다. 우리는 어떻게 하면 좋을지 오랫동안 곰곰 생각했다. 우리 두 사람은 게르트루트가 아직 격동에 견딜 수 없음이 분명하므로 곧 남편과 만나는 일은 피하는 것이 옳다고 생각했다. 임토르 씨는 몹시 우려하며 나보고 무오트에게 찾아가서 게르트루트를 잠시 휴식시키도록 설득해달라고 부탁했다. 지금의 나는 그렇게 했어야만 했다고 생각된다. 그러나 그 당시의 나로서는 내가 무오트의 장인에게 신뢰를 받고 있으며, 무오트 자신이 내게 털어놓고 싶어 하지 않던 그의 개인적인 일을 소상히 알고 있음을 그에게 알리는 것은 위험하다고 생각했다. 그래서 나는 사양하고 노인의 편지로 대치하게 되었는데, 물론 그것으로는 사태가 조금도 개선되지 않았다.

뿐만 아니라 소식도 없이 무오트가 찾아와서, 그의 사랑과 거의 억제하지 못하는 격심한 의심으로 우리 모두를 놀라게 했다. 간단한 편지 왕래에 대해서 아무것도 몰랐던 게르트루트는 예기치 않던 남편의 방문과, 그의 분노에 가까운 갑작스러운 흥분에 정신이 멍해졌다. 내가 들을 수 없었던 딱한 장면이 벌어졌으나, 나로서는 무오트가 게르트루트에게 함께 뮌헨으로 가자고 재촉했다는 것밖에 모른다. 그녀는 하는 수 없이 따라갈 각오를 보였으나, 지쳐 있어서 아직 휴식이 필요하므로 아버지 곁에 좀 더 있게 해달라고 부탁했다. 그러자 무오트는, 너는 내게서 달아나려 하고 있고 아버지한테 부추김을 받고 있다고 말하며 그녀를 책망하고, 그녀가 아무리 부드럽게 설명을 해도 더 한층 의심이 깊어져 분노의 발작에 정신을 잃고 즉시 자기에게로 돌아오라고 명령했다. 그러자 그녀의 자존심이 심히 반발하여 이제 그의 말을 듣지 않겠다고 냉정하게 거절하고, 절대로 이곳을 떠나지 않겠다고 선언했다. 이 장면에 대해서는 다음 날 일종의 화해가 성립되었다. 무오트는 스스로 부끄러워하고 뉘우치며 그녀의 요청을 모두 받아들였다. 그리고 나에게는 들르지도 않고 곧장 떠나버렸다.

그 말을 듣고 나는 놀랐다. 처음부터 두려워하던 불행이 왔다고 생각했다. 추하고 어리석은 장면을 연출한 뒤로 게르트루트가 명랑하게 그에게로 돌아갈 힘을 되찾기까지는 오랜 시일이 걸릴 것이라고 나는 생각했다. 그동안에 무오트는 거칠어져서 그녀를 그리워하면서도 더 서먹해질 위험이 있었다. 잠시 행복하게 살던 집에 혼자 있는 것을 오래 견딜 수 없을 것이다. 자포자기하여 술을 마시고, 그렇지 않아도 그의 뒤를 따라다니는 여인들을 집으로 끌어들일지도 모른다.

그러나 파란은 일어나지 않았다. 그는 게르트루트에게 편지를 써서 다시 한번 용서를 빌었고, 그녀는 동정과 친절을 담은 답장을 보내 인내를 구했다. 그즈음 나는 별로 그녀를 만나지 않았다. 때때로 그녀에게 노래를 시키려 했으나, 그녀는 언제나 머리를 흔들었다. 그러나 그녀가 피아노 앞에 앉아 있는 모습은 여러 번 보았다.

언제나 힘과 명랑함과 평온함으로 충만한 그녀를 보아오던 나는 그 아름답고 고귀한 여인이 이제 속절없이 감정의 밑바닥까지 흔들리고 있는 모습을 볼 때 기이하기도 하고 섬뜩하기도 했다. 때로 그녀는 내 어머니를 찾아와 친절하게 우리 안부를 묻고, 잠깐 어머니와 나란히 회색 안락의자에 앉아서 잡담을 해보려 했다. 나는 찢어지는 듯한 가슴으로 그녀의 말소리를 듣고, 억지로 웃는 그녀 얼굴을 보았다. 나뿐 아니라 다른 누구도 그녀의 고뇌를 몰랐고, 겉으로는 다만 신경쇠약 같은 것으로 생각하는 척했다. 그래서 나는 내가 알아서는 안 될, 표명되지 않은 비탄이 뚜렷이 어린 그녀의 얼굴을 차마 볼 수가 없었다. 우리는 모든 일이 변함없는 것처럼 서로 이야기하고, 지내고, 스쳐갔다. 그러나 서로가 부끄러워하고 피했다. 그처럼 슬픈 감정의 혼란 가운데 이따금 별안간 타오르는 열정에 사로잡혔다. 그녀 마음은 이제 남편의 것이 아니다, 해방되어 있다, 지금이야말로 그녀를 다시 잃지 않도록 내 것으로 만들고, 어떠한 폭풍우나 고뇌가 닥쳐와도 그녀를 내 품에서 지키는 것은 내 뜻에 달렸다는 생각이 나를 엄습했다. 그럴 때면 나는 들어박혀서, 갑자기 다시 사랑하고 이해하게 된 내 오페라 가운데 열렬한 구애의 음악을 연주했다. 몸이 타오르는 밤을 그리움과 갈망으로 보내고, 청춘과 채울 수 없는 욕망의 고뇌를 다시 한번 맛보았다. 더구나 처음으로 그녀에 대한 갈망으로 몸이 타오르고 그 잊을 수 없는 단 한 번의 키스를 했을 때 못지않게 강렬한 고뇌를 맛보았다. 그 키스가 다시 내 입술에서 타올라, 몇 년 동안의 안정과 체념을 순식간에 불태워 재로 만들어버렸다.

게르트루트 앞에 있을 때만은 불꽃이 가라앉았다. 설령 내가 어리석고 비천하게도 내 욕망을 좇아 친구인 그녀의 남편을 생각지 않고 그녀의 마음에 사랑을 구했다 하더라도, 괴로워하며 끈덕지게 고통에 매달려 있는 이 상냥한 여인의 눈길 아래서는 동정과 신중한 위안 이외의 마음으로 그녀에게 다가가는 것을 부끄러워해야 했을 것이다. 그녀가 괴로워할수록, 그리고 아마도 희망을 잃어갈수록 그녀는 자존심을 높이고, 그래서 더 다가가기 힘들어졌다. 훤칠한 모습의 그녀는 금발의 아름다운 머리를 전에 없이 꼿꼿하고 귀족적으로 세우고 있었다. 그리고 누군가 아무리 부드러운 몸짓이라도 그녀에게 다가가서 떠받쳐주려는 것을 그녀는 허용하지 않았다.

그 오랜 침묵의 몇 주일은 아마도 내 일생에서 가장 괴로운 시기였다. 한편으로는 가까이에 두고서도 손에 넣을 수가 없고, 혼자 있으려 해서 접근할 수도 없는 게르트루트가 있었다. 다른 한편으로는 나를 사랑하고 있음을 내가 알고 있는 브리기테가 있었다. 그녀와는 오래 멀어져 있다가 다시 부담 없는 교제가 차츰 시작되었다. 우리 모두 사이에는 늙은 어머니가 있었다. 어머니는 우리의 고뇌를 보며 모든 것을 알고 있었지만, 나 자신이 완고하게 입을 다물고 내 신상에 대해서 한마디 말도 하려 들지 않았으므로 아무 말도 억지로 묻지 않았다. 가장 좋지 못한 일은, 가장 친한 친구들이 파멸되어가는 것을 분명히 알면서도 내가 알고 있음을 알리지 못하고 어쩔 수 없이 바보처럼 방관만 하고 있지 않으면 안 된다는 것이었다.

게르트루트의 아버지가 가장 심하게 괴로워하고 있는 것 같았다. 몇 년 전에 그를 처음 만났을 때는 현명하고 엄격하며 조용하고 쾌활한 노신사였으나, 이젠 나이 들어 달라졌고 말소리도 나직하고 차분하지 못했다. 이제는 농담도 하지 않았으며, 근심에 가득 차 애처롭게 보였다. 11월의 어느 날, 나는 위안의 상대가 되어주기보다는 새로운 소식을 듣고 희망을 얻기 위해 그를 찾아갔다.

그는 사무실에서 나를 맞았다. 비싼 여송연을 권하면서 정중하게 가벼운 어조로 말을 시작했으나 곧 그만두고, 서러운 웃음을 띠고 내 얼굴을 쳐다보며 말했다.

"형편이 어떤지 묻고 싶은 거죠? 좋지가 않아요. 쿤 씨, 좋지 않아요. 그 애는 우리가 생각하던 이상으로 참아온 것 같아요. 그러지 않았다면, 좀 더 빨리 가야 할 길을 찾아냈을 겁니다. 나는 이혼시킬 작정으로 있는데, 그 애는 들으려 하지 않아요. 그를 사랑하고 있다고, 적어도 그렇게 말을 해요. 그러면서도 그를 무서워하고 있습니다. 그러면 안 되지요. 그 애는 몸이 안 좋아요. 눈을 감고, 아무것도 보려 들지 않습니다. 모두가 자기를 상관하지 않으면 틀림없이 좋아질 거라고 생각하고 있어요. 물론 신경쇠약이지만, 병은 좀 더 깊은 것 같아요. 남편에게 돌아가면 학대를 받지 않을까 하고 무서워하고 있기도 해요. 더구나 그를 사랑한다고 생각하고 있으니."

그는 딸의 마음을 이해할 수 없는 듯, 어찌할 바를 모르고 사태를 지켜보고 있었다. 그녀의 고뇌가 사랑과 자존심의 싸움임을 나는 잘 알고 있었다. 그녀는 그에게서 얻어맞을까 봐 두려워한 것이 아니라, 그를 더는 존경할 수 없게 될까 봐 두려워했다. 그녀는 괴롭게 기다리는 동안에 다시 힘을 얻기를 바라고 있었다. 그녀는 그를 제어하고 속박하고 있었으며, 그 때문에 지쳐버려 이제 자신의 힘을 믿을 수가 없어졌다. 이것이 그녀의 병이었다. 그녀도 그를 그리워했지만, 공동생활의 새로운 시도가 잘되어나가지 못하면 그를 완전히 잃게 될까 봐 두려워하고 있었다. 나는 그제야 내 뻔뻔스러운 사랑의 공상이 얼마나 덧없고 눈먼 것이었는가를 똑똑히 깨달았다. 게르트루트는 남편을 사랑하고 있으며, 결코 다른 사람을 사랑하지는 않을 것이다.

임토르 노인은 내가 무오트와 친하다는 것을 알고 있었기에 무오트에 대한 이야기는 피했다. 그러나 그는 무오트를 증오했고, 어떻게 그가 게르트루트를 유혹했는지 이해할 수 없었다. 그는 무오트를, 죄 없는 사람을 가두고 풀어주지 않는 나쁜 마술사처럼 생각했다. 정열이란 언제나 수수께끼며 설명하기 어려운 것이다. 미인은 팔자가 세다는 것, 더없이 훌륭한 인간이 종종 바로 자기를 파멸시키는 자를 사랑하지 않을 수 없다는 것은 유감스럽게도 분명한 사실이다.

이러한 우수에 싸여 있는 내게 무오트의 편지가 구원처럼 날아들었다. 그는 이렇게 적어 보냈다.

사랑하는 쿤! 자네의 오페라는 지금 여러 곳에서, 아마 이곳에서보다도 더 훌륭하게 공연되고 있네. 그러나 자네가 다시 한번 이곳으로, 이를테면 내가 자네의 오페라를 두 번 노래하는 다음 주에라도 와준다면 고맙겠네. 알다시피 아내는 병중이고, 나는 이곳에 혼자 있네. 사양 말고 내 집에 체류하게. 그러나 다른 사람은 데리고 오지 말게!

무오트

그는 좀처럼 편지를 쓰지 않는다. 불필요한 편지는 절대로 쓰지 않는다. 그래서 나는 곧 떠날 결심을 했다. 그는 내가 필요한 것이 틀림없었다. 나는 이 소식을 게르트루트에게도 알릴까 잠깐 생각했다. 교착 상태를 타개할 좋은 기회가 될지도 모른다. 그녀는 그에게 편지나 다른 좋은 말을 전할지도 모르고, 그에게 데리러 와달라든가 함께 가겠다고 할지도 모른다. 그러나 그런 생각은 단지 내 생각에 머물고, 실행되지는 않았다. 나는 출발 전에 그녀의 아버지를 방문했을 뿐이다.

사납게 비가 내리는 궂은 날씨의 늦가을이었다. 뮌헨에서는 때때로 한 시간쯤 거리의 가까운 산이 첫눈에 덮인 모습이 보였다. 거리는 음침하고 빗물에 젖어 있었다. 나는 곧 무오트의 집으로 갔다. 모든 것이 1년 전과 변함이 없었다. 하인도 방도 가구의 위치도 그대로였다. 다만 모든 것이 황량하고 공허해 보였다. 언제나 게르트루트가 마음을 쓰던 꽃도 놓여 있지 않았다. 무오트는 집에 없었다. 하인이 나를 방으로 안내하고, 짐 푸는 것을 도와주었다. 나는 옷을 갈아입고, 주인이 아직 돌아오지 않았으므로 음악실로 내려갔다. 이중창문 바깥에서 나무들이 나달거리는 소리가 들려왔다. 나는 과거를 되새길 시간을 얻었다. 그곳에 앉아서 그림을 보고 책장을 펼치고 있자니, 내 마음은 더욱 서글퍼지고 이 가정은 이제 어떻게도 할 수 없을 것 같다는 생각이 들었다. 나는 쓸데없는 생각을 떨쳐버리려고 내키지 않는 마음으로 피아노 앞에 앉았다. 그러고는 과거의 행복을 되부를 수 있을 것처럼 그 결혼식 서곡을 연주했다.

이윽고 무겁고 바쁜 발소리가 옆방에서 들리더니 하인리히 무오트가 들어왔다. 그는 내게 손을 내밀고 지친 듯이 나를 쳐다보았다.

"미안."

그는 말했다.

"극장에 일이 있어서. 오늘 밤엔 내가 노래하게 되어 있어. 자, 식사나 하지."

그는 앞서 나갔다. 그는 변해 있었다. 그는 멍청하고 무관심한 상태였다. 극장에 관한 이야기만 하고 다른 이야기는 바라지 않는 것 같았다. 드디어 식사를 끝내고 우리가 말도 없이 서먹서먹하게 노란 등의자에 마주 앉았을 때, 별안간 그는 말을 시작했다.

"자네가 와준 것은 참으로 고마워! 오늘 밤엔 특별히 힘을 넣어 부르겠어."

"고맙네."

나는 말했다.

"자네 안색이 좋지 않군."

"그래? 그러나 유쾌하게 지내자고. 나는 일시적인 홀아비니까. 알다시피."

"그러지."

"게르트루트에 대해서는 아무것도 모르나?"

그는 옆으로 얼굴을 돌렸다.

"특별히 아는 것은 없어. 그녀는 여전히 신경쇠약이고, 잠을 못 잔다더군."

"그래, 그 이야기는 그만두세! 그녀는 그곳에서 잘 보호받고 있으니까."

그는 일어서더니 방을 가로질러 거닐었다. 그는 더 무슨 말을 하고 싶은 사람처럼 살피듯 의심하는 눈길로 나를 쳐다보았다.

그리고 웃더니 아무 말도 하지 않았다.

"예의 로테가 다시 나타났어."

그는 새로 말을 꺼냈다.

"로테?"

"그래, 그때 자네한테 찾아가서 호소하던 여자 말이야. 결혼해서 이곳에 살고 있어. 아직도 내게 흥미가 있는 듯 정식으로 방문해 왔어."

그는 다시 교활하게 나를 쳐다보았고, 내가 놀라는 것을 보고는 웃었다.

"그래서 자네는 만났는가?"

나는 주저하며 물었다.

"만났다고 생각하겠지! 아냐, 내쫓아버렸어. 하지만 미안하네, 시시한 이야기를 해서. 난 지독히 피곤해. 그래도 밤에는 노래를 불러야 하거든. 괜찮다면 저쪽 방에서 한 시간쯤 잤으면 싶어."

"상관없어. 하인리히, 푹 쉬게. 난 잠깐 나갔다 오겠네. 마차를 불러주지 않겠나?"

다시 말없이 이 집에 앉아 나무를 스쳐 가는 바람 소리를 듣고 있기는 싫었다. 정처 없이 거리로 나와 돌아다니다 알테 피나코테크*에 들어갔다. 거기서 반 시간쯤 음침한 회색빛을 받고 있는 옛 그림을 보고 있으니 폐관 시간이 되었다. 그래서 카페에서 신문이나 읽고, 높은 창문 너머로 비에 젖어 음산한 거리를 내다보는 일 말고는 달리 할 일이 없었다. 나는 어떻게 해서라도 냉랭함을 돌파해 하인리히와 숨김없이 이야기를 해보겠다고 결심했다.

집으로 돌아오니, 그는 기분이 좋아져 웃고 있었다.

"잠이 모자랐던 모양이야."

그는 쾌활하게 말했다.

"완전히 상쾌해졌어. 뭐 좀 연주해주겠나? 괜찮다면 서곡을."

그가 이렇게 갑작스레 변한 것을 보고, 나는 기쁘면서도 놀라워서 그의 뜻에 따랐다. 연주가 끝나자 그는 예전처럼 아이러니와 가벼운 회의를 섞어가며 잡담을 하고, 기발한 생각을 다채롭게 발휘하며 다시 내 마음을 완전히 사로잡았다. 우리가 사귀기 시작한 처음 무렵이 떠올랐다. 저녁녘에 둘이서 집을 나설 때, 나는 부지중에 뒤를 돌아보며 물었다.

"이제 개는 안 기르나?"

"그래. 게르트루트가 싫어해서."

우리는 말없이 극장으로 마차를 몰았다. 나는 악장에게 인사를 했고, 그는 내게 좌석을 마련해주었다. 나는 귀에 익은 음악을 다시 들었다. 그러나 전번과는 모든 것이 달라져 있었다. 나는 홀로

---

* 고전 미술품들을 소장한 뮌헨의 미술관

특별석에 앉아 있었다. 게르트루트는 없었다. 무대에서 연기하고 노래하는 무오트도 다른 사람이 되어 있었다. 그는 정열과 힘을 다해 노래 불렀다. 관객은 그 역의 그를 좋아하는 듯 처음부터 활기를 띠고 따라갔다. 그러나 나에게는 그의 정열이 과장되고 목소리는 치솟아 있어서 거의 무모하다고 여겨졌다. 첫 막간에 나는 내려가서 그를 찾았다. 그는 자기 방에 앉아서 샴페인을 마시고 있었다. 두서너 마디 말을 주고받는 사이에도 그의 눈은 술 취한 사람처럼 안정되지 않았다. 나중에 무오트가 옷을 갈아입는 동안 나는 악장을 찾아갔다.

"무오트는 어디 몸이 나쁜 게 아닙니까? 말씀해주십시오."

나는 부탁했다.

"그는 샴페인으로 지탱하고 있는 것 같습니다. 아시다시피 나는 무오트의 친구입니다."

그는 의심쩍은 듯이 나를 쳐다보았다.

"그의 몸이 나쁜지 어떤지는 모릅니다. 그러나 그가 자신을 파괴하고 있는 것은 확실합니다. 거의 취해서 무대에 나오는 경우가 적지 않습니다. 마시지 않으면, 그의 연기는 서투르고 노래는 형편없습니다. 이전에도 그는 언제나 무대에 나오기 전에 샴페인을 한 잔 마셨습니다. 그러나 지금은 한 병 이하일 때가 없습니다. 당신이 충고를 하시려면…… 그러나 별로 소용없을 겁니다. 무오트는 억지로 자신을 파괴하고 있습니다."

무오트가 나를 데리러 왔다. 우리는 가까운 요릿집에서 밤참을 들었다. 그는 다시 낮과 마찬가지로 지쳐서 무뚝뚝하게 진한 포도주를 한없이 마셨다. 그렇게 하지 않으면 잠들 수가 없었기 때문이다. 이 세상에 자기의 피로와 수면 욕망 이외의 것이 있다는 사실을 어떻게든 잊으려 하는 듯 보였다.

돌아오는 마차 안에서 그는 잠깐 눈을 뜨고는 내게 웃음을 보내며 소리쳤다.

"이봐, 내가 없으면 자네 오페라는 소금에 절여두게. 나 말고는 아무도 그 역을 맡아서 노래할 수 없어."

다음 날 그는 늦게 일어났다. 불안정한 눈과 잿빛 얼굴로 지쳐 늘어져 있었다. 아침 식사 후에 나는 그를 나무라고 경고했다.

"자네는 자네 자신을 죽이고 있어."

나는 슬픔과 불만을 품고 말했다.

"샴페인으로 기운을 차리고 있지만, 필경 나중에 그 보상을 치르게 되지. 자네가 왜 그러는지 알고 있네. 자네가 독신이라면 나도 아무 말 하지 않겠어. 자네는 아내에게 안팎으로 깨끗하고 사내답게 행동할 책임이 있는 거야."

"그래?"

그는 겉으로는 내 열심에 흥겨워하는 듯 힘없이 웃었다.

"그렇다면 그녀는 내게 대체 어떻게 책임을 지고 있나? 그녀는 도대체 의연하게 행동하고 있는가 말이야? 그녀는 부친에게 가버리고, 나를 홀로 내버려두고 있어. 그녀가 자제하지 않는데 왜 내가 자제해야 하나? 우리 사이가 이제 완전히 끝장났다는 것을 모두가 알고 있어. 자네도 알고 있지. 그런데도 나는 노래를 부르고 어릿광대 역을 해야 한단 말이야. 그런 건 이렇게 공허하고 지긋지긋한 기분으로는 해낼 수 없는 거야. 나는 만사가 다 싫어졌어. 예술이 제일 싫어졌어."

"무오트, 그래도 다른 방법으로 시작해야 해! 자네가 행복해지고 싶다면 말이야. 하지만 지금의 자네는 아주 비참해. 노래하는 것이 무리라면 휴가를 얻게. 곧 얻을 수 있을 거야. 노래로 얻는 돈 따위는 전혀 필요 없지 않은가. 산이든 바다든, 어디로든지 가게. 그래서 건강을 되찾아야지. 그러나 어리석은 술만은 끊어주게! 그건 어리석을 뿐만 아니라 비겁하단 말이야. 자네도 잘 알고 있겠지!"

그는 웃기만 할 뿐이었다.

"좋아."

그는 쌀쌀하게 말했다.

"그렇게 말한다면, 자네도 한번 가서 왈츠를 추어주게! 몸에 썩 좋을 거라고 생각되네! 자네 다리는 생각지 말고, 그런 건 망상이라 돌려버리고 말이야!"

"그만둬."

나는 화가 나서 말했다.

"자네와 내 경우가 다르다는 걸 자네도 잘 알고 있지 않은가. 할 수 있다면 나도 매우 기꺼이 추겠어. 그러나 할 수가 없지 않나. 하지만 자네는 충분히 마음을 돌려서 더 분별 있게 행동할 수가 있어. 술은 반드시 끊어야 해!"

"반드시라니! 쿤, 웃기지 마. 내가 달라질 수 없고 술을 끊을 수 없는 것은 자네가 춤을 출 수 없는 것과 같은 거야. 그럭저럭 나를 살아가게 해주고 기분을 돋우어주는 것을 버릴 수는 없어. 알겠지? 술꾼은 구세군이라든가 다른 어디에서 더 좋고 오래가는 만족을 얻으면 술을 끊곤 하지. 나한테도 그런 게 있었어. 여자였지. 그러나 내 아내가 내 것이었다가 나를 버린 뒤로 이제 다른 여자와는 사귈 수가 없어. 그러니까…….”

“그녀는 자네를 버린 게 아니야! 다시 돌아올 거야. 병들어 있을 뿐이지.”

“자네는 그렇게 생각하겠지. 그녀 자신도 그렇게 생각하고 있다는 건 알고 있어. 그러나 그녀는 돌아오지 않을 거야. 배가 침몰하게 되면 그 전에 배에 있던 쥐들이 달아나는 게 보통이야. 배가 망가진다는 걸 쥐는 아마도 모를 거야. 다만 섬뜩한 전율을 느끼고서 달아나는 거겠지. 다시 곧 돌아오겠다는 기특한 생각은 분명히 가지고 있어.”

“제발 그런 이야기는 말아주게! 자네는 지금까지 몇 번이고 인생에 절망했지만 언제나 뚫고 나왔어.”

“그래. 그러나 위로하거나 마취시켜주는 것이 있었기에 그럴 수 있었어. 그건 때로 여자였고, 때론 친한 친구였어. 그렇지, 자네도 그렇게 해주었어. 때로는 음악, 때로는 극장의 갈채였어. 그런데 지금은 그런 것들이 기쁘지 않단 말이야. 그래서 나는 마시는 거지. 우선 두어 잔 마시지 않고서는 노래를 부를 수가 없어. 생각할 수도, 이야기할 수도, 살아갈 수도, 참아낼 수도 없는 기분이거든. 우선 두어 잔 마시지 않고는. 지금은 요컨대…… 잘 어울리지만, 설교는 그만두게. 12년 전에 벌써 이런 일이 한 번 있었지. 그때 어떤 사나이가 그칠 줄 모르고 나에게 설교를 했어. 어떤 여자 때문이었는데, 우연히도 그 사나이는 내 가장 친한 친구였어…….”

“그래서?”

“그래서 너무 귀찮아서 그 녀석을 쫓아버렸지. 그 뒤로 오랫동안 내겐 친구가 없었어. 실은 자네가 나타날 때까지.”

"그건 잘 알겠어."

"그렇지?"

그는 부드럽게 말했다.

"그러니까 자네 생각대로 하게. 그러나 지금 달아나는 것은 좋지 않아. 난 자네를 좋아하네. 그래서 자네를 한번 기쁘게 해주려고 생각했네."

"그래, 대체 무엇인가?"

"자네는 내 아내를 좋아해. 적어도 좋아했었어. 나도 아내를 좋아해. 더구나 몹시 좋아하지. 그래서 오늘 밤 둘이서만 아내에게 경의를 표해 축하연을 열자고. 그럴 만한 이유는 있지. 나는 아내의 초상화를 그리게 했어. 아내는 지난봄에 줄곧 화가에게 다녔어. 나도 그곳에 자주 갔었지. 그 후에 아내는 떠나버렸는데, 그림은 거의 완성되어 있었어. 화가는 다시 한번 아내가 포즈를 잡아주었으면 좋겠다고 했지만, 나는 기다릴 수가 없어서 그림을 그대로 가져오라고 부탁한 거야. 일주일 전 일이지. 액자에 끼워서 드디어 어제 그림이 집에 도착했어. 자네에게 곧 보여주었어야 하지만, 장중하게 하는 편이 더 좋거든. 물론 샴페인 두어 병쯤은 있어야지, 그렇잖으면 무슨 재미가 있겠나! 안 그래?"

나는 그의 농담 뒤에 감동, 아니 눈물마저 숨어 있는 것을 느꼈다. 그래서 별로 마음 내키지 않았으나 쾌활하게 찬성했다. 나로서는 완전히 잃어버린 여인, 그리고 무오트는 완전히 잃었다고 생각하는 여인을 위한 축하연이 준비되었다.

"자네, 아내의 꽃을 기억하고 있나?"

그는 나에게 물었다.

"나는 꽃에 대해서는 아는 게 없어. 꽃 이름도 모르고. 아내는 언제나 하얀 꽃과 노란 꽃, 그리고 빨간 꽃을 가지고 있었지. 자네 모르나?"

"알지, 조금은 알고 있어. 왜?"

"그걸 좀 사주게. 마차를 불러야지. 그러잖아도 나 역시 시내로 나가야 해. 아내가 여기에 있는 셈 치고 하세."

그리하여 그는 여러 가지 일을 더 생각해냈다. 그것으로 미루어 그가 참으로 깊이 언제나 게르트루트를 생각하고 있다는 것을 알 수 있었다. 그 사실을 아는 것이 나에게는 흐뭇하기도 하고 슬프기도 했다. 그녀를 위해 그는 이제 개도 기르지 않고 고독하게 살고 있었다. 옛날에는 여자 없이는 오래 있을 수 없는 그였는데! 그는 그녀의 초상화를 주문했고, 지금은 나에게 그녀의 꽃을 사 오라고 명령하지 않는가! 그는 마치 가면을 벗어던진 것같이 보였다. 그의 이기적인 냉혹한 표정 뒤에 숨어 있는 어린아이의 얼굴이 보이는 것 같았다.

"그러나" 하고 나는 이의를 제기했다.

"초상화는 지금이나 오후에 보는 것이 좋겠어. 아무래도 낮에 빛이 있을 때 봐야 해."

"뭘 그래, 내일 천천히 볼 수 있는데. 아마 좋은 그림이겠지만, 우리로서는 결국 아무래도 같은 거야. 우린 그녀를 보기만 하면 되니까."

식사 후에 우리는 마차를 타고 시내로 나가 물건을 사들였다. 국화 한 다발, 장미 한 바구니, 흰 라일락 서너 묶음을 샀다. 동시에 그는 K시의 게르트루트에게 많은 꽃을 보내야겠다고 생각했다.

"꽃이란 아름다운 거지."

그는 성찰하듯 말했다.

"게르트루트가 꽃을 좋아하던 이유를 알겠어. 꽃은 내 마음에도 들어. 다만 이런 걸 꼼꼼하게 가꿀 수 없을 뿐이야. 여자가 돌봐주지 않으면, 우리 집은 언제나 난잡하고 아늑하지 못했지."

저녁녘에 나는 비단으로 덮인 새 초상화가 음악실에 세워져 있는 것을 보았다. 우리 두 사람은 축하의 요리를 먹었다. 무오트는 우선 결혼식 서곡을 듣고 싶다고 했다. 내가 서곡을 연주하고 나자 그는 초상화에 덮인 천을 걷었다. 우리는 잠시 그 앞에 묵묵히 서 있었다. 밝게 여름 치장을 한 게르트루트의 전신상이 그려져 있었다. 밝은 눈은 다정하게 우리를 바라보고 있었다. 한참이 지난 뒤에 비로소 우리는 서로 얼굴을 마주 보고 손을 잡았다. 무오트는 라인 포도주를 넘칠 만큼 두 잔에 따르고 초상화를 보며 고개를 끄덕였다. 그리고 다시 우리 두 사람은 그녀를 생각하면서 그녀를 위해 축배를 들었다. 그러고 나서 그는 그림을 조심스럽게 팔에 안고 밖으로 운반했다.

그에게 노래를 청했으나 그는 응하지 않았다.

"아직 기억하고 있나?" 그는 웃음 띤 얼굴로 말했다. "내 결혼식 전에 하룻저녁 함께 지냈지. 지금 다시 나는 총각이나 마찬가지가 됐어. 한 잔 더 들고 조금 유쾌하게 지내세. 자네의 타이저가 있으면 좋을 텐데. 그는 자네나 나보다는 유쾌하게 노는 법을 잘 알고 있어. 집에 돌아가거든 안부를 전해주게. 그는 나를 싫어하지만, 그래도……."

그는 즐거운 시간을 누릴 때면 언제나 신중하면서도 쾌활한 태도를 보였듯이, 지금도 그런 상태로 내가 지나간 일을 되새기게 하기 시작했다. 벌써 잊어버렸으리라고 믿었던 하찮은 우연한 일까지도 그의 기억 속에 모두 그대로 살아 있는 데 나는 놀랐다. 내가 그와 마리온이 있는 곳에서 크란츨이나 다른 사람과 함께 지낸 최초의 저녁이라든가, 그때 우리의 싸움까지도 그는 잊지 않고 있었다. 게르트루트의 일만은 이야기하지 않았다. 그는 그녀가 우리 사이로 들어온 이후의 일은 언급하고 싶지 않았던 터였다. 그 편이 내게도 좋았다.

나는 그 뜻하지 않은 즐거운 시간을 기뻐하며 군소리 없이 그에게 좋은 포도주를 잔뜩 마시게 해주었다. 그가 그러한 기분에 젖기가 얼마나 드문 일이며, 또 그가 한번 그러한 기분이 들면 그것을 얼마나 소중히 지키는가를 나는 알고 있었다. 물론 술 없이는 그러한 기분이 들지 않았다. 그 기분이 오래는 지속되지 않고, 내일은 다시 불쾌해지고 무뚝뚝해진다는 것도 나는 알고 있었다. 그러나 모순투성이기는 하지만 현명하고 명상적인 그의 관찰에 귀기울이고 있노라면 내 마음속에도 따스함과 흥겨운 기분이 솟아올랐다. 그러한 때만 갖는 아름다운 눈길을 그는 때때로 나에게 던졌다. 그것은 이제 막 잠에서 깬 사람의 눈길처럼 꿈의 한가운데서 나오는 듯했다.

그가 말없이 생각에 잠겨 있을 때, 나는 그 신지학자가 말한 고독의 병에 대해 들려주기 시작했다.

"그래?"

그는 악의 없이 말했다.

"자네는 물론 그걸 믿고 있겠지? 자네는 신지학자가 되었더라면 좋았을 거야."

"왜? 하지만 그 말엔 다소 진리가 있어."

"물론이지. 현명한 사람들은 때때로 모든 것은 공상에 지나지 않는다는 것을 증명하거든. 나도 이전에 그런 책을 몇 번이나 읽은 적이 있어. 그러나 그런 건 아무것도 되지 않는다, 절대로 아무것도 되지 않는다고 말할 수 있지. 그러한 철학자가 저술하는 내용은 모두 유희에 불과해. 아마 그걸로 자신을 위로하고 있을 거야. 어떤 사람은 동시대 사람을 싫어해서 개인주의를 생각해내고, 어떤 사람은 혼자서는 해나갈 수가 없어서 사회주의를 생각해내지. 우리의 고독감도 하나의 병일지 몰라. 그렇다고 해서 어떻게 되는 것도 아니야. 몽유병도 하나의 병이지. 그러니까 그런 녀석은 정말로 추녀의 홈통을 기어오르기도 하거든. 그렇다고 그 녀석에게 큰 소리를 지르면, 떨어져서 모가지를 부러뜨릴 뿐이야."

"그건 조금 다르지."

"어떻든 상관없어. 내가 옳다고는 생각하지 않으니까. 다만 지혜 같은 것으로는 어떻게 할 수 없다는 말이지. 두 가지 지혜가 있을 뿐이야. 그 중간의 것은 모두 요설에 불과해."

"두 가지 지혜란 뭔가?"

"하나는 불교도나 그리스도교도가 말하듯이 세계는 불완전하고 초라하다는 것이야. 그렇게 생각하면 금욕하고 모든 것을 단념하지 않으면 안 돼. 그것으로 만족할 수 있다고 나는 생각해. 금욕자는 남들이 생각하는 만큼 괴로운 생활을 하고 있지는 않아. 다른 하나는 지금과는 반대로 세계와 인생은 완전하고 올바르다는 것이야. 그렇다고 한다면 생활을 함께할 수 있고 그 후에 조용히 죽을 수 있어. 그것으로 마지막이니까…….”

“그래서 자네 자신은 어느 쪽을 믿나?”

“그런 질문은 누구에게라도 해선 안 되지. 대부분의 사람은 날씨와 건강과 돈주머니 사정에 따라서 양쪽을 다 믿고 있어. 그리고 정말로 믿고 있는 사람도 그것에 따라 살고 있지는 않아. 나도 그렇지. 나는 석가와 마찬가지로 인생은 공(空)이라고 믿고 있지만 감각에 쾌적하도록, 감각이 중요한 것처럼 살고 있어. 그것으로 더욱 즐거울 수 있다면 좋겠는데!”

우리가 자리에서 일어났을 때 밤은 아직 깊지 않았다. 램프가 하나만 켜진 별실을 지날 때, 무오트는 내 팔을 잡아끌며 불을 전부 밝힌 다음 세워두었던 게르트루트의 초상화에서 막을 걷었다. 우리는 다시 한번 사랑스러운 밝은 얼굴을 쳐다보았다. 그러고 나서 그는 다시 초상화를 덮고 불을 껐다. 그는 내 방까지 따라와서 생각이 있으면 읽으라면서 잡지를 두어 권 책상 위에 놓았다. 그러고는 악수를 하고 “잘 자게!”라고 나직이 말했다.

나는 잠자리에 들어서도 반 시간이나 더 그를 생각하며 눈을 뜨고 있었다. 그가 참으로 충실하게 우리 우정의 하찮은 체험까지 모두 기억하고 있는 것을 듣고, 나는 감동하고 부끄러워졌다. 우정을 표시하는 데 서투른 그는 자신이 사랑하고 있는 사람들에게 내가 생각했던 것보다 더 깊이 집착하고 있었다.

그러고 나서 나는 잠이 들었으나, 무오트와 오페라와 로에 선생의 일 등이 뒤섞인 꿈을 꾸었다. 눈을 뜨니 아직 밤중이었다. 꿈과 아무런 관계도 없는 공포 때문에 잠이 깬 것이다. 침침한 사각의 창문이 어렴풋이 밝아오는 것이 보였다. 나는 고통스러운, 가슴이 죄는 듯한 불안을 느끼며 침대에서 머리를 일으켜 완전히 잠을 깨고 머릿속을 맑게 하려 했다.

그때 내 방문을 조급하고 세차게 두드리는 소리가 들렸다. 나는 벌떡 일어나서 문을 열었다. 날씨가 추웠다. 나는 아직 불을 켜지 않고 있었다. 바깥에는 아무렇게나 옷을 걸친 하인이 서 있었다. 그는 놀라서 정신이 나간 눈으로 불안스레 나를 쳐다보았다.

"이리 오세요!"

그는 숨을 헐떡이며 소곤거렸다.

"이리 오세요! 큰일 났어요."

나는 걸려 있던 가운을 걸치고 하인을 따라 계단을 내려갔다. 그는 문을 열고, 비켜서며 나를 들어가게 했다. 조그마한 등나무 탁자 위에 촛대가 서 있고, 굵은 초 석 자루가 타고 있었다. 옆에는 흐트러진 침대가 놓여 있고, 그 위에 엎드린 채 친구 무오트가 누워 있었다.

"반듯이 눕혀야지."

나는 나직이 말했다. 하인은 가까이 오려 하지 않았다.

"곧 의사가 올 거예요."

그는 더듬거리며 말했다.

그러나 나는 가까이 오라고 하인을 채근해 무오트의 몸을 돌려 눕혔다. 얼굴을 보니 하얗게 비뚤어져 있고, 내의는 피투성이였다. 눕혀서 이불을 덮어주자 그의 입이 여리게 실룩거렸다. 눈에는 이미 빛이 없었다.

하인이 열심히 설명을 시작했으나, 내겐 아무것도 들리지 않았다. 의사가 왔을 때 무오트는 이미 죽어 있었다. 아침 일찍이 나는 임토르 씨에게 전보를 치고 집으로 돌아와 죽은 사람 침대 옆에 앉았다. 바깥 나무에 바람이 스치는 소리를 들으며, 그제야 처음으로 내가 이 불쌍한 사나이를 지극히 사랑하고 있었음을 똑똑히 깨달았다. 그를 불쌍히 여길 수는 없었다. 그의 죽음은 그의 삶보다도 편안했다.

저녁녘에 나는 정거장에 나가 임토르 노인이 기차에서 내리는 것을 보았다. 그 뒤에서 검은 옷을 입은 키 큰 부인이 내렸다. 나는 두 사람을 죽은 사람이 있는 곳으로 안내했다. 죽은 사람은 옷이 입혀지고 입관되어 어제 사 온 꽃들 사이에 누워 있었다. 게르트루트는 몸을 굽혀 파랗게 질린 그의 입술에 키스했다.

우리가 무덤 앞에 섰을 때, 울어서 얼굴이 부은 한 아름답고 키 큰 부인이 장미꽃을 들고 혼자 서 있는 것이 보였다. 호기심에서 그쪽을 보았더니 로테였다. 그녀는 나를 보고 고개를 끄덕였고, 나는 가볍게 웃었다. 게르트루트는 울지 않았다. 그녀는 파랗게 야윈 얼굴로 바람 속에 안개처럼 흩날리는 이슬비를 냉정하고 엄연하게 바라보고 있었다. 그리고 꿈적하지 않는 뿌리 위에 자라 있는 싱싱한 나무처럼 꼿꼿하게 서 있었다. 그러나 그것은 자기방어에 지나지 않았다. 이틀 후 자기 집에서, 그사이에 도착해 있던 무오트가 보낸 꽃 상자를 열었을 때 그녀는 쓰러졌고, 그 뒤로 오랫동안 모습을 보이지 않았다.

9

나도 진정으로 슬픔을 느낀 것은 훗날의 일이었다. 으레 그러기 마련이지만, 죽은 친구 무오트에게 내가 부당하게 굴었던 수많은 일이 생각났다. 그러나 그에게 가장 심한 부당함을 저지른 것은 그 자신이었고, 죽음으로써 처음으로 그런 것도 아니었다. 나는 그러한 일들을 여러 가지로 생각했다. 그 운명에 무엇인가 분명치 않은 불가해한 것이 있다고는 생각되지 않았으나, 모든 것이 무참하고 냉혹했다. 나 자신의 일생도, 게르트루트나 많은 다른 사람의 일생도 마찬가지인 듯했다. 운명은 친절하지 않고, 인생은 변덕스럽고 냉혹했다. 자연에는 친절도 이성도 존재하지 않았다. 그러나 우연 가운데 노닐고 있는 우리 인간 속에는 친절과 이성이 존재한다. 우리는 비록 아주 잠깐이라 해도 자연이나 운명보다 강해질 수 있다. 우리는 필요할 때 서로 다가가고, 서로 이해하는 눈을 주고받으며 사랑하고 서로 위로하면서 살아갈 수 있다.

마음이 괴로워 침묵할 때, 우리는 곧잘 그 이상의 일을 할 수 있다. 우리는 잠시 신이 되고, 명령하는 손을 내밀어 그 이전에는 존재하지 않던 것, 완성되면 우리 힘을 빌리지 않고도 살아나가는 것을 만들 수 있다. 우리는 소리나 말로, 그 밖의 연약하고 무가치한 것들로 장난감을, 의미와 위안과 친절에 가득 찬 선율과 노래를, 우연이나 운명의 눈부신 유희보다 더 아름다운 불후의 곡을 지어낼 수 있다. 우리 마음에 신을 품을 수 있다. 때로 마음속이 신으로 가득 차 있을 때는 우리 눈에 신이 보이고, 우리의 말로 신을 모르는 사람이나 신을 알려고 하지 않는 사람들에게 말을 건넨다. 우리는 생활에서 마음을 멀리할 수 없지만, 우연을 뛰어넘고, 괴로운 것을 움쩍하지 않고 쳐다볼 수 있도록 마음을 일깨우고 닦을 수는 있다.

그리하여 나는 하인리히 무오트를 묻은 후에도 몇 번이고 그를 되살려서, 생전보다 더 현명하고 애틋하게 그와 이야기를 할 수 있었다. 때가 이르러 늙은 어머니가 병상에 눕고 세상을 떠나는 것을 나는 보았다. 그리고 아름답고 쾌활한 브리기테 타이저가 세상을 떠나는 것도 보았다. 그녀는 몇 년이고 기다리다가 고뇌가 아문 뒤에 어느 음악가와 결혼했으나, 첫아기를 낳을 때 목숨을 잃었다.

게르트루트는 우리가 보낸 꽃들이 고인에 대한 인사와 애정의 표시로 도착했을 때 엄습했던 고뇌를 이겨냈다. 나는 매일 그녀를 만나고 있지만, 그 일에 대해서는 서로 별로 이야기하지 않는다. 그녀는 자신의 봄날을 실낙원처럼 그리지 않고, 언젠가 여행하면서 지난 먼 골짜기처럼 보고 있다고 나는 생각한다. 그녀는 원기와 쾌활함을 되찾고 다시 노래를 부르게 되었다. 그러나 죽은 사람의 입술에 차가운 키스를 한 뒤로는 다시 남자에게 키스하지 않았다.

그녀의 본성이 건강해지고 옛날의 준엄한 아름다움이 향기를 풍기게 된 후, 세월이 흐르는 사이에 한두 번 내 마음은 그녀를 뒤쫓아서 예전의 금지됐던 길을 더듬으며 왜 안 되는가 생각했다. 그러나 나는 남몰래 그 대답을 알고 있었다. 내 일생도 그녀의 일생도 이제는 수정할 수 없음을 나는 알고 있었다. 그녀는 나의 친구다. 내가 불안정하고 적적한 시간을 보낸 뒤에 정적에서 벗어나 노래나 소나타를 만들면, 그 음악은 먼저 우리 두 사람의 것이 된다.

무오트가 한 말은 옳다. 사람은 나이를 먹으면 청년 시절보다 더 만족한다. 그렇다고 해서 청년 시절을 탓할 생각은 없다. 왜냐하면 청춘은 모든 꿈속에서 빛나는 노래처럼 울려오고, 청춘이 현실이었던 때보다는 지금 더 청순하게 울려 퍼지기 때문이다.

작품 해설

어린 시절

헤르만 헤세는 1877년 7월 2일 남독일 산골짝의 작은 도시 칼프에서 출생했다. 칼프는 호젓한 숲을 누비고 흐르는 나골트 냇물을 에워싸고 있는, 잠자는 듯 조용한 시골 도시다. 헤세는 이 고향에 그다지 오래 산 것은 아니고, 열여덟 살에 이곳을 영영 떠나버리기 전에도 네 살에서 아홉 살까지는 스위스 바젤에서 보냈다. 초등학교를 나온 뒤로 딴 고장의 학교와 요양소와 직장을 전전했지만 칼프에 대한 애착은 평생 변하지 않았고 소설과 에세이와 소품으로 늘 슈바르츠발트의 작은 도시를 그리워했다. 《고향》(1918년)이라고 하는 소품에서도 헤세는, 브레멘과 나폴리 사이, 빈과 싱가포르 사이에서 아름다운 도시를 숱하게 보았지만 자기가 알고 있는 모든 도시 가운데 가장 아름다운 도시는 슈바벤의 작은 옛 도시 칼프라고 말한다. 《수레바퀴 아래서》와 《청춘은 아름다워라》의 매력 가운데 하나는 고향 도시에 대한 묘사에 있다.

간선에서 멀리 떨어진 작은 도시였지만, 헤세의 어린 시절은 넓은 세계로 통해 있었다. 아버지 요하네스 헤세는 북독일계의 러시아인이었다. 젊어서 선교에 뜻을 두어 스위스에서 수업하고 선교사로 인도에서 선교 활동을 했다. 헤세의 어머니 마리도 선교사의 딸이며, 인도에서 태어났다. 그녀는 영국 선교사 아이젠버그와 결혼을 한 후 인더스강 오지에서 고난의 전도에 종사했다. 이렇듯 헤세는 세계시민적인 혈통을 이어받고 교양 있는 교육을 받으며 자랐다.

외조부 헤르만 군데르트는 인도에서 돌아와 칼프에서 신교(新教)의 출판사를 맡고 있었다. 요하네스 헤세는 그의 조수로 부름을 받아 와 있었으므로 이곳에서 선교사 남편과 사별했던 마리 군데르트와 맺어졌다. 따라서 헤르만 헤세는 이 훌륭하고 신비스러운 외조부에게 많은 영향을 받고 자랐다. 외조부는 영어, 프랑스어는 물론이려니와 산스크리트어, 벵골어 등 30여 외국어를 아는 학자였다. 그의 책장에는 그리스도교와 그리스어나 라틴어 고전, 동양종교 책, 그리고 인도의 우상이며 종려나무 잎으로 된 두루마리 등이 함께 꽂혀 있었다. 그러한 배경 가운데 자리한, 얼굴이 온통 하얀 수염으로 뒤덮인 외조부를 어린 헤세는 존경하지 않을 수 없었다. 헤세는 자신의 어린 시절을 〈마술사의 유년 시대〉라는 단편에 흥미 있게 그려냈다. 마술사가 되고 싶다는 소망은 외조부에게서 받은 인상의 영향이 틀림없다. 그리고 그는 소망한 대로 훌륭한 언어의 마술사, 곧 시인이 되었다.

헤세는 네 살 때 가족과 더불어 스위스 바젤로 이사했다. 부모가 해외 선교의 거점이던 전도관 일을 보게 되었기 때문이다. 바젤에서 어린 헤세는 풀밭이 잇닿은 교외에서 나비와 민들레와 푸른 하늘을 벗 삼고 초원의 고독을 맛보며 자랐다. 이미 이상한 마술적 충동에 흔들리던 소년은 자신 속에 소용돌이치는 것을 어찌할 수 없었으며, 아무도 감당할 수 없는 거센 어린이가 되었다. 참을성 많은 어머니도 무던히 애를 태웠는데 그는 그때부터 시(詩) 비슷한 것을 지어 자신만의 멜로디로 노래를 불렀다고 한다.

아홉 살 때 헤세는 부모를 따라 칼프로 돌아왔다. 그로부터 4년 동안 헤세는 일평생 먹지 않아도 배가 고프지 않을 만큼 많은 것을 고향 도시에서 섭취했다. 그리고 그때부터 이미 그의 마음 안팎에서는 두 가지 세계가 대립하기 시작했다. 믿음이 깊고 청결하고 몸가짐이 단정한 부모의 세계와, 식모나 출입하는 일꾼들의 입을 통해서 들리는 부랑자나 주정뱅이나 강도들의 더럽혀진 죄의 세계의 대립은 〈중단된 수업 시간〉과 〈어린이의 마음〉 등의 단편과 《수레바퀴 아래서》와 《데미안》에 잘 반영되어 있다. 악의 세계는 선의 세계보다 강해 소년 헤세의 호기심을 들쑤셔놓고 떨게 했다. 헤세는 순조로이 목사가 되기에는 두 가지 너무나 대립하는 영혼을 가지고 있었다. 그는 무난한 소년 시절을 보내고 마음씨 착한 청년이 되도록 태어나지는 않았다. 그 괴롭고 위험한 생활에서 시인이 탄생했다.

헤세는 열세 살에 괴핑겐의 라틴어 학교를 거쳐 열네 살 되던 해 4월 신학교에 들어갔는데, 여기에서 명예로운 입학 경험은 반년 후 낙오자로서 이곳을 떠나는 비운의 체험으로 바뀌었다. 그 경위는

《수레바퀴 아래서》에 매우 실제에 가깝게 묘사되어 있다. 신학교 선생들의 몰이해가 다치기 쉬운 소년의 마음을 무자비하게 수레바퀴 아래로 밀어 넣어 깔아뭉갠 것이지만, 실상은 헤세 자신이 '시인이 되든가, 아니면 아무것도 되고 싶지 않다'고 하는 내면의 폭풍에 휩쓸려 있었기 때문이다.

서점 점원 시절

헤세는 열여덟 살 되던 해 가을, 대학 도시 튀빙겐의 헤켄하우어 서점의 견습 점원이 되었다. 그는 여기서 일하면서 낭만주의와 괴테에 골몰하고 시와 글을 열심히 썼다. 의대생으로 문학을 좋아하는 핑크와 뒤에 《벽암록(碧巖錄)》을 독일어로 번역한 빌헬름 군데르트 등과 사귀며 낭만적인 문학청년 시절을 보냈다.

1899년 스물두 살의 헤세는 첫 시집 《낭만적인 노래》를 자비 출판했다. 제목 그대로 낭만적이고 음악적인 시집이다. 헤세의 두 번째 책 《자정 이후의 한 시간》은 버젓이 이름 있는 출판사에서 간행되어 젊은 릴케에게 "예술의 본질적 요소인 경건함에서 나온 산문"이라는 칭찬을 받을 정도로 평이 좋았는데도 800부를 인쇄해 1년 동안 53부밖에 팔리지 않았다.

그해 가을 헤세는 바젤의 고서점으로 옮겨 갔다. 그는 늘 성실하게 근무했다. 고서점 일은 그의 문학 수업에 도움이 되었으며 창작 소재를 제공했다. 그러는 동안 스위스와 이탈리아를 여행하고 열심히 메모를 해두었다. 당시 서점 주인은 점원 헤세의 책을 출판해줄 만큼 너그럽고 이해심이 많았다. 그리하여《헤르만 라우셔》라는 책이 나왔는데, 이 책은 세기말의 도피적 회의(懷疑)와 자학적인 진실한 사랑을 반영해서 독특한 스타일을 이루었으며, 상당한 반향을 일으키며 판을 거듭했다.

더욱이 이 책은 시인 카를 부세의 눈길을 끌어 그가 편집하는《신(新)독일 서정 시인》시리즈에 헤세의 시집 1권(1902년)이 수록되었다. 그제야 비로소 시인이 되겠다는 오랜 소망이 달성된 것이다. 그 때문에 실컷 고생을 시킨 어머니에게 이 시집을 바치는 것을 헤세는 기쁨으로 삼았지만, 어머니는 그 직전에 죽었고 헤세는 〈그리운 어머니〉라는 시 한 편을 권두에 실었다. 이 시집은 숱하게 판을 거듭하고 2차 세계대전 후에는《청춘 시집》이라고 제목을 바꾸었지만, 같은 내용으로 오늘날에도 계속 간행되고 있다.

그뿐만 아니라《헤르만 라우셔》는 새로운 문학 출판사로 대두된 유력 출판사 피셔의 주목을 받았다. 그래서 다음 작품《페터 카멘친트》는 1904년 피셔출판사에서 출판되었고 청신한 문체와 생동감 있는 묘사로 커다란 성공을 거두었다. 오랜 혼미와 시련 끝에 스물일곱 나이의 헤세는 인기 작가가 되었다.

1차 세계대전 전후

문명(文名)이 높아진 헤세는 대도시로 나가려 하지 않고 스위스와 맞닿은 라인강 기슭의 한 마을 가이엔호펜에 농가를 빌려 아홉 살 연상의 아내 마리아와 신혼 생활을 시작했다. 어디까지나 그는 좀 색다른 사람이었다. 하지만 행운유수를 벗 삼는 자연생활은 풍성한 수확을 가져왔다. 이때 헤세는 두 편의 장편 《수레바퀴 아래서》와 《게르트루트》를, 그리고 〈청춘은 아름다워라〉 등 많은 단편과 시와 에세이를 내놓았다.

헤세는 아들 셋을 낳고, 알차고 풍요로운 7년을 가이엔호펜에서 보냈다. 황제의 독재정치를 풍자하는 잡지 《3월》의 공동 편집자로 취임하면서 쉬지 않고 평론과 서평을 쓰는 등 가장 활발한 활동을 펼친 다작의 시기였다.

아홉 살 연상인 아내와의 사이에는 오래지 않아 틈이 벌어졌다. 그리고 타성적인 유럽 문화에도 권태를 느낀 그는 1911년 여름부터 연말까지 화가 슈트르체네거와 더불어 싱가포르, 수마트라, 실론을 여행했다. 여행 후 스위스의 수도 베른 교외로 이사를 하고 화가가 겪는 결혼 생활의 파탄을 《로스할데》라는 작품에 그렸다. 이 작품은 자신이 겪는 부부 생활의 위기를 반영하고 있는데, 비록 이에 패배할지라도 '예술가로서 창작에 산다'라는 결의를 앞질러 표명한 듯하다. 소설 그대로 현실 생활은 애로가 많고 가정은 무너져갔지만, 창작 면에서는 헤세만이 쓸 수 있는 방랑자 이야기 《크눌프》와 헤세 시업(詩業)의 대명사처럼 된 시집 《고독한 자의 음악》 등이 1차 세계대전 전에 쓰였다.

1914년 7월 1차 세계대전이 일어났고 전 세계가 애국, 곧 군국주의라는 망상에 사로잡힌 시대가 왔다. 국민들은 저마다 전쟁에 열광했다. 학자나 시인도 감격한 말투로 애국심을 부채질하고 적국에 대한 증오심에 불을 질렀다. 세계시민적인 혈통으로 태어나 폭넓은 아시아 여행을 통해 사해동포적 느낌을 강하게 가졌던 헤세는 이에 동조할 수 없었다. 전선의 병사가 싸우는 것은 어쩔 수 없다지만 본래 인도주의적 문화에 종사했던 자조차 눈이 뒤집혀 인간들끼리 서로 반목하고 증오심을 키우는 일을 해서는 안 된다는 문화인에 대한 호소를 스위스 〈신 취리히 신문〉에 발표했다. 이것은 틀림없이 평화주의에 바탕을 둔 반전론이었다. 헤세는 대뜸 독일 언론계에서 배신자니 매국노니 하는 욕을 먹고 협박을 받게 되었다. 이때 헤세를 변호해준 사람이 뒷날 서독 초대 대통령으로 취임한 테오도르 호이스, 그리고 프랑스에서 같은 처지에 있던 로맹 롤랑이었다. 이를 계기로 헤세는 이들 두 사람과 오래도록 깊은 우정을 나눈다.

2차 세계대전 전후

문제작 《데미안》은 헤세가 과거를 모두 청산하고 원점에서 출발하기 위해 익명으로 출판했다. 1차 세계대전 패전 후 허탈과 혼미에 빠진 독일인 사이에서 《데미안》은 전격적인 반향을 불러일으켜 베를린시가 《데미안》의 작가에게 신인 문학상을 준다느니 하며 일대 소동이 벌어졌다. 그 후 헤세는 자신이 원작자라는 사실을 밝혀 문학상을 반환했지만, 과거의 명성에 의지하는 타성적 집필을 청산하고자 한 목적은 달성되었다. 그 후 헤세는 《싯다르타》를 쓰기 시작했다. 여기서 헤세는 석가의 입산 성도(成道)를 추구하면서 커다란 긍정적 세계관과 고전적으로 안정된 예술경에 도달한 것 같다.

그러나 세계대전을 치른 유럽은 여전히 국가나 개인이나 이기주의로 치달아 신을 잃고 영혼을 부박(浮薄)하게 했다. 그러한 현실에서 헤세는 자신이 아웃사이더인 것을 통감하고, 그 아웃사이더적인 자아 추구와 문명 비평의 일환으로《황야의 이리》를 썼다. 물질 과잉에 도취해 있는 현대사회에서 그에 동조하지 않는 반상식적이고 고립된 아웃사이더가 황야의 이리에 견주어졌다.

헤세는 현실 생활에서도 격동기를 보낸다. 정신병에 걸린 아홉 살 연상의 아내 마리아와 이별하고 젊은 루트 벵거와 결혼했다가 3년 만에 다시 헤어지는 실패를 겪었다. 하지만 1926년에 니논 돌빈 여사와 알게 되어 그녀와 1931년 결혼에 이르고, 친구의 도움을 받아 몬타놀라에 새 집을 얻어 생활도 가까스로 안정되었다. 그러나 안정됐던 생활도 잠시, 나치스 정부의 출현과 더불어 유럽은 다시 격동하기 시작했으며, 헤세는 다수 독자를 가진 독일에서는 마땅치 않은 작가로 지목되었기 때문에 책 출간이 곤란해지고 생활에 위협을 받았다. 그는 토마스 만 등 히틀러의 독일에서 망명해 온 작가를 돕기 위해 직접 글을 쓰고 그림을 그린 동화《픽토르의 변신》을 독지가에게 팔아 자금을 마련했는데, 나중에는 취미로 그린 그림을 팔아 생활을 꾸려가야만 했다.

그러한 상황에서 헤세는 거창한 미래 소설과 맞붙었다. 유토피아 이야기《유리알 유희》를 쓰기 시작했다. 히틀러 정권과 거의 비슷한 시기에 시작된 그 작품은 정권과는 정반대 극으로 치달았다. 한쪽은 인간성을 압살하는 폭력을 통해 무서운 기세로 유럽을 석권해가고, 또 한쪽은 전쟁과 문화 비판에서 출발해 시공간을 넘나들며 동서고금 학예의 정수를 모은 정신의 이상향을 쉬지 않고 홀로 그려나갔다. 당초엔 칼이 펜보다 강한 것같이 보였다. 그러나 10여 년에 걸쳐《유리알 유희》가 완성되어 스위스에서 간행되었을 때 나치스는 이미 운명을 다했다. 제3 제국이 이내 무너지고 악몽에 지나지 않게 되었음에 비해《유리알 유희》는 세계대전 후 최초로 노벨 문학상을 수상하며 영롱하게 빛났다.

헤세의 집 뜰에는 동백꽃이며 감나무며 대나무 같은 동양 식물이 심어져 있었다. 그는 선(禪)과 주역(周易)을 즐겼다. 친구인 호이스 대통령이 푸르 르 메리트(Pour le mérite) 훈장을 보내왔을 때도 주역으로 점을 친 후 괘가 '태(泰)'라고 나왔으니 길하다고 여기고 훈장을 받았다.

그는 속세를 벗어나서, 그러나 다채로운 현실을 사랑하면서 풍요로운 삶을 살다 1962년 8월 9일 85세를 일기로 세상을 떠났다.

가장 소설적인 구성을 갖춘 작품《게르트루트》

《게르트루트》는《페터 카멘친트》와《수레바퀴 아래서》에 이은 헤세의 세 번째 장편소설이다.《게르트루트》는 1909년과 그다음 해에 걸쳐 잡지에 발표되고, 1910년 뮌헨의 랑겐에서 단행본으로 간행되었다. 헤세의 작품은《페터 카멘친트》이후 거의 모두가 피셔에서 출판되었는데, 이례적으로《게르트루트》만 다른 출판사에서 나왔다. 그 이유는 아마도 당시 헤세가 랑겐의 잡지《3월》을 루트비히 토마 등과 공동 편집하고 있었기 때문일 것이다.

스스로 자기 소설에 대해 "본래 소설이 아니라 영혼의 전기"라고 말하고 있듯이 헤세는 소설다운 구성에 사로잡히지 않지만, 그 중에서 《게르트루트》만은 가장 소설다운 구성을 갖추고 파란만장하다. 물론 고독한 예술가의 고백이라는 점은 퍽 헤세적이다. 특히 헤세 문학의 주요 테마인 행복 탐구에 대한 대표 소설로서 중요한 위치를 차지하고 있다.

《페터 카멘친트》의 성공으로 신진 작가로 이름을 얻은 헤세는 결혼과 함께 보덴 호수에서 조금 하류에 있는 라인 강변 가이엔호펜에 들어앉아 창작에 전념했다. 대부분 사람들이 성공하면 도시로 진출하는 데 비해, 헤세는 도시에서 시골로 내려앉았다. 이 점은 매우 흥미롭다. 한적한 전원생활이었으나 시인, 화가, 음악가 등의 출입이 잦아 예술적 분위기에 둘러싸인 나날이었다. 특히 헤세의 부인 마리아는 뛰어난 피아니스트로 슈만이나 쇼팽을 좋아했으므로 헤세도 음악적 생활에 젖어 들 수 있었다. 훗날 스위스의 최대 작곡가가 된 오트마르 셰크와의 평생을 둔 친교가 시작된 것도 이때부터다. 셰크는 헤세의 초기 작품 〈엘리자베트〉나 〈라벤나〉 등 많은 작품에 곡을 붙였다. 이러한 환경에서 음악가 소설인 《게르트루트》가 쓰인 것은 우연이 아니다.

이 소설의 주요한 세 인물은 저마다 아주 판이한 성격을 지녔지만, 모두가 고독하다는 점에서 헤세를 반영하고 있다. 주인공 쿤은 불구가 되어 한층 고독해졌으나, 원래 일상생활에 원활히 순응해갈 수 없는 '생활에서는 불행한 예술가 유형'이다. 예술가는 자신만의 세계를, 그때까지 없던 새롭고 독자적인 세계를 창조하는 사람이므로 본래 일상 세계에서는 고립되는 운명을 지니고 있다.

주인공 쿤은 불구가 되어서이기도 했겠지만, 수동적이고 자기 성찰적인 체념과 고독 속에서 인생을 살아나간다. 어쩔 수 없는 사랑에 절망하여 자살 직전에 몰릴 만큼 고뇌를 맛보고 인생이나 예술에서도 불행을 동반자로 적적히 살아나간다. 쿤은 인생에 환멸을 느끼고 오로지 음악에 살려고 하지만, 역시 지상의 사랑을 단념하지 못한다. 또한 그것은 이내 고뇌의 바탕이 된다. 어떻게 사는 것이 행복에 이르는 길인가. 불행한 주인공의 모색은 인생의 행복에 대해 깊이 생각하게 한다. 영혼이 고독할수록, 죽음을 깊이 생각할수록 사랑의 괴로움은 절실해진다. 이러한 의미에서 이 작품은 '사랑과 죽음과 고독의 서(書)'라고 할 수 있다.

《페터 카멘친트》의 주인공 페터 카멘친트는 좀 더 행동적이고 의욕적이다. 헤세는 카멘친트를 통해 병적인 내향성에서 애써 탈피하려 했기 때문이다. 따라서 《게르트루트》의 주인공 쿤이 내향적 고독성 면에서는 헤세에 더 가깝다고 할 수 있다. 성악가인 무오트는 격정적이고 마성적인 인물이지만, 역시 고독하다. 오히려 고독으로 이리저리 굶주려 있다. 쿤이 자기 성찰적인 데 비해 무오트는 자기 파괴적이다. 이들 두 예술가는 저마다 예술의 위험한 무서움을 체험하고 있다. 게르트루트는 고아하고 귀족적이며 억제적인 고독한 영혼의 소유자다. 이러한 여성이 정반대 성격을 가진 무오트에게 이끌리는 것은 인간 영혼의 비극이 아닐 수 없다.

《게르트루트》는 겉으로 볼 때 《수레바퀴 아래서》처럼 자전적인 작품이 아니다. 그러나 내적으로는 역시 자전적인 작품이다. 헤세는 작품 서두에서 외적인 운명보다 내적인 운명을 강조하며, "내적인 운명은 나 자신이 만들었으므로 달든 쓰든 당연히 내 것이며 거기에 대해서는 나 혼자서 책임을 지려고 한다"라고 쓰고 있다.

이러한 내적인 운명의 뒷받침이라는 의미에서 이 작품 역시 자전적이다.

헤세의 장편 대부분이 시간적인 경과 속에 영혼의 발전을 뒤쫓는 이른바 교양 소설인 데 비해《게르트루트》는 줄거리에 상당한 파란만장함이 있고 허구성이 많은 작품이다. 이러한 면에서 볼 때 헤세로서는 예외적인 작품이라 할 수 있으며, 일반적 의미에서 가장 재미있는 작품이라고도 할 수 있다. 그러나 고독한 고뇌 속에서 신을 추구하며, '신은 죽었다'고 탄식하지 않을 수 없는 종교적 절망을 거쳐, 차츰 남을 위해 사는 것이 자신만을 위해 사는 것보다 더 행복이 크다고 봉사의 의의를 생각하게 되는 과정은, 초기 헤세에서 만년의 헤세에 이르는 지혜의 발전을 암시하고 있다. 역시 헤세다운 작품이다.

옮긴이

헤르만 헤세 연보

1877년 7월 2일, 독일 남서부 슈바벤 지방의 소도시 칼프에서 태어났다. 아버지 요하네스 헤세는 개신교 목사였고 어머니 마리 군데르트는 유서 깊은 신학자 집안 출신이었다. 부모님의 종교적 영향 때문에 헤세는 어린 시절 엄격한 환경에서 자랐고 종교적 신념을 강요당하기도 했다. 아버지는 인도에서 선교 활동을 한 적이 있었고 외사촌 빌헬름 군데르트는 불교 연구의 권위자였다. 이러한 환경은 훗날 헤세가 동양 사상에 관심을 두는 계기가 되었다.

1881년 가족이 모두 스위스 바젤로 이사했고, 1883년 아버지가 스위스 국적을 얻었다.

1886년 스위스 바젤을 떠나 독일 칼프로 돌아왔다. 헤세는 시골 마을 칼프에서 마음껏 뛰어놀았고 외할아버지의 집을 자주 방문했다. 외할아버지 헤르만 군데르트는 철학 박사이자 여러 언어에 능통했고 그런 외할아버지의 영향으로 헤세는 어린 시절부터 폭넓은 독서를 할 수 있었다.

1890년 신학교 시험 준비를 위해 괴팅겐의 라틴어 학교에 다녔다.

1891년 명문 개신교 신학교이자 수도원인 마울브론 신학교에 입학했다. 처음 몇 달 동안은 성적이 좋았지만 답답한 신학교 생활에 적응하지 못해 힘들어했다. 고전 그리스 시를 읽고 번역하거나 글을 쓰면서 보냈다.

1892년 "시인이 되지 못하면 아무것도 되지 않겠다"라며 신학교를 그만두었다. 이후 우울증으로 힘들어하다가 자살을 시도해 잠시 정신 병원에 입원하기도 했다. 11월에 칸슈타트 김나지움에 입학했다.

1893년 1년 만에 칸슈타트 김나지움을 그만두었다. 이것으로 헤세는 공식 학교 교육을 끝냈다. 이후 나이 많은 친구들과 어울리며 시간을 보냈고 술과 담배를 시작했다.

1894년 칼프의 시계 부품 공장에서 14개월간 수습공으로 일했다.

1895년 튀빙겐의 서점에서 일하면서 글을 쓰기 시작했고 비로소 안정을 찾았다. 이 서점은 신학, 문헌학, 법학 등 전문 서적을 판매했고 헤세는 책을 정리하고 포장, 보관하는 일을 했다. 일이 끝나면 책을 읽으며 개인 시간을 보냈고 신학 논문, 그리스 신화, 괴테, 실러, 니체 등의 책을 탐독했다.

1896년 시 〈마돈나〉가 빈의 정기 간행물에 실렸다.

1899년 첫 시집《낭만적인 노래》와 산문집《자정 이후의 한 시간》을 출판했다. 두 작품 모두 상업적으로는 성공하지 못했다. 더욱이 헤세의 어머니는《낭만적인 노래》가 너무 세속적이고 심지어 "죄악스럽다"라고 해서 헤세가 큰 충격을 받았다. 이후 스위스 바젤의 유명한 고서점에서 일했다. 바젤에서 헤세는 자기만의 고독하고 예술적인 탐구를 이어갔다.

1900년 눈 질환으로 병역 의무가 면제되었다. 이 질환은 신경 장애, 지속적인 두통과 함께 평생 그를 따라다녔다. 시문집 《헤르만 라우셔》를 발간해 시인 부세의 주목을 받았다.

1901년 오랫동안 품어온 꿈을 위해 처음으로 이탈리아로 여행을 떠났다.

1902년 어머니가 세상을 떠났다. 헤세는 아버지에게 보낸 편지에서 "어머니를 사랑하지만, 내가 가지 않는 것이 우리 둘에게 더 나을 것 같다"라고 말하며 장례식에 참석하지 않았다.

1904년 첫 소설인 《페터 카멘친트》가 문단의 주목을 받았다. 스위스의 유명한 수학자 집안 출신으로 아홉 살 연상인 스위스 최초의 여류 사진작가 마리아 베르누이와 결혼했다. 마리아의 아버지가 두 사람의 관계를 강하게 반대하자 마리아의 아버지가 없는 주말을 이용해 집을 나와 결혼했고, 이후 스위스 근처 가이엔호펜이라는 작은 마을에 정착했다.

1906년 마울브론 신학교의 경험을 담은 자전적 소설 《수레바퀴 아래서》를 출간했다.

1910년 예술가의 내면을 탐구하는 작품인 《게르트루트》를 출간했다.

1911년 스리랑카와 인도네시아로 긴 여행을 떠났고 수마트라, 보르네오, 미얀마도 방문했다. 이 여행은 그의 문학 작품에 큰 영향을 미쳤다.

1912년 여행에서 돌아온 후 스위스 베른으로 이사했다.

1914년 《로스할데》를 출간했다. 1차 세계대전이 발발하자 평화를 호소하는 글을 스위스 〈신취리히 신문〉에 발표했고 독일인들에게 매국노, 반역자라는 비난을 받았다. 자원입대했지만 전투에 부적격하다는 판정을 받고 전쟁 포로를 돌보는 임무를 맡았다.

1915년 《크눌프》를 출간했다.

1916년 아버지가 세상을 떠났다.

1917년 《데미안》의 집필을 시작했다.

1919년 작가로 이름이 알려진 상태에서 자신을 감추고 '에밀 싱클레어'라는 필명으로 《데미안》을 출간했다. 아내가 조현병을 앓았고 그의 결혼 생활도 파탄이 났다. 헤세는 아내가 회복된 후에도 함께 미래를 꾸려가기 힘들다고 판단해 4월부터 집을 나와 혼자 살았다. 몬테뇰라의 오래된 성(城)인 카사 카무치를 빌려 글쓰기를 이어갔고 이곳에서 대표작을 여럿 집필하고 발표했다.

1920년 가장 활발한 작품 활동을 하던 시기로 《클라인과 바그너》, 《클링조어의 마지막 여름》, 《방랑》, 《혼란 속으로 향한 시선》을 출간했다. 수채화를 그려 첫 개인 전시회를 열었다.

1922년 《싯다르타》를 출간했다. 처음 출간되었을 때는 큰 주목을 받지 못했지만 1950년대 영어로 번역 출판된 후 영적 깨달음을 추구하는 젊은 독자들의 지지를 받았다.

1923년 아내 마리아 베르누이와 정식으로 이혼했다. 스위스 국적을 취득했다.

1924년 스위스 작가 리사 벵거의 딸인 가수 루트 벵거와 두 번째 결혼을 했다. 하지만 이 결혼에서도 안정을 얻지 못하고 3년 만에 이혼했다.

1927년 물질 과잉의 현대 문명사회 비판을 담은 《황야의 이리》를 출간했다.

1930년 지성과 감정, 종교와 예술 등의 대립을 다룬 《나르치스와 골드문트》를 출간했다.

1931년 미술사학자 니논 돌빈과 세 번째 결혼을 했다. 그동안 글을 쓰며 생활하던 카사 카무치를 떠나 더 큰 집으로 이사했다.

1932년 《유리알 유희》의 모태가 되는 《동방 순례》를 출간했다. 《유리알 유희》의 집필을 시작했다.

1933년 독일의 나치즘을 걱정스러운 시선으로 지켜보다가, 베르톨트 브레히트와 토마스 만의 망명을 도왔다. 1930년대에 헤세는 프란츠 카프카를 포함해 유대인 작가들의 작품을 소개하며 조용히 자신만의 방식으로 저항 의사를 표현했다. 이에 나치는 1930년대 후반에 헤세의 작품을 금지했다.

1943년 《유리알 유희》를 출간했다.

1946년 《유리알 유희》로 노벨문학상과 괴테상을 수상했다.

1962년 8월 9일, 85세의 나이로 세상을 떠났다. 평생 자유와 행복의 의미를 찾으려 했고 수많은 소설과 시, 그림을 남겼다.

옮긴이 **송영택**

서울대학교 독어독문학과를 졸업하고 서울대학교 강사로 재직했으며, 시인으로 활동하면서 한국문인협회 사무국장과 이사를 역임했다. 저서로는 시집《너와 나의 목숨을 위하여》가 있고, 번역서로는《젊은 베르테르의 슬픔》,《괴테 시집》,《말테의 수기》,《어느 시인의 고백》,《릴케 시집》,《릴케 후기 시집》,《데미안》,《수레바퀴 아래서》,《헤르만 헤세 시집》,《잠 못 이루는 밤을 위하여》 등이 있다.

게르트루트

1판 1쇄 발행 1972년 4월 15일
3판 1쇄 발행 2025년 6월 16일

지은이 헤르만 헤세 | 옮긴이 송영택
펴낸곳 (주)문예출판사 | 펴낸이 전준배
출판등록 2004. 02. 11. 제 2013-000357호 (1966. 12. 2. 제 1-134호)
주 소 04001 서울시 마포구 월드컵북로 21
전화 02-393-5681 | 팩스 02-393-5685
홈페이지 www.moonye.com | 블로그 blog.naver.com/imoonye
페이스북 www.facebook.com/moonyepublishing | 이메일 info@moonye.com

ISBN 978-89-310-2520-0 04800
ISBN 978-89-310-2365-7 (세트)

• 잘못 만든 책은 구입하신 서점에서 바꿔드립니다.

문예출판사® 상표등록 제 40-0833187호, 제 41-0200044호

■ 문예세계문학선

★ 서울대, 연세대, 고려대 필독 권장 도서 ▲ 미국대학위원회 추천 도서
● 《타임》 선정 현대 100대 영문 소설 ▽ 《뉴스위크》 선정 세계 100대 명저

1 **젊은 베르테르의 슬픔** 괴테 / 송영택 옮김
▲▽ 2 **멋진 신세계** 올더스 헉슬리 / 이덕형 옮김
▲●▽ 3 **호밀밭의 파수꾼** J. D. 샐린저 / 이덕형 옮김
4 **데미안** 헤르만 헤세 / 구기성 옮김
5 **생의 한가운데** 루이제 린저 / 전혜린 옮김
6 **대지** 펄 S. 벅 / 안정효 옮김
●▽ 7 **1984** 조지 오웰 / 김승욱 옮김
▲●▽ 8 **위대한 개츠비** F. 스콧 피츠제럴드 / 송무 옮김
▲●▽ 9 **파리대왕** 윌리엄 골딩 / 이덕형 옮김
10 **삼십세** 잉게보르크 바흐만 / 차경아 옮김
★▲ 11 **오이디푸스왕 · 안티고네** 소포클레스 · 아이스킬로스 / 천병희 옮김
★▲ 12 **주홍글씨** 너새니얼 호손 / 조승국 옮김
▲●▽ 13 **동물농장** 조지 오웰 / 김승욱 옮김
★ 14 **마음** 나쓰메 소세키 / 오유리 옮김
★ 15 **아Q정전 · 광인일기** 루쉰 / 정석원 옮김
16 **개선문** 레마르크 / 송영택 옮김
★ 17 **구토** 장 폴 사르트르 / 방곤 옮김
18 **노인과 바다** 어니스트 헤밍웨이 / 이경식 옮김
19 **좁은 문** 앙드레 지드 / 오현우 옮김
★▲ 20 **변신 · 시골 의사** 프란츠 카프카 / 이덕형 옮김
★▲ 21 **이방인** 알베르 카뮈 / 이휘영 옮김
22 **지하생활자의 수기** 도스토옙스키 / 이동현 옮김
★ 23 **설국** 가와바타 야스나리 / 장경룡 옮김
★▲ 24 **이반 데니소비치의 하루** 알렉산드르 솔제니친 / 이동현 옮김
25 **더블린 사람들** 제임스 조이스 / 김병철 옮김
★ 26 **여자의 일생** 기 드 모파상 / 신인영 옮김
27 **달과 6펜스** 서머싯 몸 / 안흥규 옮김
28 **지옥** 앙리 바르뷔스 / 오현우 옮김
★▲ 29 **젊은 예술가의 초상** 제임스 조이스 / 여석기 옮김
▲ 30 **검은 고양이** 애드거 앨런 포 / 김기철 옮김
★ 31 **도련님** 나쓰메 소세키 / 오유리 옮김
32 **우리 시대의 아이** 외된 폰 호르바트 / 조경수 옮김
33 **잃어버린 지평선** 제임스 힐턴 / 이경식 옮김
34 **지상의 양식** 앙드레 지드 / 김붕구 옮김
35 **체호프 단편선** 안톤 체호프 / 김학수 옮김
36 **인간 실격** 다자이 오사무 / 오유리 옮김
37 **위기의 여자** 시몬 드 보부아르 / 손장순 옮김
●▽ 38 **댈러웨이 부인** 버지니아 울프 / 나영균 옮김
39 **인간 희극** 윌리엄 사로얀 / 안정효 옮김
40 **오 헨리 단편선** O. 헨리 / 이성호 옮김
★ 41 **말테의 수기** R. M. 릴케 / 박환덕 옮김
42 **파비안** 에리히 케스트너 / 전혜린 옮김
★▲▽ 43 **햄릿** 윌리엄 셰익스피어 / 여석기 옮김
44 **바라바** 페르 라게르크비스트 / 한영환 옮김
45 **토니오 크뢰거** 토마스 만 / 강두식 옮김
46 **첫사랑** 이반 투르게네프 / 김학수 옮김
47 **제3의 사나이** 그레이엄 그린 / 안흥규 옮김
★▲▽ 48 **어둠의 심장** 조지프 콘래드 / 이덕형 옮김
49 **싯다르타** 헤르만 헤세 / 차경아 옮김
50 **모파상 단편선** 기 드 모파상 / 김동현 · 김사행 옮김
51 **찰스 램 수필선** 찰스 램 / 김기철 옮김
★▲▽ 52 **보바리 부인** 귀스타브 플로베르 / 민희식 옮김
53 **페터 카멘친트** 헤르만 헤세 / 박종서 옮김
★ 54 **몽테뉴 수상록** 몽테뉴 / 손우성 옮김
55 **알퐁스 도데 단편선** 알퐁스 도데 / 김사행 옮김
56 **베이컨 수필집** 프랜시스 베이컨 / 김길중 옮김
★▲ 57 **인형의 집** 헨리크 입센 / 안동민 옮김
★ 58 **소송** 프란츠 카프카 / 김현성 옮김
★▲ 59 **테스** 토마스 하디 / 이종구 옮김
★▽ 60 **리어왕** 윌리엄 셰익스피어 / 이종구 옮김
61 **라쇼몽** 아쿠타가와 류노스케 / 김영식 옮김
▲▽ 62 **프랑켄슈타인** 메리 셸리 / 임종기 옮김
▲●▽ 63 **등대로** 버지니아 울프 / 이숙자 옮김
64 **명상록** 마르쿠스 아우렐리우스 / 이덕형 옮김
65 **가든 파티** 캐서린 맨스필드 / 이덕형 옮김
66 **투명인간** H. G. 웰스 / 임종기 옮김
67 **게르트루트** 헤르만 헤세 / 송영택 옮김
68 **피가로의 결혼** 보마르셰 / 민희식 옮김

(뒷면 계속)

★ 69 **팡세** 블레즈 파스칼 / 하동훈 옮김
70 **한국단편소설선** 김동인 외 / 오양호 엮음
71 **지킬 박사와 하이드** 로버트 L. 스티븐슨 / 김세미 옮김
▲ 72 **밤으로의 긴 여로** 유진 오닐 / 박윤정 옮김
★▲▽ 73 **허클베리 핀의 모험** 마크 트웨인 / 이덕형 옮김
74 **이선 프롬** 이디스 워튼 / 손영미 옮김
75 **크리스마스 캐럴** 찰스 디킨슨 / 김세미 옮김
★▲ 76 **파우스트** 요한 볼프강 폰 괴테 / 정경석 옮김
▲ 77 **야성의 부름** 잭 런던 / 임종기 옮김
★▲ 78 **고도를 기다리며** 사뮈엘 베케트 / 홍복유 옮김
★▲▽ 79 **걸리버 여행기** 조너선 스위프트 / 박용수 옮김
80 **톰 소여의 모험** 마크 트웨인 / 이덕형 옮김
★▲▽ 81 **오만과 편견** 제인 오스틴 / 박용수 옮김
★▽ 82 **오셀로 · 템페스트** 윌리엄 셰익스피어 / 오화섭 옮김
★ 83 **맥베스** 윌리엄 셰익스피어 / 이종구 옮김
▽ 84 **순수의 시대** 이디스 워튼 / 이미선 옮김
★ 85 **차라투스트라는 이렇게 말했다** 니체 / 황문수 옮김
★ 86 **그리스 로마 신화** 에디스 해밀턴 / 장왕록 옮김
87 **모로 박사의 섬** H. G. 웰스 / 한동훈 옮김
88 **유토피아** 토머스 모어 / 김남우 옮김
★▲ 89 **로빈슨 크루소** 대니얼 디포 / 이덕형 옮김
90 **자기만의 방** 버지니아 울프 / 정윤조 옮김
▲ 91 **월든** 헨리 D. 소로 / 이덕형 옮김
92 **나는 고양이로소이다** 나쓰메 소세키 / 김영식 옮김
★ 93 **폭풍의 언덕** 에밀리 브론테 / 이덕형 옮김
★▲ 94 **스완네 쪽으로** 마르셀 프루스트 / 김인환 옮김
★ 95 **이솝 우화** 이솝 / 이덕형 옮김
★ 96 **페스트** 알베르 카뮈 / 이휘영 옮김
▲ 97 **도리언 그레이의 초상** 오스카 와일드 / 임종기 옮김
98 **기러기** 모리 오가이 / 김영식 옮김
★▲ 99 **제인 에어 1** 샬럿 브론테 / 이덕형 옮김
★▲100 **제인 에어 2** 샬럿 브론테 / 이덕형 옮김
101 **방황** 루쉰 / 정석원 옮김
102 **타임머신** H. G. 웰스 / 임종기 옮김
●103 **보이지 않는 인간 1** 랠프 엘리슨 / 송무 옮김
●104 **보이지 않는 인간 2** 랠프 엘리슨 / 송무 옮김
▲105 **훌륭한 군인** 포드 매덕스 포드 / 손영미 옮김
106 **수레바퀴 아래서** 헤르만 헤세 / 송영택 옮김
▲107 **죄와 벌 1** 표도르 도스토옙스키 / 김학수 옮김
▲108 **죄와 벌 2** 표도르 도스토옙스키 / 김학수 옮김
109 **밤의 노예** 미셸 오스트 / 이재형 옮김
110 **바다여 바다여 1** 아이리스 머독 / 안정효 옮김
111 **바다여 바다여 2** 아이리스 머독 / 안정효 옮김
112 **부활 1** 레프 톨스토이 / 김학수 옮김
113 **부활 2** 레프 톨스토이 / 김학수 옮김
▲●114 **그들의 눈은 신을 보고 있었다** 조라 닐 허스턴 / 이미선 옮김
115 **약속** 프리드리히 뒤렌마트 / 차경아 옮김
116 **제니의 초상** 로버트 네이선 / 이덕희 옮김
117 **트로일러스와 크리세이드** 제프리 초서 / 김영남 옮김
118 **사람은 무엇으로 사는가** 레프 톨스토이 / 이순영 옮김
119 **전락** 알베르 카뮈 / 이휘영 옮김
120 **독일인의 사랑** 막스 뮐러 / 차경아 옮김
121 **릴케 단편선** R. M. 릴케 / 송영택 옮김
122 **이반 일리치의 죽음** 레프 톨스토이 / 이순영 옮김
123 **판사와 형리** F. 뒤렌마트 / 차경아 옮김
124 **보트 위의 세 남자** 제롬 K. 제롬 / 김이선 옮김
125 **자전거를 탄 세 남자** 제롬 K. 제롬 / 김이선 옮김
126 **사랑하는 하느님 이야기** R. M. 릴케 / 송영택 옮김
127 **그리스인 조르바** 니코스 카잔차키스 / 이재형 옮김
128 **여자 없는 남자들** 어니스트 헤밍웨이 / 이종인 옮김
129 **사양** 다자이 오사무 / 오유리 옮김
130 **슌킨 이야기** 다니자키 준이치로 / 김영식 옮김
131 **실종자** 프란츠 카프카 / 송경은 옮김
132 **시지프 신화** 알베르 카뮈 / 이가림 옮김
133 **장미의 기적** 장 주네 / 박형섭 옮김
134 **진주** 존 스타인벡 / 김승욱 옮김
135 **황야의 이리** 헤르만 헤세 / 장혜경 옮김
136 **피난처** 이디스 워튼 / 김욱동